Née à  girl (19.......................). Elle a écrit des chansons ...., des dialogues (*Antoine et Antoinette* ; *L'Amour, madame* ; *La Belle que voilà*) avant de se consacrer au journalisme. Elle a dirigé la rédaction du magazine *Elle* de 1945 à 1953 et fondé en 1953 avec Jean-Jacques Servan-Schreiber l'hebdomadaire *L'Express*, dont elle a assuré la direction jusqu'en 1974. Françoise Giroud a été secrétaire d'État à la Condition féminine de 1974 à 1976, puis secrétaire d'État à la Culture dans le premier gouvernement Barre (1976-1977).

Ses œuvres : deux recueils de « portraits » — *Le Tout-Paris* (1952), *Nouveaux Portraits* (1953) ; un essai sur la jeunesse (1958) — *La Nouvelle vague*, expression dont elle est l'auteur ; *Si je mens...* (1972) ; *Une poignée d'eau* (1973) ; *La Comédie du pouvoir* (1977) ; *Ce que je crois* (1978) ; *Une femme honorable, Marie Curie* (1981) ; *Le Bon Plaisir* (1983) ; *Dior* (1987) ; *Alma Mahler ou l'Art d'être aimée* (1988, Grand Prix littéraire de la Femme) ; *Jenny Marx ou la Femme du diable* (1989) ; *Leçons particulières* (1990) ; *Le Journal d'une Parisienne*, premier tome en 1994, cinquième tome en 2000 ; *Les Hommes et les Femmes* (1993) (en collaboration avec Bernard-Henri Lévy) ; *Mon très cher amour* (1995) ; *Cosima la sublime* (1996) ; *Cœur de Tigre* (1995) ; *Arthur ou le Bonheur de vivre* (1997) ; *Les Françaises* (1998). Françoise Giroud est membre du jury du prix Femina depuis 1992. Elle donne chaque semaine une chronique au *Nouvel Observateur*.

Paru dans Le Livre de Poche :

ARTHUR OU LE BONHEUR DE VIVRE

DEUX ET DEUX FONT TROIS

LES FRANÇAISES

LEÇONS PARTICULIÈRES

MON TRÈS CHER AMOUR

UNE FEMME HONORABLE

FRANÇOISE GIROUD

La Rumeur du monde

Journal
1997 et 1998

FAYARD

© Librairie Arthème Fayard, 1999.

1997

JANVIER

Mercredi 1ᵉʳ janvier

La France grelotte, paralysée de haut en bas par la neige et le verglas. Pour les animaux de régions tempérées que nous sommes, il fait très froid. Sans compter que le pays n'est pas équipé pour faire face à de telles intempéries. Sur la Côte d'Azur, c'est le déluge.

Je reprends ce journal parce que j'en ai pris le pli, maintenant. Savoir si je le mènerai jusqu'au terme de 1997... C'est une contrainte, et j'ai plutôt envie de liberté. Être libre, le plus libre possible, cela fait partie, en ce début d'année, de mes bonnes résolutions. Mais d'abord être gaie. Me soustraire à toute force au climat de déréliction générale, aux gémissements, au pessimisme calamiteux. Voir le côté positif des choses quand elles en ont un, et d'abord les aspects positifs de ma propre vie, si privilégiée... Sûr que j'ai un ange gardien !

D'ailleurs, la lamentation n'est pas mon fort. Quelquefois, c'est plutôt un coup de colère qui me saisit devant la façon dont sont conduites les affaires publiques ou devant le malheur que je constate autour de moi...

Donc, être libre, évacuer autant que possible les corvées. Et être gaie. Attentive aux autres, aussi : avoir une oreille pour ceux qui en ont besoin, c'est important. Quoi encore ? M'amuser. Là, je ne suis pas douée, mais il serait grand temps que je m'y mette, au lieu de vivre le nez dans mon ordinateur. Et, surtout, ne pas cesser de m'intéresser à la rumeur du monde. Mais, de ce côté-là, je ne suis pas menacée. Elle ne cesse de me solliciter. Je mourrai en réclamant le journal du jour.

Samedi 4 janvier

Vidé à une cadence accélérée une boîte de marrons glacés. Mais je n'ai jamais dit que je prenais la résolution d'être raisonnable. Quel ennui, la raison !

Lundi 6 janvier

Un reporter allemand, Michael Borne, vient d'être convaincu d'imposture. Il fournit depuis longtemps aux grandes chaînes de télévision des reportages truqués, riches en images sensationnelles. Il s'exerce une telle pression pour faire de l'audience, dit-il pour sa défense. Y a-t-il de semblables impostures à la télévision française ? On en a vu deux ou trois cas, dans le passé, mais ce sont plutôt de petits truquages minables auxquels on assiste. Par exemple, les applaudissements qui éclatent dans les émissions de variétés sont préenregistrés. Par exemple, les foules joyeuses que l'on a vues, le soir du 31 décembre à minuit, saluer l'année nouvelle avec les acclamations d'usage, ces foules avaient été filmées quelques heures plus tôt. Rien de bien grave, donc. Mais un malaise. Tout serait-il truqué ou en passe de l'être ?

Mardi 7 janvier

Il m'est arrivé l'été dernier une drôle d'histoire. J'ai fait la connaissance d'un mage qui servait de chauffeur à BHL. Ce brave homme est voyant. Il n'en fait pas métier. Simplement, il vous prend la main et il *voit*, dit-il. Ce jour-là, il m'a pris la main et m'a dit :

« Vous allez recevoir une lettre de Paris qui vous fera grand plaisir.

— Je reçois beaucoup de lettres !

— Oui, mais celle-ci sera particulière.

— Elle me viendra d'un homme ou d'une femme ?

— Ça, je ne vois pas. »

Trois jours passent et je reçois une lettre de mon contrôleur des contributions qui m'annonce le remboursement d'un trop-perçu considérable !

Rationnellement, mon « voyant » ne pouvait être au courant de cette affaire d'impôts. Je l'ignorais moi-même. Alors quoi ? L'irrationnel ?

J'aurai toujours du mal à l'admettre.

Mercredi 8 janvier

Célébration discrète du premier anniversaire de la mort de François Mitterrand et prétexte, de nouveau, à une série de livres. Le filon d'or est décidément inépuisable.

L'un d'eux, *Le Dernier Mitterrand*, de Georges-Marc Benhamou, contient quelques pages morbides et déchirantes sur le dernier réveillon du président. Son corps supplicié, ses os qui le lâchent, sa souffrance de chaque minute. Benhamou l'a vu régulièrement pendant les deux années qui ont précédé sa fin et il presse ses souvenirs comme une orange, jusqu'à la dernière goutte. C'est plutôt du bon journalisme, sans vulgarité, dont on ne saurait lui tenir rigueur. Mitterrand savait qu'il écrirait sur lui et sur ses derniers jours. Il l'avait choisi pour mettre la dernière touche à sa statue. Rien à reprocher, donc, à son entreprise. En même temps, elle hérisse comme un regard jeté par un trou de serrure pour traquer un vieil homme en train de se débattre avec la mort. Mais quoi, Saint-Simon a fait pire avec Louis XIV !

L'étonnant est que toute cette littérature consacrée à Mitterrand continue à se vendre comme si elle répondait à une curiosité publique encore inassouvie.

Vu hier soir *Faust* à l'Opéra, ce qui ne m'était pas arrivé depuis trente ans. C'est délicieusement démodé, de la musique fin de siècle, mais on a tant de plaisir à entendre ces grands airs qui ont bercé la jeunesse de ma génération que cela emporte tout, même une désastreuse direction d'orchestre. Je me vois encore à cinq ans chantant à tue-tête avec ma sœur « Le veau d'or est toujours debout... » et réclamant davantage d'informations sur ledit veau... Donc, soirée attendrie. Méphisto était épatant.

Jeudi 9 janvier

Dîner hier chez les Decaux. On s'interroge : que va faire Chirac ?

« Il va dissoudre l'Assemblée en mai, dit Françoise de Panafieu. Ainsi, il sera débarrassé de Juppé dont il ne se séparera jamais autrement. Il aura des élections rapides, au lieu d'attendre 1998. Il se battra pour les gagner. Et il repartira gaillardement avec un Premier ministre tout neuf. »

Dominique S.-K. opine :

« C'est le scénario probable. Mais s'il perd les élections ? L'hypothèse ne peut pas être écartée, au train où vont les choses.

— Il ne retient jamais l'hypothèse d'un échec. »

Pour l'heure, les sondages accusent une légère remontée de sa cote et de celle de Juppé, qui reçoit le salaire de son livre. Il paraît qu'il a beaucoup attendri les vieilles dames, et elles sont nombreuses en France.

Au cours du même dîner, appris une chose étonnante : le plus grand spécialiste de Pascal était... japonais ! Il est mort il y a deux ans.

Vendredi 10 janvier

Déjeuner hier avec une kyrielle de pasteurs et des membres de la Mission protestante de France. Ils ont eu la bonté de m'inviter... pour rien. Pour parler. Et nous parlons. De tout. Cela va de la vie conjugale à Internet, en passant par le rôle des Églises et celui des médias.

L'assemblée est très sympathique, chaleureuse, ouverte, et je m'exprime librement, au risque de la choquer.

J'ai toujours eu un faible pour les protestants, à cause de cette façon qu'ils ont de se questionner sans cesse et de n'avoir qu'un juge : leur propre conscience. Si j'appartenais à une Église, ce serait celle-là.

Samedi 11 janvier

Le troisième navigateur disparu du Vendée Globe, le Canadien Gerry Roufs, reste introuvable. Ceux qui se sont déroutés pour essayer de le rechercher, dont Isabelle Autissier, parlent de conditions de navigation « apocalyptiques ». Il semble qu'il y ait vraiment, dans le tracé de cette course, des prises de risques insensées. En même temps, c'est sans doute ce qui en fait l'attrait.

Mais trop, c'est trop ! C'est miracle que Dinelli et Bullimor aient été sauvés. Ce serait miracle que Roufs soit encore en vie.

Des hormones de croissance ont été diffusées après juin 1985, c'est-à-dire après que la corrélation eut été faite entre l'usage de ces hormones et la maladie de Creutzfeld-Jacob. Selon le juge qui instruit l'affaire, tout indique que les médecins responsables — c'est-à-dire la Pharmacie centrale des hôpitaux — n'ont pas cru devoir tenir compte de l'avertissement. Un tel scandale ne pourrait plus avoir lieu aujourd'hui, avec la nouvelle réglementation instaurée depuis lors. Mais, entre 1984 et 1985, deux mille enfants ont été traités avec une hormone de croissance fabriquée à partir d'hypophyses de cadavres potentiellement contaminés. Quarante d'entre eux sont morts ou sont atteints de la maladie de Creutzfeld-Jacob. On sait désormais fabriquer une hormone de synthèse qui ne présente pas de danger.

Dimanche 12 janvier

Jean-Edern Hallier est mort. Cela fait une crapule de moins sur terre. Je n'aurai pas l'hypocrisie de le pleurer.

Lundi 13 janvier

Un courant de pensée, vigoureux aux États-Unis, vise à démontrer que la connaissance scientifique objective n'existe pas, qu'elle reflète toujours les idéologies dominantes de la culture qui l'a produite. En d'autres termes, il nie l'empirisme. La réalité physique ne serait au fond qu'une construction d'ordre socioculturel, même quand il s'agit de constater que la Terre tourne. Exaspéré par ce langage, un scientifique, Alan Sokal, s'est livré à une mystification : il a publié un article abondant dans ce sens et délibérément bourré d'énormités, en particulier dans le domaine de la physique. Il a reçu maintes félicitations. Après quoi, dans une autre revue, il a mangé le morceau.

Maintenant, il écrit un livre sur les impostures scientifiques des philosophes postmodernes (parmi lesquels bon nombre de Français) qui écrivent, selon lui, n'importe quoi. On n'a pas fini d'entendre parler de M. Sokal. Ceux que l'affaire intéresse peuvent trouver son article, le premier, sur Internet ou dans *La Recherche*.

Vendredi 17 janvier

On se souvient de l'affaire Hernu, accusé d'être un agent de l'Est. *L'Express*, qui avait soulevé le lièvre, apporte des pièces à conviction : les « notes » précisant les modalités de recrutement et de rémunération de Charles Hernu. Tout cela figure dans un dossier qui a été remis à la DST, en 1992, par un responsable des services secrets roumains.

Charles Hernu appartenait-il à la catégorie de ce que Moscou appelait les « idiots utiles », c'est-à-dire les Occidentaux qui, pour des raisons idéologiques, sentimentales ou de vanité personnelle, servaient les intérêts soviétiques, même s'ils ne s'en rendaient pas compte ?

Apparemment, si l'on en croit *L'Express*, il fut aussi un agent stipendié. Mais il était pauvre, toujours à court d'argent. Tout ceci est affligeant, pour ne pas dire davantage. Mais pas stupéfiant.

Samedi 18 janvier

Ça y est, les aliments « génétiquement modifiés » seront demain dans notre assiette : tomates, courgettes, maïs, melon, et je ne sais quoi encore. Est-ce un progrès ? Des experts l'affirment. Mais, après l'affaire du sang contaminé, puis celle de l'amiante, puis celle de la « vache folle », enfin celle des hormones de croissance, les experts sont suspects. Alors, à l'idée d'absorber des aliments dont un gène aura été modifié, experts ou pas, on renâcle.

Mardi 21 janvier

Pour faire plaisir au président, le ministre de la Culture, Philippe Douste-Blazy, cherche frénétiquement de la place au Louvre pour y mettre une partie des « Arts premiers ».

Il n'y en a pas.

Il visite la grande galerie et s'écrie : « Enfin ! Vous n'allez pas me dire qu'il n'y a ici que des chefs-d'œuvre ! »

Manque de pot : il n'y a « que » des Rembrandt, des Rubens et autres Giorgione.

« On peut en déplacer quelques-uns ! » suggère le ministre.

Alors, le conservateur, imperturbable :

« L'accrochage date de Louis XIV, Monsieur le Ministre. »

Dîner hier soir à mon club. À ma table, la conversation roule presque exclusivement sur la politique financière de la France, les taux d'intérêt, le nouveau Conseil de la Banque de France, la fusion de l'Aéro-

spatiale et de Dassault, la crise de la banque Lazard...
Frivoles, les femmes ? À l'occasion, heureusement !

Déjeuner avec Jean-François Revel qui vient de publier de savoureux mémoires où il étrille, en passant, quelques-uns de ses contemporains ! Il jure ses grands dieux qu'il n'est pas méchant. En effet : il est cruel.
Nous parlons de peinture, dont il est grand amateur. « Nous sommes à la fin d'un cycle, dit-il, il va falloir inventer. C'est peut-être de l'architecture que viendra le renouveau. »
Nous communions dans l'admiration du dernier livre de Henry Kissinger, *Diplomatie*, un pavé, mais une leçon d'Histoire, courant sur plusieurs siècles et réellement magistrale.

Vendredi 24 janvier

La terreur qui ravage l'Algérie prend des proportions hallucinantes. Des familles entières sont égorgées tous les jours. Le président Zéroual a fait à la télévision une déclaration vide de sens pour affirmer qu'il s'agit là d'un « complot » impliquant des pays étrangers et l'opposition. N'importe quoi ! Et il jure qu'il réduira les coupables. Par la terreur ? On voit le résultat.
Les autres gouvernements sont impuissants. Les personnes le sont plus encore. Qui combattre ? Contre qui se dresser ? Où crier son indignation, à supposer que ces cris puissent avoir quelque effet ? On ne peut quand même pas laisser égorger tout un peuple de la sorte ! On ne peut pas, mais on laisse faire...

Samedi 25 janvier

Vingtième anniversaire du Centre Pompidou, salué par un immense raout. Je vais en dire un mot à LCI en compagnie de César. Il n'a jamais pardonné au Centre de ne lui avoir pas consacré une exposition, et, plus généralement, d'avoir boudé les artistes français. Il a raison et ne se prive pas de le dire.

Il reste que le Centre est un lieu magique, le musée une merveille, la bibliothèque une réussite, et que ses vingt-cinq mille visiteurs quotidiens sont la meilleure réponse aux dénigreurs professionnels.

Jeudi 30 janvier

Louis Pauwels est mort. Personnage compliqué, qui fut un grand journaliste, un redoutable polémiste et un écrivain qui connut le succès. J'ai de lui un souvenir baroque. Pendant la guerre d'Algérie, éditorialiste à *Paris-Presse*, il écrivit quelques lignes infâmes sur Jean-Jacques Servan-Schreiber, alors mobilisé dans les Aurès. « Il faut le corriger ! » s'écria Mendès France. Le corriger comment ? « En lui barbouillant la figure d'encre noire, comme nous le faisions aux étudiants de droite quand j'étais jeune. » Il fut convenu que Philippe Grumbach, rédacteur en chef à *L'Express*, se chargerait de l'opération. Sous je ne sais quel prétexte, il attira Louis Pauwels dans les bureaux du journal et se jeta sur lui, encrier à la main. Mais Pauwels se débattit, se précipita vers la fenêtre et se mit à hurler. Il fallut arrêter l'opération sous peine d'ameuter tout le quartier. Pauwels repartit à peine tatoué. C'était raté.

Dois-je ajouter que, trente ans plus tard, JJSS et Pauwels étaient les meilleurs amis du monde ? Ainsi va la vie.

Vendredi 31 janvier

On vient m'interroger pour un journal édité par Nathan, dont on me dit qu'il a une grande audience parmi les instituteurs. Va pour les instituteurs, je les aime bien.

Thème de l'entretien : les souvenirs de classe. Diable ! C'est loin ! Quelques-uns me reviennent en mémoire. Minuscules anecdotes. Souvenirs heureux des petites classes : j'ai aimé l'école, j'étais sage, appliquée... Souvenirs malheureux : j'ai haï la pension...

Tout cela me paraît d'un intérêt relatif, mais la jeune femme qui m'interroge persiste et me pousse : et vos professeurs, et vos compagnes, et ceci, et cela... ? Je déclare forfait. Comme toujours, l'évocation de l'enfance devient vite pour moi motif de douleur.

FÉVRIER

Samedi 1er février

Une brise timide souffle sur l'économie. La hausse du dollar y a une large part. Mais il y a aussi 29 000 demandeurs d'emploi en moins, et une légère reprise semble s'amorcer, dont personne n'ose dire si elle sera durable.

Dimanche 2 février

Superbe accrochage au Centre Pompidou, intitulé : *Made in France, 50 ans de création en France*.

Le moins qu'on puisse dire est qu'en vingt ans d'existence le Centre s'est montré plus que parcimonieux dans l'étude et la défense de l'art français vivant. Les artistes étrangers ont eu droit à toutes ses attentions, on le lui a assez reproché. Le voilà qui tente d'écrire une histoire de l'art en France de 1945 à nos jours à partir de ses collections, immenses et diverses. Le résultat est passionnant à tous égards, par la richesse des œuvres, par leur juxtaposition qui les fait regarder autrement, par leurs consonances et leurs divergences. Les dernières années sont relativement négligées, mais l'après-guerre et les décennies 50 et 60 sont somptueusement servies.

Faut-il préciser que *Made in France* ne concerne pas l'art français, mais l'art fait en France ? Et que Picasso voisine avec Max Ernst, et Giacometti avec Joan Mitchell ? Cela va de soi.

Lundi 3 février

Un drôle d'objet est entré dans ma maison. Une caméra minuscule, ultra-perfectionnée, avec laquelle Canal + me demande d'enregistrer au jour le jour mes faits et gestes. Dix caméras ont été ainsi distribuées à d'honorables vieillards — plus de soixante ans — qui ont accepté de jouer le jeu.

Que fera-t-on du résultat ? Pour le moment, c'est vague, mais une expérience similiaire a réussi avec des enfants.

Je déclenche mon bébé caméra qui a un écran de contrôle, et ce que j'y vois m'horrifie ! C'est moi, mal éclairée, donc ravagée. Je crois que je vais rendre sans tarder son petit bijou à Canal +.

Élections à Vitrolles : le FN est en tête, évidemment. Tout était réuni pour cela. Il s'agit de voir maintenant si les voix du candidat de la majorité, qui fait un score médiocre, se reporteront sur celui du PS, le maire sortant, qui n'était pas apprécié par la population. Ce n'est pas évident, malgré l'appel pressant d'Alain Juppé.

Se peut-il qu'une quatrième municipalité tombe ainsi dans l'escarcelle du Front national ? Il se peut, et c'est accablant.

Mardi 4 février

Oyez, oyez, bonnes gens, Tapie a couché en prison, et voilà la presse en émoi, tous genres confondus ! Cela devait bien lui arriver un jour, cependant. Il n'y fera pas long feu, mais ce sont les premiers jours qui sont durs... Vivre sans téléphone portable, vous imaginez le supplice ? Mais il est à terre, ne lui jetons pas la pierre. Comme les choses sont parties, nous saurons désormais chaque matin si Tapie a bien dormi, ce qu'il a eu pour déjeuner, s'il a enjôlé ses geôliers et de quelle couleur est son pyjama. C'est le délire Tapie dont sont irrémédiablement atteints les médias dès que le bonhomme est en scène, parce qu'il fait recette. Il y a, c'est vrai, un élément qui fascine le chaland, dans ce détenu-là. Nul doute que, cette fois, cependant, il aurait préféré une autre occasion de faire parler de lui.

Mercredi 5 février

Des déménageurs vont et viennent dans l'immeuble. Dans leurs déambulations, ils ont fait sauter les barres de cuivre qui retiennent le tapis de l'escalier. J'ai glissé sur une marche. Résultat : cinq points de suture au front et une fracture du nez. Est-ce bête ! Je portais ma caméra et j'ai pensé à la protéger plutôt qu'à me protéger... C'est ce qu'on appelle le réflexe du pianiste, qui pense d'abord à ses mains. Réflexe stupide, en l'occurrence. Maintenant, j'ai des pansements partout, une tête de gueule cassée, des douleurs diffuses, et surtout la rage au ventre. Peut-on être plus maladroite que je ne le suis depuis que les années me font injure ?

Jeudi 6 février

Je dois être dans une heure au conseil de la Sept. J'y vais, et pendant notre réunion, je sens que le sang coule sur mon visage. Un point de suture a dû sauter. Je me retire précipitamment pour courir à la clinique.

Cette fois, je suis recousue avec l'assurance d'une vilaine cicatrice : les points de suture doivent intervenir dans les six heures qui suivent une entaille. Mais c'est là un détail.

Et il faut maintenant que je me traîne à la réception du prix Mumm. J'ai une furieuse envie de me décommander plutôt que d'aller m'exhiber avec ma tête de grand blessé, mais je dois y faire un petit discours pour saluer la présence de Jacques Julliard au palmarès, et je ne dois pas, je ne peux pas être absente. Mais quel effort !

Pamela Harriman, l'ambassadeur des États-Unis en France, est morte à soixante-seize ans d'une hémorragie cérébrale qui l'a frappée dans la piscine du Ritz où elle nageait. La rapidité... Le Ritz... Une mort de luxe, élégante, qui lui va comme un gant, au bout d'une vie de séductrice ébouriffante. Elle était la grâce même, Pamela.

Vendredi 7 février

Bill Gates, l'homme le plus riche des États-Unis, est à Paris. C'est M. Microsoft. Il s'est acheté le *Cortex* de Léonard de Vinci comme on achète un beau jouet, pour une somme fabuleuse, et il a accepté de l'exposer ici.

Sa fortune, associée à son allure de jeune homme, fascine. Jacques Chirac l'a reçu. Il a eu droit, en échange, à un cours sur la mondialisation de la communication, sujet qui n'est pas exactement sa tasse de thé, mais il faut bien s'y mettre, de nos jours, ou périr.

Samedi 8 février

Interview pour un journal américain sur la beauté ! C'est vraiment le jour, avec la tête que j'ai, un énorme pansement sur le front et le nez de toutes les couleurs. Une photo ? Ah non !

Dimanche 9 février

Je fais un effort colossal pour aller entendre le récital de poésie donné par Fabrice Luchini. Dire, pendant près de deux heures, seul sur scène, des poésies, c'est un tour de force. Le beau est qu'il le réussit et que ce mélange de Baudelaire, de La Fontaine et de Céline prend. Le public est ravi. Tout de même, il y faut de l'audace !

Lundi 10 février

Vitrolles est tombée dans le giron du Front national. Inévitable, tant ce combat a été mal engagé, à droite comme à gauche. Mais, comme une marée noire, le Front envahit le Sud-Est et le ronge... Et cela fait mal.

Mardi 11 février

Pelléas et Mélisande à l'Opéra dans une mise en scène de Bob Wilson. Cette fois, je ne marche pas. Mélisande a perdu sa crinière blonde et n'apparaît plus à son balcon ; tout est figé, glacial... Mauvaise soirée.

Mercredi 12 février

Un article cruel du *New York Times* reproduit par *Le Monde* descend la France en flammes. Ce n'est pas un éditorial, mais le produit d'une enquête sous-titrée « La déconfiture de l'esprit et de l'image de la France ». Tous les traits de cette déconfiture sont impitoyablement relevés : « Alors que d'autres pays se sont mis à l'heure de l'esprit d'entreprise et de la mondialisation, la France voit son économie et son identité même menacées par l'innovation. » L'ambiance ainsi créée « fournit un excellent terreau pour les marchands de xénophobie comme le Front national. La France d'aujourd'hui est minée par le doute et l'introspection ». Certes, elle reste un pays riche, aux infrastructures soignées, où le savoir-vivre et l'art de la table continuent de donner une « impression d'opulence et de tradition. Mais son émouvante beauté masque un fond de désespoir... L'impression de vivre dans un musée est de plus en plus tangible ». Le *New York Times* conclut : « Le vrai problème, c'est que la spécificité de la France ne rencontre plus d'écho à l'étranger. »

On enrage d'avoir à lire cela, même s'il y a là une part de vérité.

Jeudi 13 février

Mais pourquoi, pourquoi donc le Front national, partout où il détient une parcelle de pouvoir, prend-il pour cible privilégiée la culture ? Réponse de Gérard Dupuy, l'éditorialiste de *Libération* : parce qu'il ne peut pas faire grand-chose d'autre.

Cela n'en est pas moins grave. C'est d'ailleurs toujours par là que ça commence.

Vendredi 14 février

Soixante cinéastes s'insurgent contre la loi Debré en projet, qui oblige ceux ou celles qui auraient hébergé un étranger à signaler son départ aux autorités. À le dénoncer, en somme. Ils invitent tous ceux qu'elle choque à la désobéissance civile. Leur appel a déjà fait tache d'huile : 155 écrivains s'y sont joints et les adhésions affluent, venant de tous les milieux.

Le projet de loi doit venir devant l'Assemblée la semaine prochaine.

Déjeuner avec Arielle Dombasle. Une adorable personne. Nul ne ressemble moins qu'elle à son image publique de jolie poupée. Elle est grave, intelligente, sensible, avec de bonnes manières. Mais retombe sur elle toute l'acrimonie dirigée contre son mari, BHL. Elle assume avec élégance.

Dimanche 16 février

Le Figaro me demande quelques lignes à propos de Bernard-Henri Lévy, qui fait l'objet d'une attaque en piqué d'une partie de la presse au sujet de son film, *Le Jour et la nuit*.

On peut aimer ce film ou pas, ce n'est pas la question. En tout cas, chacun est libre. Mais tout se passe comme si, écrivain fêté, il lui était interdit d'avoir aussi des ambitions de réalisateur. Chacun dans sa case, n'est-ce pas ? Autrefois, Cocteau a souffert de ce genre d'ostracisme.

Alors on dénonce sa « stratégie médiatique », on l'accuse d'avoir imposé à *Match*, au *Figaro Magazine*, au *Point* des couvertures d'Alain Delon, puis de s'être imposé au Festival de Berlin. Cela est grotesque. Personne n'a le pouvoir d'imposer des couvertures à ces magazines ni de s'imposer à un festival comme celui de Berlin. Mais peu importe ! Il s'agit de le faire apparaître comme un grand manœuvrier de la publicité personnelle pour mieux le déconsidérer comme réalisateur.

Je n'ai pas envie d'écrire à ce sujet, d'autant moins que j'ai des réserves à formuler à propos de son film et qu'en les exprimant je lui ferais de la peine. Mais il faut tout de même que quelqu'un se fâche devant cette cabale !

Lundi 17 février

L'appel des cinéastes s'est répandu comme une traînée de poudre. C'est par milliers que les adhésions se comptent, comme si le principe même de la délation était insupportable dans un pays qui l'a beaucoup vu pratiquer en d'autres temps. Présentée comme un instrument de lutte contre l'immigration clandestine, la délation est ressentie en outre comme une atteinte à la liberté de chaque citoyen à qui on voudrait l'imposer... L'affaire a pris des proportions telles qu'il paraît impossible de faire voter en l'état cette loi dont d'autres dispositions sont également contestées. Le serait-elle, il est probable d'ailleurs que le Conseil constitutionnel la censurerait.

Alain Juppé cherche une porte de sortie honorable.

Une manifestation qui devrait être massive est prévue pour la fin de la semaine. Tout se passe comme si une partie de la France, secouée, était entrée en résistance.

Mardi 18 février

Dîner à mon club avec une femme passionnante qui préside une société de décontamination. C'est une spécialité française, au point que, mise en compétition avec des sociétés étrangères pour décontaminer un site américain irradié à la suite d'essais nucléaires, c'est elle qui a emporté le morceau. Cela vaut bien un cocorico comme les Français peuvent en pousser, plus souvent qu'on ne croit, en bien des domaines.

Jeudi 20 février

Levant les yeux vers le plafond de ma chambre, j'ai constaté, ô horreur, qu'il était craquelé. Même chose dans mon bureau. Normal : les peintures sont vieillottes. Mais, maintenant que j'en ai pris conscience, je ne veux plus voir ça. Donc : peintres, devis, etc. Ah, qu'ai-je fait là ! Depuis que les compagnons travaillent, je ne sais plus où me mettre. Tout l'appartement est sens dessus dessous et j'y suis comme un chat au bord d'une piscine. De sorte que, pour fuir quelques heures ce bazar, je me fais inviter à déjeuner.

Aujourd'hui, c'est la charmante Teresa Cremisi, la directrice littéraire de Gallimard, qui m'a emmenée au restaurant. Elle m'a raconté qu'elle avait vu hier Nathalie Sarraute qui lui a dit :

« L'année dernière, j'ai pris un coup de vieux.

(Elle a quatre-vingt-seize ans.)

— Et ça se manifeste comment ?

— Autrefois, je travaillais tous les jours. Maintenant, je ne travaille plus le dimanche. »

Irréductible vieille dame !

Le soir, une servante met à côté de son lit un verre d'eau, un somnifère léger, une rondelle de saucisson et un verre de vodka.

« Quand je me réveille, vers 4 heures du matin, que je suis angoissée, que je pense à la mort, cela me réconforte », explique-t-elle.

Étonnante Sarraute ! Que Dieu lui prête encore longue vie ! En attendant, elle continue à écrire...

Vendredi 21 février

Deng Xiaoping est mort, la Chine est en deuil de son Petit Timonier, qui était vieux comme Mathusalem, mais toujours présent dans la vie de son pays. Et tout autour du monde on s'interroge : que va la Chine devenir ? Quel chemin va-t-elle prendre, maintenant que la voici engagée par Deng dans un capitalisme galopant ? Grand bond en avant, grand bond en arrière, libéralisation, durcissement : personne ne peut y être indifférent.

J'ai connu Deng Xiaoping lors de son voyage à Paris, dans les années soixante-dix. Il mesurait un mètre cinquante et ressemblait à Chéri Bibi.

J'ai souvenir d'un échange pittoresque avec Valéry Giscard d'Estaing qui disait, pour parler :

« Croyez-vous qu'il y aura encore des révolutions ?
— Monsieur le Président, répondit Deng, avez-vous entendu parler de la lutte des classes ? »

Plus tard, je l'ai revu en Chine. Ce tout petit homme rusé, rescapé de toutes les purges, devenu maître d'un milliard et demi d'hommes auxquels il disait « Enrichissez-vous... », était fascinant.

Les experts annoncent qu'en 2020 la Chine sera la première puissance économique mondiale. En attendant, tout le monde lui fait la cour en fermant pudiquement les yeux sur son mépris des droits de l'homme. À cet égard, ce n'est pas beau, la Chine.

Samedi 22 février

Antoine Dumayet (qui signe Antoine Gallien) m'a apporté le début de son travail sur Anna de Noailles à qui nous devons consacrer ensemble un film dans la série *Les Écrivains du siècle.* Je le taquine, lui disant qu'en travaillant sur elle, il en est tombé amoureux. Cette grande séductrice a encore une fois frappé !

Il faut dire qu'elle est époustouflante, la comtesse qui ensorcela Proust, Barrès, Paul Valéry, Gide, la fleur de la littérature française, et fut tenue par eux pour le grand poète de son temps.

Mais comment expliquer, surtout comment ressusciter ce charme exotique qui les fit un à un succomber ?

Ce n'est pas facile. C'est amusant à tenter.

Dimanche 23 février

150 000 ? 33 000 ? La vérité doit être, comme toujours, entre les deux estimations, celle des organisateurs de la manifestation et celle de la préfecture de police, qui prête à rire. En tout cas, il y avait du monde.

Déplaisant, le mot d'ordre donné par un groupe de se rendre gare de l'Est avec une valise pour mimer les Juifs déportés. Déplaisant et choquant par son outrance, voire davantage : par son indécence... Mais il y a toujours des dérapages dans les grandes manifestations.

La prochaine se déroulera devant le Parlement, pendant que se discutera le sort de la loi Debré. La pression s'exerce pour qu'en sus du fameux paragraphe qui a mis le feu aux poudres en soit retirée la disposition qui prévoit le non-renouvellement automatique de la carte de résident, valable dix ans. Une disposition qui laisse une épée de Damoclès suspendue au-dessus de la tête de chaque étranger, avec le sentiment d'insécurité que cela suppose... En fait d'intégration, ce serait réussi ! Mais cet aspect-là de la loi n'enflamme pas les imaginations.

Isabelle Autissier est rentrée au port, meurtrie, blessée, mais, d'une certaine façon, victorieuse. Elle est deuxième dans l'ordre d'arrivée et peut légitimement se dire que, si elle n'avait pas été arrêtée quatre jours durant par son accident, elle aurait eu de bonnes chances d'être la première. Mais sa performance n'est pas homologuée, et on lui fait de surcroît un mauvais procès parce qu'elle aurait renoncé trop tôt à rechercher le marin perdu, Gerry Roufs. C'est peut-être ce qui la blesse le plus, tant c'est manifestement injuste.

Une femme intéressante. Courageuse, cela va de soi, mais aussi intelligente, passionnée et calme à la fois. Dur de voir le rêve d'une vie naufragé parce qu'un bout de bois est venu heurter la coque de votre bateau.

Lundi 24 février

Dîner en l'honneur de Leah Rabin à l'ambassade d'Israël. S'y trouvaient, parmi d'autres, Simone Veil, Michel Rocard, la déléguée de l'Autorité palestinienne en France — en d'autres termes, l'ambassadrice de Yasser Arafat, une jeune femme vive avec une tête bien organisée. On était heureux de sa présence en ces lieux.

Antoine Veil me dit que la monnaie unique se fera, qu'il en a la certitude, au vu des investissements que les grands établissements ont déjà faits pour la préparer.

Loi Debré : le soufflé serait-il retombé ? En modifiant le paragraphe incriminé, c'est-à-dire en laissant à l'étranger en partance le soin de remettre lui-même à un représentant du préfet un volet de son certificat d'hébergement, le gouvernement a désamorcé la charge émotive, si l'on peut dire. Plus de délation. L'effarant, c'est qu'on n'y ait pas pensé plus tôt, comme si les Français, selon un mot célèbre, étaient tous « des veaux » capables de tout avaler. Les veaux se sont fâchés en nombre suffisant — 43 % déclarent éprouver de la sympathie pour le mouvement de contestation — pour que les observateurs s'interrogent aujourd'hui sur la nature et la signification d'un mouvement spontané d'une telle ampleur. C'est en tout cas le signe que la France ne dort que d'un œil pendant qu'on la gouverne... mal !

Déroutante attitude du PS, flottant, engagé sans s'engager tout en s'engageant, comme si Jospin hésitait entre morale et responsabilité.

Luc Alphand, skieur intrépide, a remporté successivement le deuxième « Super G » de sa carrière et sa quatrième descente de la saison. En vue, la tête du classement général de la Coupe du monde. Ce serait le premier succès français depuis Jean-Claude Killy en 1968. Croisons les doigts...

Mardi 25 février

Une information bouleversante : des chercheurs britanniques ont réussi à cloner un mammifère adulte, en l'occurrence une brebis nommée Dolly. Dolly a désormais son double exact, obtenu sans l'intervention du moindre spermatozoïde par l'implantation d'une cellule ordinaire dans un ovule vidé de ses chromosomes et implanté dans l'utérus d'une brebis porteuse. L'imagination se dérobe devant un tel exploit et ce qu'il peut porter de conséquences. Bien sûr, il sera d'abord interdit de cloner des humains, mais il y aura toujours un scientifique pour passer outre. Il y aura toujours un homme, une femme fascinés par l'idée de connaître leur double et qui se prêteront à l'opération... Dès aujourd'hui, des vieillards ne rêvent-ils pas de se voir reproduits à l'âge tendre ? Bref, on n'arrêtera pas le clonage avec des règlements.

Affolant, non ?

Mais bien excitant pour l'esprit.

Elles étaient quatre jeunes filles joyeuses et sages qui voulaient fêter carnaval. On les a retrouvées assassinées. Les auteurs du crime ont été très vite identifiés : des marginaux, comme on dit, ferrailleurs, vivant dans la crasse, repris de justice, deux frères qui ont déjà purgé l'un onze ans, l'autre cinq ans de prison pour viol et pour meurtre. Et l'émotion est vive : comment des individus si manifestement dangereux peuvent-ils être remis en circulation ? Mais qu'en faire ? À quel contrôle efficace les soumettre ? À quel traitement chimique ? La question se pose à tous dans tous les pays.

Mercredi 26 février

Alain Juppé a sagement reculé. L'article si contesté de la loi Debré a été transformé. Plus question de délation. Mais il y aura des fichiers où seront inscrits les hébergeants d'étrangers comme les hébergés.

Nul doute que la loi sera votée demain. Le mouvement de protestation s'est éteint. Mais les ricaneurs se tiennent cois, suffoqués d'avoir vu une telle masse de citoyens soulevés par une question morale.

De Gaulle se trompait : les Français ne sont pas des veaux.

Jeudi 27 février

Martin Bouygues et Patrick Le Lay sont mis en examen dans une affaire de fausses factures concernant les bâtiments et travaux publics. Une grosse affaire, apparemment.

Agitation autour d'Olivier Le Foll, le directeur de la police judiciaire, condamné à perdre une partie de ses prérogatives pendant six mois pour avoir refusé au juge Halphen les policiers dont celui-ci avait besoin afin de perquisitionner chez Jean Tibéri. Le Foll avait fait appel de sa condamnation. La Cour de cassation l'a confirmée. Ici et là, dans la police et magistrature, on le juge trop discrédité pour rester directeur de la police judiciaire. Mais Jean-Louis Debré a cru bon de l'assurer de toute sa confiance. C'est, au sens strict, une situation sans précédent.

Vendredi 28 février

Au milieu d'un battage publicitaire inouï en faveur de *Lucie Aubrac*, qui finit par indisposer les mieux disposés, un livre est annoncé dont une revue a publié la substance, qui jette une ombre sur le couple de résistants. Je ne l'ai pas lue, mais j'ai cru comprendre, en écoutant Henri Amouroux, que l'auteur conteste la thèse selon laquelle René Hardy aurait « donné » le rendez-vous de

Caluire. Et suggère que l'attitude de Raymond Aubrac dans cette affaire n'est pas claire.

Faut-il rejeter tout cela avec indignation ? Probablement. Mais le doute est terrible, qu'on voudrait voir lever.

Une femme a volé de la viande dans une grande surface pour nourrir ses enfants. Les magistrats, trois femmes devant lesquelles elle a comparu, l'ont longuement interrogée. Sur ses revenus, faibles. Sur ses dettes, inexistantes. Sur sa volonté : exercer un emploi à temps partiel pour ne pas être à la charge de la société. Sur l'éducation dispensée à ses enfants. Sur ses antécédents judiciaires : néant. Et, pour finir, l'ont relaxée en vertu de « l'état de nécessité ».

Le parquet a fait appel de ce jugement au prétexte que « les enfants mangeaient à la cantine ».

« Ils ne mangeaient que des pâtes et du riz, a répondu la mère. Ils n'en pouvaient plus. C'est pourquoi j'ai volé de la viande. »

L'affaire va donc revenir devant un tribunal. Puisse-t-il y avoir des mères pour la juger !

Un événement : le film de Spielberg, *La Liste de Schindler*, diffusé par la NBC, dimanche soir, contre toutes les règles — le dimanche, on veut s'amuser — et sans une coupure publicitaire, a été regardé par 65 millions d'Américains ! La NBC a délibérément perdu une soirée de recettes publicitaires, mais la chaîne a gagné en prestige et en notoriété. Le film était classé « M », pour indiquer aux spectateurs qu'il était destiné à un public « mûr ». La protestation d'un sénateur républicain contre ce « spectacle de violence et de nudité » est restée isolée.

MARS

Samedi 1ᵉʳ mars

Incroyable sortie de Le Pen contre Jacques Chirac dans un livre à paraître. Elle mérite d'être rapportée un peu longuement.

M. Le Pen se pose « depuis toujours vraiment » la question du refus de M. Chirac de faire alliance avec le Front national : « Quel critère a-t-il donc retenu ? ou est-il tenu par une organisation toute-puissante, par un secret, par une promesse qu'il ne peut pas dévoiler ? Il y a plus : un vrai pacte avec les organisations juives, un pacte qui, *in fine*, lui a réussi : il est président. »

Le pacte, c'est donc le complot judéomaçonnique ! « Chirac et le RPR ont donc pris un engagement devant le Bnai Brith et d'autres sociétés étrangères : pas d'alliance, jamais, avec le Front national. Même si on a besoin de lui pour former la majorité ! »

Et voilà comment Chirac est « tenu » !

Dimanche 2 mars

Victoire à Twickenham, la première depuis 1987 : la France a battu l'Angleterre au rugby dans le tournoi des Cinq Nations à l'issue d'un match où les joueurs se sont littéralement arrachés ! Ce n'est pas tous les ans qu'on voit cela. 23 à 20 : on a eu chaud ! Maintenant, il nous faudrait le grand chelem en gagnant, le 15 mars, contre l'Écosse. Ce serait le cinquième dans l'Histoire...

Lu un livre magnifique sur Proust, d'un Italien, Pietro Citati. Titre : *La Colombe poignardée*. Ni biographie, ni essai, un mélange des deux, tissé avec une subtilité confondante.

Lu aussi les lettres de Simone de Beauvoir à Nelson Algren, son amant américain, qu'elle se délecte à appeler « mon mari ». Elles sont attendrissantes, ces lettres où une femme de quarante ans, manifestement saisie au corps pour la première fois, décline « Je t'aime » sur toutes les notes de sa gamme. Une Beauvoir inconnue, midinette éblouie... Statue écornée ? Non : humanisée.

Lundi 3 mars

À Kaboul, les Taliban ont arrêté deux membres de l'ACF (Action contre la faim) coupables d'avoir réuni des femmes pour dîner. Des femmes qui travaillent pour l'organisation. Aucun homme n'était présent. Motif de l'arrestation : débauche.

Ces Taliban sont de dangereux fanatiques. Au nom de l'islam, ils interdisent la musique, les cerfs-volants, les photos, les pigeons ; les femmes n'ont pas le droit de laver le linge dans les rivières, d'être accueillies dans les hôpitaux ; la barbe non taillée est obligatoire pour les hommes, les cheveux mi-longs sont prohibés, et j'en passe.

Peuvent-ils contrôler tout le pays dont ils tiennent une fraction ? Ce n'est pas exclu. Après la révolution à la soviétique, la révolution à la Taliban... Malheureux peuple !

En attendant, je ne suis pas tranquille pour ceux de nos garçons de l'ACF qui tombent entre de telles mains...

Mardi 4 mars

L'émotion est vive après l'annonce de la fermeture par Renault de son site de production en Belgique. Trois mille licenciements secs annoncés sans ménagements. Voilà qui évoque les dures méthodes américaines. Le moins que l'on puisse dire, c'est que le président de Renault n'a pas eu la manière, à supposer qu'il y en ait une bonne.

Les Belges sont fous de rage et vouent notre pays aux gémonies. Les syndicats français s'émeuvent et supputent les licenciements qui vont suivre en France même. Vilaine affaire. Résultat d'une remarquable absence de politique industrielle depuis toutes ces dernières années.

Les ventes d'automobiles sont mauvaises, quelles que soient les marques. Renault affichera cette année des pertes de 5 milliards. Il lui faut resserrer ses coûts de production, baisser ses prix, et, en Belgique, la maintenance est de 25 % plus élevée. Mais comment faire admettre à des ouvriers promis au chômage qu'ils doivent en faire les frais ? Comment ne pas partager leur colère ? Et l'inquiétude de leurs homologues français ?

Les Américains procèdent à de telles destructions d'emplois. Mais ils en créent d'autres. Tout le problème est là.

L'Albanie est en état d'insurrection à la suite d'un krach qui a ruiné des dizaines de milliers de petits épargnants. On sait peu de chose sur ce qui s'y passe vraiment. Le sûr est qu'une partie du pays est entre les mains des insurgés.

Mercredi 5 mars

Un journaliste américain vient m'interroger sur l'état de la France. Il a passé sept ans à l'étranger, à Moscou, en Inde, et ne comprend pas ce que nous avons, d'où nous viennent cette mélancolie qu'il décèle partout, ce non-espoir, cette frilosité. J'essaie de lui en faire une analyse objective.

« Et pourtant, me dit-il, la France est un pays moderne. Vous avez inventé la carte à puces. Partout où je vais, je peux tirer de l'argent avec ma carte. Ce climat n'existe que chez vous... »

Je lui parle du chômage.

« Mais il y a davantage de chômeurs en Allemagne, et les Allemands ne désespèrent pas de l'avenir... »

C'est vrai, mais nous avons des raisons plus complexes, probablement irrationnelles, d'être plus craintifs. Une impression confuse que la France est en train de perdre son identité, sa spécificité, et cela porte atteinte à un certain bonheur de vivre...

Il veut savoir quelle proportion de la population est ainsi prise de langueur, s'il nous reste des entrepreneurs, des gens dynamiques. Je suis bien incapable de chiffrer leur nombre, de savoir s'il y en a assez pour « désenliser » la France, la sortir de son marasme... Fondamentalement, j'y crois et le lui dis. Cela se fera dans les larmes, mais cela se fera.

Jeudi 6 mars

Reçu d'un employé d'Air France une lettre terrible. Il était à bord de l'un de ces charters qui ramènent chez eux des expulsés « ficelés comme des gigots » pour les embarquer. Certains ont d'abord été rossés. Durant le vol, un seul est resté sans menottes, car son enfant était à bord. Tout l'équipage et les policiers étaient volontaires. Au retour, deux d'entre eux se sont amusés à en ficeler un troisième pour lui montrer « ce que ça fait ». À l'arrivée du vol retour, un agent de la compagnie les a prévenus qu'ils devaient garder un silence complet sur l'opération, qu'elle était en tout état de cause le fruit d'un contrat « juteux » pour Air France avec le ministère de l'Intérieur.

Pourquoi il m'écrit ? Dans l'espoir que cela se sache et qu'on ne donne plus « libre jeu à des petits bourreaux ordinaires volontaires ».

Mais il ne peut révéler son nom sans se mettre en danger. Et, sans son témoignage, que faire ?

Mardi 11 mars

Vu hier soir Chirac qui planchait sur la jeunesse en compagnie de quelques jeunes gens dont les réactions m'intéressaient. Les uns l'ont trouvé « sympa », les autres « chiant », plein de bonnes intentions, mais, « après, il ne se passe rien ». « Et pourquoi il dit tout le temps : Je vais demander au gouvernement ?... C'est pas lui, le patron ? » Une déception ? Non. Ils n'attendaient rien et n'ont même pas voulu le regarder jusqu'au bout. En général, le score d'audience de l'émission a été plutôt mauvais. Pas de curiosité, pas d'appétit. Il avait travaillé ses dossiers, pourtant. Mais, justement, c'étaient des dossiers.

Il se voulait tonique, répétant : « La jeunesse est formidable. » Le ton était bon, mais son discours est passé sur ces jeunes gens comme de l'eau sur l'aile d'un canard.

Reçu une lettre charmante d'un lecteur de seize ans. La relève !

Il fait un temps de rêve qui donne envie d'aller courir dans les bois. Envie purement théorique en ce qui me concerne : il y a beau temps que je ne cours plus, ni dans les bois ni ailleurs. Je me console en me récitant Rimbaud : « J'ai embrassé l'aube d'été... Rien ne bougeait encore au front des palais... J'ai marché en réveillant les haleines ivres et tièdes, et les pierreries regardèrent, et les ailes se levèrent sans bruit... » Miracle des mots sous une plume divine. J'ai oublié la suite, mais il suffit d'un geste : ouvrir un livre. Aucun Internet ne me donnera jamais ce plaisir-là. Et cela me rassure comme un avare qui tâte son coffre-fort. Mes richesses sont dans les livres...

Mercredi 12 mars

« Notre démocratie est complètement bancale. Elle n'avance que sur une seule jambe. Elle écarte de sa représentation plus de la moitié des citoyens. Les femmes expriment une demande de justice et d'équité parce qu'elles se sentent blessées et même humiliées de la place qui leur est faite en politique... »

De qui, ces fortes paroles ? D'Alain Juppé, Premier ministre, s'adressant au Parlement. Et qu'est-ce qu'il en est sorti ? Un os à ronger. Une proposition indécente, puisqu'elle réserverait la parité aux élections municipales, régionales et européennes. Pas question de l'appliquer aux législatives, donc de faire des députées.

Je sais bien qu'Alain Juppé doit composer entre les pressions des femmes, qui sont vives, et sa majorité, qui freine des quatre fers. Mais je ne suis pas sûre qu'il ait mesuré l'amertume que les femmes en ressentiraient. Mme Roselyne Bachelot, députée RPR, pour n'en citer qu'une, ne le lui a pas envoyé dire.

Le débat a eu lieu devant un hémicycle quasiment vide. Ces messieurs ont ainsi montré tout l'intérêt qu'ils portaient à la question.

Jeudi 13 mars

Une voiture sur deux immobilisée à Paris les jours de forte pollution : c'est ce qui nous pend au nez. Un temps radieux nous a en effet conduits, hier, à la cote d'alerte.

Est-ce un système praticable ? Je ne sais pas. Il existe à Athènes, je crois, où l'air est devenu irrespirable. Le sûr est qu'il est grand temps de prendre quelques mesures énergiques pour neutraliser la voiture qui pue, la voiture qui pollue, la voiture qui tue. Même si l'on doit en retirer quelques désagréments.

Déjeuner avec B., ambassadeur de France à X. Je ne puis le désigner davantage sans le compromettre. Il tient un discours ravageur sur les institutions, les méthodes du clan au pouvoir — ce sont toujours les mêmes, quel que soit le clan —, la médiocrité des hommes.

« Chirac, dit-il, qu'on ne se fasse pas d'illusions : on l'a pour quatorze ans. Il va gagner les législatives, parce que la gauche est nulle ; il se représentera en 2002 et sera élu.

— Il faudra tout de même qu'il fasse quelque chose, d'ici là !

— Rien. Il fera des discours et le contraire de ses discours. »

Il croque son beignet de crevettes et conclut :

« La France est foutue ! »

Une phrase que j'ai horreur d'entendre, a fortiori dans la bouche d'un serviteur de l'État.

Samedi 15 mars

Au Zaïre, l'armée régulière fuit devant les rebelles qui ont pris, au nord, une ville importante et menacent les provinces minières, celles où gît le diamant, dont on extrait 13 millions de carats par an. Le diamant : un univers secret où tout se traite au comptant et où les coffres regorgent de dollars.

Il semble que, cette fois, Mobutu soit au bout du rouleau.

Le grand chelem, ça y est ! La France a écrasé l'Écosse au rugby, sans appel : 47 points contre 20. Pourquoi les joueurs français sont-ils si bons au rugby et encore si médiocres au football ? En ce moment, le PSG se déshonore rencontre après rencontre. Heureusement qu'il y a Monaco...

En regardant les mêlées, pendant France-Écosse, je me suis rappelé une petite histoire qui me plaît bien. « Qu'est-ce que c'est qu'un paranoïaque ? » demande-t-on. Réponse : « C'est quelqu'un qui, devant une mêlée de rugby, s'interroge : qu'est-ce qu'ils sont en train de dire de moi ? »

Dimanche 16 mars

Visité le laboratoire du Louvre, guidée par Danièle Giraudy, conservateur en chef. Ce que l'on fait en matière d'exploration des tableaux avec les techniques modernes est prodigieux. Plus rien n'échappe du moindre repentir, du moindre trait, de la moindre trace de peinture. Des appareils ultra-sophistiqués jouent ensuite avec les images pour en faire des montages.

J'en ai profité pour aller voir les deux Vermeer en visite au Louvre, deux tableaux frères, lumineux, dont l'un représente, croit-on, Spinoza. On imagine Vermeer faisant poser Spinoza, et on a envie d'être dans un petit coin, sous le chevalet, pour entendre leur conversation.

Atteint du *locked-in syndrom*, Jean-Dominique Bauby est mort, entièrement paralysé, quelques jours après avoir publié cent trente pages déchirantes, *Le Scaphandre et le papillon*. Pourtant, pas un gémissement, pas un signe d'attendrissement sur lui-même. On sait qu'il a dicté ces pages en se servant uniquement de sa paupière gauche, la seule à être restée mobile dans son corps pétrifié. On lui récitait les lettres de l'alphabet et il clignait de l'œil à chacune des lettres nécessaires pour composer ses mots. Extraordinaire gymnastique, mais « si je voulais prouver que je n'étais pas seulement un salsifis, je ne pouvais compter que sur moi-même ».

Rien de plus émouvant que de le voir, comme on l'a vu dans le film tourné par Jean-Jacques Beineix, immobilisé sur son lit, incapable du moindre geste, le visage figé, la bouche tordue, toute la vie réfugiée dans un œil.

De l'esprit, il en aura eu, dans ce livre mince, jusqu'à son dernier souffle.

Lundi 17 mars

Après le grand chelem de samedi, au rugby, Luc Alphand est sacré sur ses skis vainqueur de la Coupe du monde. Voilà bien du baume sur nos cœurs meurtris !

Une victoire économique ne nous ferait pas de mal, à présent...

Mercredi 19 mars

Dîner hier soir avec Jean François-Poncet, inquiet pour l'Europe, comme Jacques Delors l'était, dimanche, à *7 sur 7*. Mais Delors disait : « Rien n'est joué... L'avenir est ouvert. » François-Poncet dit : « L'Europe est sur le fil du rasoir. Si la monnaie unique n'est pas faite dans les deux ans, elle ne se fera jamais. Et alors les forces conservatrices auront gagné. »

Je me sens de plus en plus enracinée dans ma foi d'Européenne.

Jeudi 20 mars

Déjeuner avec trois garçons de Canal + très sympathiques. Ils sont jeunes, ardents, ils aiment ce qu'ils font, ils sont bourrés d'idées. Je fais pour eux un petit travail qui m'amuse. La morosité n'est pas leur truc.

D'ailleurs, elle semble se dissiper un peu, cette fameuse morosité. On est plutôt passé à l'agressivité. C'est plus sain !

Bons sondages pour Chirac et pour Juppé.

Vendredi 21 mars

Willem De Kooning est mort. Les Français ne connaissent même pas son nom, en dehors des milieux étroits où l'on s'intéresse à la peinture. Ce qui n'empêchait pas ce Hollandais américain d'être l'un des peintres les plus cotés au monde. L'un des plus importants de son temps, sans aucun doute.

Il ne s'est jamais inféodé à aucune école, à aucune mode, à aucune tendance. Il a fait de l'abstraction, du figuratif, de l'expressionnisme au gré de son seul désir, avec la liberté d'un homme qui s'intéresse à l'art dans sa totalité, se l'incorpore comme il vient et se moque de déconcerter.

C'était un géant, Kooning, qui quelquefois roulait sous la table. J'ai rêvé autrefois d'avoir une toile de lui, par exemple une toile rose, inoubliable... C'était il y a quarante ans, à New York. Mais ses prix étaient déjà inaccessibles pour un modeste amateur.

Ainsi vivent ceux qui aiment la peinture : avec des désirs éternellement insatisfaits.

Samedi 22 mars

François Léotard a dit une grosse bêtise. Il a mis sur le même plan le Front national et le Front populaire pour les rejeter également. Et, pour le plaisir d'une formule, il s'est déconsidéré.
Résultat : il a dû se rétracter.
Léger, Léotard, léger.

Mardi 25 mars

Onze oscars pour *Le Patient anglais*, dont un pour Juliette Binoche, exquise. Ce n'est que justice. C'est un film magnifique, qui ne ressemble à rien de courant. L'histoire d'une passion en Égypte, pendant la guerre, tressée avec celle d'une passion dans un monastère désaffecté d'Italie. On a rarement vu la passion entre un homme et une femme s'exprimer à l'écran avec cette force, cette économie de moyens. Mais tout est original dans cette affaire. Une réussite, vraiment, d'un réalisateur anglais inconnu de moi, Anthony Minghella.

Rejeté par la Fox, *Le Patient anglais* a été sauvé in extremis par une société indépendante. Ce sont des choses qui font plaisir.

Mercredi 26 mars

Ce nouveau suicide collectif — cinq personnes — sous le signe de l'ordre du Temple solaire, est hallucinant. Car, cette fois, les suicidés ont pris la peine de laisser un message testamentaire où ils écrivent :

« Il était nécessaire qu'un groupe d'hommes, de femmes, d'enfants, ayant été auparavant préparés, ait dû traverser les vicissitudes de ces trois années de la Loi et le Service. Afin que l'expérience acquise puisse donner pleinement ses fruits, pour enrichir la Conscience du Retour au Père. »

On y apprend également que « lorsque le Ciel veut nous parler, il le fait malgré nous quand Il a décidé ».

C'est le Ciel, donc, qui a décidé de ce troisième « transit vers Sirius ».

Quant au renégat qui, lors du premier « transit », échappa à la mort et en fit un livre sur l'Ordre, « qu'il sache que le comité d'accueil l'attend ! ».

Pourquoi cette fuite vers Sirius ?

« Si vous compreniez à quel point l'ignorance humaine conduit la Terre à sa destruction, vous en seriez terrifié. »

Les suicidés étaient des gens ordinaires, généralement éduqués et prospères. Quelle folie barbare habite ces hommes et ces femmes ? Les spécialistes des dérives sectaires n'ont pas d'explication à fournir. Comportement atypique. Mais ils redoutent que ces sinistres départs vers Sirius ne se reproduisent...

Jeudi 27 mars

On m'a volé ma carte de crédit, à la FNAC où je venais de procéder à un achat. Volée dans ma poche. Et le voleur a dû observer et retenir mon numéro de code pendant que je le composais. Il paraît que le coup est classique. Résultat : avant que je ne m'aperçoive du larcin, le lendemain, et que je fasse opposition, mon voleur a fait quelques achats et tiré sur mon compte 15 000 francs que je ne reverrai jamais, ô rage, ô désespoir... Non : désespoir est très exagéré. Mais rage, oui ! Et je ne sais même pas contre qui la tourner...

Au Zaïre où il est rentré, Mobutu cherche la négociation. Mais le chef des rebelles, Kabila, n'a aucune raison de négocier dans la situation de force où il est, occupant une bonne part du territoire. Si j'ai bien compris, les Américains poussent à un marchandage politique tandis que la France soutient Mobutu...

Quelle chose déconcertante que la politique africaine de la France !

Vendredi 28 mars

Cette fois, ce sont trente-neuf jeunes gens qui ont été retrouvés morts dans une belle maison de Californie.

Une fois encore, l'affaire se présente comme un suicide collectif. Ces jeunes gens se présentaient comme des « Anges » venus d'ailleurs, et apparemment pressés d'y retourner.

Rien ne traduit mieux l'effondrement des idéologies séculières, le déclin des Églises historiques, les ruptures sociales, que ces fuites dans un monde « meilleur ».

Lundi 31 mars

Le rassemblement de Strasbourg contre le Front national : superbe. L'élan spontané et réconfortant d'une foule pacifique, mais déterminée à se faire entendre ; la honte des timorés et des frileux de tout poil.

Comment expliquer que la France soit le seul pays européen, avec l'Autriche, à sécréter une telle extrême droite ? Chômage ? Il est partout. Immigrés ? Il y en a partout. On serait plutôt tenté de croire à la destructuration d'un pays qui fut si durablement organisé autour d'une droite et d'une gauche et qui se trouve confronté à un vide politique, qui a perdu ses marques.

Vide vertigineux où s'engouffrent toutes sortes de fantasmes : on va se noyer dans l'Europe, on va devenir des étrangers chez nous, etc.

Et la lie des sentiments remonte à la surface.

AVRIL

Mardi 1ᵉʳ avril

Vécu une dure semaine au chevet d'un ordinateur atteint d'un virus. C'est impressionnant comme une attaque cérébrale. Tout se bloque, toutes les connexions. Pourquoi ce virus s'est-il introduit chez moi ? Probablement à travers Internet, me dit-on.

De toutes façons, je n'y comprends rien.

Jeudi 3 avril

Scandale, immense scandale ! Il est avéré, par la découverte de documents saisis chez Prouteau, que les « écoutes de l'Élysée » étaient demandées et utilisées par François Mitterrand en personne. Une sorte de « cabinet noir » les gérait. Cette manière d'espionnage à des fins personnelles n'est pas seulement odieuse, elle est effrayante. Car rien ne dit qu'elle ne se reproduira pas demain. « Tout homme va au bout de son pouvoir », selon Thucydide que Mitterrand citait si volontiers. Et quand le pouvoir dispose de pouvoirs exorbitants, comment ne serait-il pas tenté d'en user ?

Vendredi 4 avril

Nuit pénible, en proie à des douleurs qui me percent le flanc. Qu'est-ce que j'ai ? Je ne sais pas. Une échographie faite d'urgence devait le dire. Mais ce qu'elle a dit n'est pas concluant, il faudra recommencer lundi. En attendant, prise de sang et tout le bataclan.

J'ai horreur de me soigner, horreur que ma carcasse me trahisse. J'ai envie de la faire avancer à coups de pied. De nier que je souffre. Mais la douleur me nargue, impérieuse, plus forte que moi.

Lundi 7 avril

Bourrée d'antalgiques en tous genres, j'attends l'heure fixée pour un prochain examen en lisant les journaux. Travailler, je n'y arrive pas.

Ils ne sont pas réjouissants, les journaux ! Il y a de l'eau dans le gaz entre la France et l'Allemagne à propos de la prochaine réforme des institutions européennes. L'Allemagne la voudrait modeste, mettant tous les partenaires sur le même pied ; la France la voudrait large, avec un directoire européen musclé donnant davantage de pouvoirs aux « gros » pays. Il paraît clair que si l'on a tant de mal à s'entendre à quinze, on ne s'entendra pas du tout, en cas d'élargissement, à vingt-sept, et que les institutions exigent en tout cas d'être amendées. Mais c'est dans leur vision d'une Europe politique que les deux pays divergent. Sur tout cela plane de surcroît le spectre de la monnaie unique dont personne n'a plus l'air de savoir exactement à quoi elle servira... Les propos pessimistes se multiplient jusque parmi les maëstrichtiens eux-mêmes.

En Algérie, quatre-vingt-quatre villageois ont été massacrés d'un coup. On finit par ne plus compter.

En Israël, Netanyahou refuse toujours catégoriquement l'arrêt des travaux de construction dans la partie arabe de Jérusalem. Autrement dit, le terrorisme va se poursuivre.

En France, la grève des internes se prolonge et on commence à nous casser sérieusement les pieds avec l'an 2000. Quand on pense qu'il va falloir supporter cela encore pendant deux ans et demi ! Eh bien oui, il y aura un an 2000. Y a-t-il vraiment de quoi en faire une histoire ?

Mardi 8 avril

Examen sous anesthésie, hier. Indolore, incolore... et négatif. Jusqu'à présent, on ne trouve rien de suspect dans ma machine. Nouvel examen vendredi. Pachatte se frotte contre moi et me rassure. Les bêtes savent quand on est malade : elles fuient.

Mercredi 9 avril

Déjeuner avec le plus jeune de mes petits-fils, Élisha, douze ans. Il est adorable, cet enfant, intelligent, gai, calme, et il tient conversation comme un adulte, curieux de tout, informé de tout.

Nous nous débattons un instant sur Internet. Il cane. Moi aussi. Mais il saura s'en débrouiller avant moi.

Il me raconte qu'à l'école plusieurs « élèves » font de la propagande pour le Front national, et que c'est ainsi dans beaucoup d'établissements. Apparemment, les parents n'en ont pas idée.

Mercredi 16 avril

Agitation autour du pouvoir et d'une éventuelle initiative de Jacques Chirac. Pour retrouver du souffle, il balancerait entre un remaniement — mais qui s'intéresse à la question de savoir si Tartempion ou Tartemuche sont au gouvernement ? — et une dissolution suivie d'élections anticipées.

De mauvaises nouvelles concernant le dérapage des finances publiques le contraindraient à prendre des mesures drastiques. Autant faire voter avant. Pour l'heure, il consulte de tous les côtés.

Jeudi 17 avril

Crise carabinée en Israël où le Premier ministre, « Bibi » Netanyahou, est accusé par la police de fraude et de prévarication. Le dossier est entre les mains de la justice qui doit décider s'il donnera lieu à poursuites.

« Bibi » va martelant qu'il ne démissionnera en aucun cas. Mais il est mal barré.

Il est si peu sympathique, ce personnage, qu'on ne pleurera pas sur lui.

Vendredi 18 avril

Les rumeurs d'une prochaine dissolution ont pris soudain consistance. Si les augures ne se trompent pas, Jacques Chirac devrait l'annoncer lui-même mercredi ou jeudi.

Le but : avoir des élections derrière lui au lieu de les avoir devant lui pendant l'année qui vient, laquelle devrait voir un nouveau tour de vis imposé aux Français en plus de la concrétisation de la monnaie unique.

Il s'agit de refaire une virginité à Juppé et de prendre le virage ultralibéral que préconisent les patrons.

C'est un coup de dés. Celui que prédisait Françoise de Panafieu en janvier. Bien que le risque soit faible de voir l'opposition triompher, il n'est pas nul. Mais sur quel thème va se faire la campagne électorale ? Les succès du gouvernement ? Le moins qu'on puisse dire est qu'ils ne sont pas éclatants.

Pour le moment, l'opinion demeure indifférente.

Samedi 19 avril

Bon concert au Châtelet, dirigé par Daniel Barenboïm. Le chef, parfait. L'orchestre — celui du Staarskapelle de Berlin —, parfait. Un programme un peu hétéroclite : l'ouverture de *Parsifal*, les *Cinq Pièces pour orchestre* de Schönberg et la *Grande Symphonie* de Schubert.

Schönberg, superbe dans sa modernité. Il a dit lui-même de ces pièces qu'elles n'avaient « absolument rien de symphonique ». C'est même l'exact contraire : pas d'architecture, pas de construction. Rien qu'un changement ininterrompu et varié de couleurs, de rythmes et d'atmosphères.

La *Grande* de Schubert est son œuvre symphonique la plus considérable. Comme l'a dit je ne sais plus qui, la musique de Schubert est au croisement d'un passé inachevé et d'un futur qui se fait désirer. Il y a ici une allégresse, une vivacité, des trouvailles mélodiques qui enchantent.

Une bonne soirée.

Dimanche 20 avril

Tout blanc, tout beau, mon appartement est propre comme un sou neuf. On lécherait les murs. Me voilà maintenant embarquée dans de grands rangements. D'abord éliminer les tonnes de manuscrits qui m'accablent : ceux que m'envoient des écrivains en mal de publication, persuadés que je peux leur prodiguer des conseils ou leur trouver un éditeur. Je suis obligée de les décevoir et cela me fend le cœur... Ensuite, ranger les livres qui se sont accumulés pendant sept semaines. Exercice épuisant. Là aussi, il faut éliminer pour trouver de la place. D'ailleurs, les livres que l'on écarte sont toujours ceux dont on s'aperçoit plus tard qu'on en a justement besoin... Enfin, vider ma garde-robe de ce que je ne mets pas et qui fera quelques heureuses...

C'est voluptueux, de ranger ; mais c'est tuant.

En Israël, Netanyahou a sauvé sa peau. Tant pis.

Lundi 21 avril

Un très cher ami veut me persuader d'aller vivre à Londres où il compte lui-même s'installer.

« Mais que voulez-vous que j'aille faire à Londres, privée de ma famille, de mes amis ?
— Vous seriez riche...
— Ah bon ! Comment cela ?
— Tous vos revenus sont acquis en France, non ?
— Oui, ils proviennent de mes livres.
— Eh bien, si vous preniez un appartement à Londres, vous ne paieriez plus un sou d'impôt sur le revenu, ni en France ni en Grande-Bretagne.
— C'est incroyable !
— Consultez un spécialiste, vous verrez. C'est la loi. À une condition : que vous passiez cent quatre-vingt jours par an, autrement dit, quinze jours par mois, sur le territoire britannique.

— C'est tentant, votre système...
— N'est-ce pas ? Je fais du prosélytisme parce que j'aimerais bien regrouper à Londres quelques amis : ce serait plus gai.
— Ce n'est pas très civique, tout ça !
— Pourquoi ? C'est parfaitement légal. Allez, venez. Londres est une ville délicieuse...
— Je n'aime pas votre idée. Je me sentirais coupable et émigrée... Loin du pavé de Paris, je meurs.
— Réfléchissez. Pas un sou d'impôt ! Cela va vous trotter dans la tête... »

Pour trotter, ça trotte. Je l'ai tout de même envoyé promener. N'empêche : s'il existe beaucoup d'arrangements aussi juteux pour les résidents français en Angleterre, je commence à comprendre pourquoi on s'installe beaucoup à Londres, ces temps-ci. La plus grosse fortune française vient de donner le ton.

Mardi 22 avril

La dissolution, ça y est. Chirac l'a annoncée. L'opinion est plutôt favorable, tant elle sent que la machine du pouvoir s'est enlisée. Tout de même, elle aura du mal à avaler Juppé pour incarner le renouveau.

Comme d'habitude, Chirac n'a rien dit de consistant. Des mots enfilés derrière des mots pour n'avancer aucune idée, aucun programme d'action, aucune ligne de force. Mais sait-il lui-même où il va, au-delà de son coup de poker ?

Jeudi 24 avril

Vu, en projection chez Canal +, un document remarquable de Yasmina Benguigui sur un sujet ingrat : les

immigrés maghrébins en France. Comment ils sont venus, qui les a fait affluer par milliers, comment leurs familles les ont rejoints sans qu'ils aient rien demandé, ce qu'en pensent les femmes, leurs enfants nés en France. Une longue histoire oubliée — ou occultée —, racontée par les intéressés qui ont pour la première fois la parole...
Un beau travail, où il y a même de l'humour.

La fameuse prise d'otages du Pérou — soixante-douze personnes, dont une poignée d'ambassadeurs, détenues depuis cent vingt-six jours par le mouvement révolutionnaire Tupac Amaru — s'est achevée par une charge des unités spéciales de la police et de l'armée. Elles ont pénétré dans l'immeuble en creusant des voies souterraines. L'opération aurait coûté la vie à dix-sept personnes. La cote du président Fujimori, qui a donné l'ordre d'attaquer, est montée en flèche. « La terreur prétendait s'imposer. Nous ne pouvions l'accepter. » Après de longues négociations stériles, il a joué un coup de poker. Gagné. Il a en tout cas sauvé son régime.

Vendredi 25 avril

La campagne : ça barde ! Jospin a mangé du lion, face à un Juppé fragilisé par son impopularité. Aussi commence-t-on à dire que le Premier ministre pourrait n'être pas reconduit dans ses fonctions.
Les derniers sondages indiquent que les résultats, si l'on votait aujourd'hui, seraient très serrés. La Bourse en fait une maladie.

Si l'actuelle majorité perdait ces élections après les avoir voulues, ce serait tout de même une drôle d'histoire, comme on n'en aurait encore jamais vu...

Déjeuner au siège social d'Otis, le fabricant multinational d'ascenseurs. Qu'est-ce que je fais là ? Rien. Une politesse. Ces messieurs, charmants, souhaitaient me rencontrer. Je ne sais pas ce que je leur ai raconté, mais j'ai appris beaucoup de choses sur les ascenseurs. La maison mère étant américaine, un petit fascicule va être diffusé dans toutes les filiales sur certaines règles de conduite à observer, en particulier sur le harcèlement sexuel dans l'entreprise... Les exemples cités et l'attitude à observer concernent le harcèlement par les femmes aussi bien que sur les femmes. C'est gai, la vie en Amérique !...

Samedi 26 avril

Un colloque avait été réuni à la Sorbonne par un sénateur RPR pour débattre de l'« urgence » d'une dépénalisation du droit des affaires et de la réforme des abus de biens sociaux. Toutes mesures âprement réclamées par les entrepreneurs et les avocats d'affaires. En face d'eux, quelques magistrats tentaient d'expliquer les règles du jeu judiciaire. On se fût un peu endormi si Michel Charasse n'était entré en scène pour insulter les juges, coupables de « pratiquer la torture par l'incarcération » pour obtenir des aveux. Puis il passa à une attaque en piqué des journalistes, en ces termes : « Si vous n'êtes pas contents, allez pisser dehors... Vous vous croyez les seuls intouchables, mais on n'est pas à vos ordres ! Il va falloir un jour que vous rendiez des comptes. N'oubliez pas que *vous êtes payés par l'argent du contribuable...* »

Première nouvelle ! Et le sénateur Charasse, par qui est-il payé, à propos, pour se conduire comme un goujat ?

Par le contribuable !

Lundi 28 avril

Juppé à la télévision, en campagne. Il se fiche du monde avec son programme de quarante jours qui n'apporte rien de substantiel, et aucune indication sur ce que sera la politique économique du futur gouvernement. Et il était content de lui, avec ça ! Il y a au moins un Français satisfait d'Alain Juppé : c'est lui.

Mardi 29 avril

Dîner au Club L. avec quelques invitées de marque, dont Claude Pompidou et Isabelle Autissier.

Claude Pompidou, un peu effarouchée par cette nuée de femmes, est toute timide. C'est une personne charmante et profondément sympathique. Elle nous raconte que l'œuvre dont elle s'occupe depuis des années avec vigilance et efficacité se heurte à la mauvaise volonté de quelques fonctionnaires. Et elle enrage.

Isabelle Autissier, discrète, n'est pas du genre expansif, elle non plus. Il faut lui arracher quelques confidences sur la course qu'elle prépare : New York-San Francisco.

Nous rions à propos d'une jeune femme — que je ne nommerai pas — qui vient de réussir un coup de maître. Elle avait décidé d'épouser un homme riche, et même très riche, qui porte un grand nom. Comme il se montrait réfractaire, elle a jeté son dévolu sur son frère. Fiasco ! Alors elle a visé le demi-frère. Celui-là a craqué. Les noces sont pour bientôt. La famille fait la tête. Elle, est aux anges.

Ainsi vont les femmes. Irrésistibles quand elles se sont mis quelque chose en tête. Celle-là est ravissante. Ça aide, assurément.

MAI

Jeudi 1er mai

Écouté, hier, à la Fondation Saint-Simon, Catherine Trautmann, maire de Strasbourg, qui était notre invitée. Une présence forte, dense, la maîtrise de ses dossiers et, par-dessus tout, la passion. Une passion manifeste de la chose publique, de ce métier superbe, celui de maire, le seul métier de la politique à être vraiment gratifiant. Là, on fait.

Elle fait.

Interrogée sur le point de savoir pourquoi elle avait mobilisé Strasbourg contre Le Pen, elle s'en est expliquée avec émotion. Elle a produit la meilleure impression.

Vendredi 2 mai

Charmant et charmeur, Tony Blair a remporté les élections en Grande-Bretagne, infligeant une défaite historique à ses adversaires conservateurs. Des électeurs excédés par le libéralisme échevelé des quinze dernières années les ont chassés du pouvoir malgré une situation économique relativement bonne, même si elle n'est pas bonne pour tout le monde.

Que va faire Blair ? Il l'a dit : gouverner au centre. Il ne s'agit pas de revenir aux folies travaillistes des années 70. Mme Thatcher a fait le ménage devant lui en cassant les syndicats, en privatisant et en déréglementant à tout va. Avec ce grand pragmatique, la Grande-Bretagne a des jours plus heureux devant elle. Et, sans doute, la construction européenne aussi.

Écrit pour *Le Figaro* un genre de lettre ouverte au président de la République et à François Bayrou, ministre de l'Éducation, dans l'espoir d'attirer leur attention sur l'illettrisme, dont ils se disent préoccupés. On en fait grief à l'école. Or, dans nombre de cas, l'illettrisme résulte d'une atteinte des circuits cérébraux qui permettent l'apprentissage de la lecture et de l'écriture. La rééducation de ces circuits donne des résultats spectaculaires. Les rares centres privés où elle est pratiquée selon la méthode d'un médecin neurologue, le docteur Gelbert, en font la démonstration. Celui qui ne lisait pas, lit ; celui qui n'écrivait pas, écrit.

J'ai déjà parlé de cette méthode que le docteur Gelbert a exposée dans son livre *Lire c'est vivre* (Éditions Odile Jacob). Comment la répandre au niveau national ? L'impulsion ne peut venir que d'en haut, tant les résistances sont grandes à tout ce qui dérange les idées reçues. C'est pourquoi, n'écoutant que mon courage, j'ai frappé en haut.

Miracle, il semble qu'on m'ait entendue...

Georges Kiejman est plongé jusqu'au cou dans le dossier Aubrac. C'est-à-dire, m'explique-t-il, dans le livre, attentatoire à l'honneur des Aubrac, qui vient d'être publié et dont il s'agit de montrer qu'il ne contient pas un fait avéré. En attendant, les Aubrac sont salis par ce livre, salis par le doute qu'il a fait lever...

Nous nous lamentons ensemble sur la légèreté avec laquelle on peut aujourd'hui diffamer, trouver un écho, même dans la presse réputée sérieuse, à toutes les accusations. Impunément. Faire un procès ? Il se plaide deux mois ou deux ans après, quand plus personne ne s'intéresse à la question. En attendant, la réputation des diffamés est abîmée à jamais. Quelque chose subsistera toujours, dans les esprits, du bien-fondé de la calomnie...

Georges m'inquiète. Il se désintéresse non de ses clients, heureusement, mais de toutes choses étrangères à son activité, et des gens en général. Il a gardé sa belle insolence, mais n'en use plus qu'avec nonchalance.

Il me dit que j'ai été trompée, en ce qui concerne la photo de François Mitterrand sur son lit de mort. Que l'auteur en est très vraisemblablement un quidam qui a accepté de déclencher l'appareil à lui confié par un professionnel. On a retrouvé l'appareil suspect auquel il manquait trois pellicules. Mais aucune preuve ne sera jamais administrée. *Match* continue à garder jalousement son secret.

Samedi 3 mai

Dîner chez des amis toujours bien informés. Ils me disent que Chirac, qui a toujours eu besoin de mentors, est sous la coupe de Juppé et de Villepin, le secrétaire général de l'Élysée, qui lui ont inspiré la dissolution. Conclusion : si la droite gagne les élections, on reprendra du Juppé pour cinq ans. Pas question que Chirac l'écarte.

Si les électeurs le pressentent, on comprend qu'ils manquent d'enthousiasme !

Nouveaux journaux dans les kiosques : *Télé-Vision*, un mensuel entièrement consacré à la télévision, mais sans programmes. Des petites histoires, des bruits de coulisse, des portraits. Ce n'est pas mal fait, au contraire, la maquette est réussie. Mais, avec cette périodicité, on se demande comment André Rousselet, qui le finance, espère le vendre substantiellement. Il est vrai que je peux me tromper.

Marianne, le nouveau brûlot de Jean-François Kahn. Quatre cent mille exemplaires du premier numéro se sont vendus. Il faudra attendre le troisième pour savoir à quel niveau sa vente s'établira. En attendant, il cogne... Mais ne demandez pas où il se situe politiquement : c'est le secret du chef.

Enfin, *Le Figaro Magazine* a rajeuni sa formule. Il cherche manifestement à se recentrer sans perdre ses lecteurs d'extrême droite. Exercice délicat.

Mardi 6 mai

Déjeuner avec Christine Ockrent qui me raconte un peu ce qu'elle fait dans la station de radio BFM dont elle est devenue administrateur. BFM fait de l'information continue avec une forte dose d'économie et de finance. Elle a en tout cas recruté de bons éditorialistes pour s'y faufiler, dont Philippe Alexandre. Avis aux amateurs : BFM émet sur 96,4.

Jacques Séguéla a pris en main la communication des socialistes, le temps de la campagne. Il est malin, le bougre, et il a des idées. À l'autre bord, son vieux complice et rival, Pilhan, communicateur en chef de Jacques Chirac.

Le poids pris par ce qu'on appelle la communication — les slogans, le libellé et le graphisme de la moindre affiche, le choix des thèmes sur lesquels appuyer, les rumeurs qu'il convient de répandre, les médias sur lesquels s'exprimer, le style, le ton, choisis et révisés au jour le jour en fonction de ce que l'on croit saisir de l'état de l'opinion — tout cela, qui relève à la fois de la technique et de l'intuition, est devenu une part exorbitante de la compétition politique.

Une partie de ping-pong entre publicitaires.

Ce qu'en termes vulgaires on pourrait appeler l'art de bourrer le mou.

Il a ses artistes.

Mercredi 7 mai

Dernière trouvaille en date dans le camp de la majorité : un article signé Chirac, publié simultanément ce matin par quatorze quotidiens régionaux.

Pour le moment, les sondages, à prendre avec des pincettes, donnent les deux camps au coude à coude en nombre de voix. Aucun ne décolle.

Au Zaïre, où la France a perdu toute influence, les Américains, plus Nelson Mandela, n'arrivent pas à obtenir que Mobutu quitte le pouvoir au bénéfice d'un gouvernement de transition indépendant avec lequel Kabila négocierait... En attendant, ledit Kabila est accusé par le commissaire européen aux Affaires humanitaires, l'intrépide Emma Bonino, d'avoir transformé l'est du Zaïre « en un véritable abattoir ». Ses troupes avancent vers la capitale. Kinshasa est à portée de sa main.

Jeudi 8 mai

Josette Alia vient déjeuner avec moi. Cette jolie blonde rieuse est probablement la meilleure journaliste française. Complètement polyvalente, elle peut écrire sur le Moyen-Orient, sur l'Angleterre ou sur l'Afrique avec la même compétence, la même rigueur dans l'information. Quand elle a débuté, correspondante du *Monde* en Tunisie pendant la guerre d'Algérie, le journal avait escamoté son prénom pour qu'on la prenne pour un homme ! Aujourd'hui, elle conduit une enquête pour l'*Obs* sur l'entrée en masse des femmes dans le combat politique. Cent trente candidates socialistes, cela commence à faire nombre, même si elles ne sont pas toutes élues. C'est en tout cas le triomphe des quotas.

« Qu'est-ce que ça changera, s'il y a beaucoup d'élues ? me dit-elle.

— Sur le fond, rien dans l'immédiat. Mais ce sera symbolique. Il ne faut jamais sous-estimer la force des symboles. »

Nous nous remémorons ensemble les étapes de l'infiltration des femmes dans la société active depuis vingt-cinq ans. Elle n'est pas négligeable. Allons, encore un effort...

Selon l'une des candidates de la majorité qui fut l'un des éphémères ministres d'Alain Juppé, ce qui la sert le mieux dans sa campagne, c'est... d'avoir été virée !

Samedi 10 mai

Cannes brille de tous ses feux sur le petit écran. Il y a du beau monde, cette année. Le spectacle qui en est donné sert-il le cinéma ? Gens sapés montant un escalier, interviews aussi hâtives qu'insipides, truffées de lambeaux de films... Rien de tout cela n'est propre à ouvrir l'appétit du spectateur un peu exigeant, emporté dans une sorte de zapping effréné. Phagocytée par la télévision, il ne reste de la boîte à rêves que des confettis.

Dimanche 11 mai

La « Lettre » de Jacques Chirac semble avoir fait plouf. Elle n'a pas été lue, ou très peu. Prudent, le chef de l'État s'est rendu à Cannes le temps d'un déjeuner, mais, sur les conseils pressants de son entourage, il s'est gardé de toute manifestation frivole. Ce n'est pas le moment de s'exhiber avec des starlettes...

Lundi 12 mai

Mauvaise nouvelle : « Deeper Blue », l'ordinateur, a battu Kasparov aux échecs. Cela est bien triste. Ainsi les échecs ne sont pas le champ de l'intelligence, du talent, de l'imagination, mais tout bêtement celui de la pure logique mathématique. Et là l'ordinateur, qui est bête, a été le plus fort.

Il paraît que Kasparov n'était pas dans son assiette. Tout de même... Quelle chute ! Comment se consoler ? En pensant que « Deeper Blue », ce sont des hommes qui l'ont fabriqué. En ce sens, sa victoire est une victoire humaine, non celle d'une machine.

Une petite ville, Cosne-sur-Loire, un instituteur sans histoire, bien noté, à la retraite depuis 1993... Et, tout à coup, le scandale : plus de cent plaintes pour viol ou agression sexuelle sur des enfants sont déposées. Le suspect aurait avoué. Après tant d'années d'impunité, il a été trahi par l'une de ses victimes, un jeune CRS de vingt-sept ans, qui a eu le courage de le dénoncer puis qui, obsédé par les traitements subis dans son enfance, s'est effondré et s'est suicidé. L'enquête lancée, d'autres victimes se sont fait connaître. L'extraordinaire est que tout cela se soit passé dans le plus profond silence pendant trente ans.

Sommes-nous, oui ou non, menés par le bout du nez ? Ou plutôt par l'OVM, ce petit appendice caché dans le nez, qui serait un capteur et un émetteur de messages chimiques émis et reçus par l'homme — et par la femme — tout comme les chiens, les chats ou les lions ?

Des chercheurs fort sérieux mènent travaux après travaux sur le sujet. Il en ressort en tout cas que, comme l'animal, l'homme utiliserait ces messages chimiques, dits « phéronomes », dans ses relations sexuelles.

Des laboratoires américains n'ont pas perdu de temps. Ils vendent, par Internet, des flacons d'odeurs avec ce slogan : « Laissez le pouvoir des phéronomes humains augmenter votre sex-appeal et introduire l'aventure dans votre vie... »

Sérieusement, tout cela est assez troublant.

Mercredi 14 mai

Comme on pouvait l'espérer, le gouvernement de Tony Blair a adopté, à propos de l'Europe, un ton, un style, une démarche rafraîchissants. Cessant d'être crispée sur ses *« no »* incessants, la Grande-Bretagne dit qu'elle veut jouer dans la partie européenne. Elle a déjà fait plusieurs pas non négligeables. C'est une grande première qu'il faut saluer comme il convient. Décidément, M. Blair n'a pas seulement du charme...

Jeudi 15 mai

Jacques Chirac est en Chine, où il est arrivé précédé d'une nouvelle saluée à grands cris de satisfaction par les Chinois : la France a renoncé à s'associer à la résolution de l'ONU sur les droits de l'homme. En d'autres termes, elle n'exhorte plus la Chine à les respecter ; elle ne fait plus que le lui demander bien poliment.

Certains apprécieront ce réalisme favorable au commerce. D'autres se demanderont s'il ne s'agit pas d'un marché de dupes où l'on donne et où l'on ne reçoit rien en échange. Les Chinois sont très forts à ce genre de marché. On verra quelles commandes Jacques Chirac rapportera de son voyage.

Enregistré une longue émission à LCI, interrogée par un bon journaliste. Je suis mal à l'aise parce que je me sens coiffée comme un plumeau. Pas eu le temps d'aller chez le coiffeur. Mais j'essaie de passer outre. Tout de même, j'ai honte de ma négligence. À quelqu'un qui lui demandait : « Est-ce que vous vous souvenez d'une émission où vous avez été mauvais ? », Ronald Reagan répondit : « Oui, ce jour-là, j'avais les cheveux sales. »

Il s'y connaissait en communication.

Vendredi 16 mai

La presse est pleine de considérations et de chiffres relatifs à la Chine et au formidable développement qu'elle a connu en l'espace de vingt ans. Pour l'heure, il y a encore de 60 à 80 millions de Chinois qui vivent au-dessous du seuil de pauvreté, laissés-pour-compte de l'agriculture et de la modernisation industrielle, mais les riches pullulent et la croissance galope.

Rien qui ressemble à une protection sociale, naturellement. Des mœurs encore féroces qui contraignent les femmes à avorter lorsqu'elles portent un deuxième enfant. Et une répression politique très dure qui bâillonne toute opposition.

Que reste-t-il du socialisme dans ce capitalisme à la chinoise ? Apparemment rien. Un mot que l'on continue d'agiter.

Sauf explosion toujours possible qui la ferait régresser, la Chine est en passe de devenir le géant du XXIe siècle.

Un de mes amis avait coutume de dire autrefois : « Pourquoi gémissons-nous parce que la Chine est communiste ? Heureusement ! Vous imaginez ce milliard d'hommes, ingénieux et travailleurs comme ils sont, s'ils n'étaient pas paralysés par le système communiste ? C'est là qu'il faudrait avoir peur ! »

Eh bien, nous y sommes. L'Histoire est en train de déserter l'Europe pour basculer du côté de l'Asie.

Le PSG a perdu devant Barcelone par 1 but à 0. Défaite, donc, mais que la presse française ne se résigne pas à qualifier comme telle. Passons ! Les Espagnols sont-ils tellement meilleurs que les Français ? C'est un petit génie brésilien, Ronaldo, qui a mis le but fatal. Il « pèse » aujourd'hui 60 millions de francs.

Le vrai est que les footballeurs n'ont plus de nationalité. Ils n'ont que des clubs qui ont plus ou moins d'argent pour les acheter.

Ce qu'on a vu mercredi, c'est que le PSG est moins riche que le riche Barca de Barcelone.

Samedi 17 mai

Conversation avec Blanche, ma servante, qui me laisse horrifiée.

Nous parlons des élections, des gens « qui sont tristes et qui ne savent pas pour qui voter », me dit-elle. Et elle me déclare froidement :

« Moi, je crois que je vais essayer Le Pen...

— Le Pen ! Mais vous êtes folle, Blanche ! Pourquoi Le Pen ?

— Peut-être que lui dit la vérité ?

— Mais quelle vérité ? À quel sujet ? »

Elle ne sait pas. Mais elle voudrait « l'essayer pendant deux ans ».

Voilà une femme intelligente, qui gagne bien sa vie, son mari est retraité, elle a un grand fils qui jouit d'une bonne situation, elle est heureuse chez moi, du moins elle le dit, elle n'a aucun problème particulier avec les immigrés... Où a-t-elle été chercher cette subite inclination pour Le Pen ? Et, surtout, combien sont-ils qui seraient prêts, eux aussi, à « l'essayer » ?

Elle me demande pour qui je voterai.

« En tout cas, pas pour Le Pen ! »

Ma conviction l'ébranle un peu. Elle a confiance en moi parce que, dit-elle, je suis « honnête ».

« Les autres aussi sont honnêtes, Blanche. Juppé est honnête, Jospin est honnête...

— Et Le Pen ?

— Non. »

Ce « non » la trouble. Elle réintègre sa cuisine, pensive. Mais que fera-t-elle au moment de voter ? Je ne réponds de rien.

Dimanche 18 mai

Exit Mobutu. Kabila s'est autoproclamé chef de l'État démocratique du Congo. Adieu Zaïre ! Sera-t-il meilleur ? Sera-t-il pire ? Détournera-t-il lui aussi toutes les richesses du pays, qui en regorge, à son bénéfice et à celui de ses affidés ? Que sera le nouvel ordre selon Kabila ? D'après Médecins sans frontières, il a procédé à une véritable extermination des réfugiés hutus : 190 000 seraient portés disparus. Pour le moment, ce qui s'ébauche sous la férule de ce nouveau potentat ressemble plutôt à un régime marxiste. Il ne leur manquait plus que ça, à ces malheureux Zaïrois...

Réunion à *Libération* avec quatre spécialistes des affaires algériennes et une poignée d'actionnaires qui ont envie d'être informés. Ils nous font un historique du pays depuis l'indépendance : la ruine de l'agriculture, la manne pétrolière engloutie dans l'industrie lourde, la corruption, la naissance de l'islamisme militant. Ils insistent sur le fait que l'on sait très mal ce qui se passe vraiment, qui massacre qui, ce qu'il faut imputer au GIA et ce qu'il faut attribuer au pouvoir en place. Surenchère dans le crime ?

Avec la hausse du dollar, les revenus pétroliers de l'Algérie ont sensiblement augmenté. Au point que la situation économique du pays est presque rétablie. Elle le serait tout à fait si cette manne servait à des investissements. Mais, comme d'habitude, elle va dans la poche des clans qui gravitent autour du pouvoir.

Y a-t-il pour l'Algérie un autre avenir que le bain de sang ? Parmi les observateurs, les uns sont très sombres, les autres moins, mais personne ne voit clairement comment la situation pourrait évoluer vers la paix civile.

Les élections ? Une farce.

Déjeuner avec BHL, que je n'ai pas revu depuis longtemps. Plaisir de le trouver dans une forme excellente. Il a reçu un coup sur la tête, il a eu mal, il a récupéré et en parle maintenant avec humour. Il a deux livres en chantier. La vie est devant lui...

Ce n'est pas la première fois qu'il ressuscite après un échec. À vingt-trois ans, il avait imaginé de lancer un journal... et se voyait déjà dans les bottes de Citizen Kane. Ce fut un bide dont il sortit lessivé, humilié, sans un fifrelin, son job dans l'édition perdu.

À l'époque, certains disaient : « Il est fini. » Fini ? On sait comment il rebondit, fort et haut. Aujourd'hui, il s'amuse en évoquant ce souvenir. Finis, les rêves hollywoodiens, oui... Péripétie ! Il ne s'est jamais senti davantage maître de sa plume. Il écrit. On va voir comment il est fini !

Cantona a raccroché son ballon. Le seigneur se retire à trente et un ans sous sa tente, où il va s'adonner à la peinture. Cela fera un mauvais peintre de plus et un grand joueur de moins. Dommage.

Kersauzon a battu le record du tour du monde à la voile. C'était son sixième essai. Chapeau à l'Ours de la mer !

Lundi 19 mai

Pentecôte. Les derniers sondages dont la publication soit autorisée avant les élections sont tombés : égalité de voix entre la gauche et la droite, supériorité de la droite en nombre de sièges à cause du découpage électoral mijoté par Pasqua en 1988. Étant donné le nombre de candidats et le nombre des électeurs qui se déclarent encore indécis, ces sondages laissent dubitatif.

Tout de même, quelques fortunes sont déjà parties à l'étranger.

Mardi 20 mai

J'attends des amis américains à déjeuner et Blanche trépigne. Nous avions dit 13 heures. Il est 13 heures 30, le rôti sera immangeable. Pourquoi les Américains sont-ils si facilement mal élevés ?

Je reconnais que j'ai, avec l'exactitude, des relations quasi pathologiques. Je ne fais jamais attendre, je ne supporte pas d'attendre. Tous les gens exacts me comprendront.

Pourquoi certains arrivent-ils toujours en avance ? Parce qu'ils pensent : « On ne m'aime pas assez pour m'attendre. » Pourquoi d'autres arrivent-ils toujours en retard ? Parce qu'ils pensent : « On doit m'aimer assez pour m'attendre. »

Tout cela est bien connu. C'est pourquoi ces comportements sont constants. Ils n'en sont pas moins — le second en tout cas — exaspérants.

On sonne. Voici mes Américains, la gueule enfarinée, la bouche pleine d'excuses, naturellement. Les retardataires automatiques ont toujours des excuses extraordinaires à fournir. C'était le cas, je m'en souviens, de François Mitterrand. Il inventait de vraies fables. Bon, je vais recevoir mes invités en essayant tout de même d'être aimable.

Appris de leur bouche qu'une nouvelle invention se prépare, déjà techniquement au point. Un peu difficile à expliquer. Il s'agit de livres blancs que l'on branchera sur Internet, lequel imprimera sur les pages du livre ce qu'il aura dans le ventre au lieu qu'on ait à le lire sur un petit écran, opération éminemment décourageante.

Triomphe inattendu du livre sur la machine...

Jeudi 22 mai

C'est une histoire burlesque comme il ne peut s'en produire qu'aux États-Unis.

Le lieutenant Kelly Flinn, vingt-six ans, lieutenant de l'US Air Force, la seule femme à piloter un B52, a eu une aventure avec un civil qui n'avait pas cru devoir lui révéler qu'il était marié. Scandale, crime d'adultère et d'insubordination, infraction gravissime aux règlements de l'armée : le lieutenant Flinn est en passe d'être poursuivie devant la cour martiale. Son expulsion de l'armée, qui en avait fait son héroïne, paraît inévitable. Au mieux, redevenue civile, elle gardera le droit de voler.

On sait que l'irruption massive des femmes dans les forces armées a semé quelques perturbations ici et là. Les histoires de viol pullulent. Or, règlements ou pas, là où il y a des hommes et des femmes, ils ne se regardent pas comme chiens et chats. Il faudra bien que l'armée s'y fasse...

Vendredi 23 mai

Déjeuner avec Claude A. en train de rédiger un livre tout à fait intéressant sur sa trajectoire personnelle. À vingt ans, il a été l'un des plus jeunes chefs de la Résistance, puis il a fait l'ENA et est devenu communiste par idéalisme, pourrait-on dire. Il l'est resté longtemps, jusqu'à l'insurrection de Budapest. Il a même vécu en URSS, puis s'est lentement dégagé, comme on sort d'un rêve. Après quoi, converti à l'économie de marché, il est devenu banquier — fort efficace, ma foi. Mais, contrairement aux anciens communistes désabusés, s'il mesure quel a été son aveuglement, il n'a pas de hargne, pas d'injures à la bouche, il n'a pas viré à droite, il est même reconnaissant au marxisme de ce qu'il lui a enseigné dans l'art de raisonner. Aujourd'hui, il s'occupe activement de réinsertion, parce qu'il est resté généreux.

Sa trajectoire est caractéristique de bien des hommes de cette génération et, à ce titre, *Vivre et résister* est un témoignage précieux sur l'époque.

Dimanche 25 mai

Coup de tonnerre dans le ciel bleu de la majorité : elle est battue. Battue en nombre de voix. Quel choc ! On savait bien que ce serait ric-rac, mais ce n'est pas ric, c'est rac ! Comme raclée.

Quoi qu'il arrive dimanche prochain, le pari stupide de Jacques Chirac est perdu.

Mais que peut-il arriver ? Que, par le jeu des désistements et du découpage des circonscriptions, la droite gagne en nombre de sièges ?

De fait, si on lui ajoute le Front national qui fait un score important (15 %), la droite est majoritaire en France. Elle l'a d'ailleurs toujours été. Mais il est improbable que tous les électeurs du Front national se reportent comme un seul homme sur la « bande à Chirac ».

On verra bien.

Pour le moment, il y a très peu d'élus au premier tour, à peine une poignée, et on assiste en revanche à des échecs sanglants parmi les caciques, qui montrent combien les gens en sont las. À Paris, Tibéri est en difficulté ; on ne le pleurera pas. À Clermont, même Giscard pourrait être défait. Ô grandeur et décadence...

Après une campagne morne, une grande excitation règne soudain ! Un suspense d'enfer.

Lundi 26 mai

Ça y est : Chirac s'est délesté de Juppé, cette pierre qu'il portait au cou. Promis juré, il ne sera plus Premier ministre. Général d'une armée en déroute, il a démissionné.

Comment un homme par ailleurs intelligent et capable a-t-il pu concentrer sur sa personne autant d'impopularité, c'est un mystère. Il n'est même pas certain qu'il soit élu à Bordeaux. On ne le hait pas, on ne veut plus le voir, ni à droite où on pleure sur lui des larmes de crocodile, ni à gauche où son arrogance l'a perdu.

Qui sera le successeur ? On le saura dans quelques jours. Balladur, Séguin ou... Jospin ? Chirac doit s'adresser demain à la nation.

Il serait bon pour lui que, une fois n'est pas coutume, il ait du talent.

Déjeuner à Saint-Simon avec Nicole Notat. Je la connais depuis longtemps. Elle a fait des progrès foudroyants. Une salle bourrée, où tout le monde ne lui était pas favorable, l'a écoutée religieusement analyser les blocages de la situation française, les refus de regarder les choses en face à tous les niveaux de responsabilité, le rôle de l'État. Elle a été remarquable, et plus applaudie qu'on ne l'est généralement dans cette enceinte.

Autre lieu, autre genre de réjouissance : le plateau d'où Canal+ diffuse *Nulle part ailleurs* devant un public de jeunes gens trépidants. À ce public étaient mêlées, pour un soir, une cinquantaine de dames BCBG, adhérentes du club Femmes Forum, aimablement invitées à l'initiative d'Éliane Victor. Nos « sorties » sont généralement plus austères : Très Grande Bibliothèque, Institut Pasteur, etc. Mais la plupart n'avaient jamais mis les pieds sur un plateau de télévision ; elles étaient enchantées, riaient, applaudissaient de bon cœur.

Soudain, ce fut l'heure des Guignols. Amusant de les voir de près. La victime du jour était évidemment Chirac. On le voyait se donnant de grands coups sur la tête en répétant : « Ce que je suis con, mais ce que je suis con !... » Alors, l'une de nos petites dames s'écria, choquée : « Ce n'est pas convenable de parler ainsi du chef de l'État ! »

Non, ce n'est pas convenable, les Guignols ne sont pas convenables. Ils sont drôles. C'est plus difficile.

Mercredi 28 mai

Eh bien, le talent n'a pas été au rendez-vous. Un discours creux, plat, avec cet aveu terrible au milieu : la dissolution a été faite « pour entraîner et convaincre, pour donner à la nation une force qui s'échappait ».

Il a dit : *« qui s'échappait »* !

Il faut reconnaître que sa situation n'était pas telle qu'il pût prononcer facilement des mots propres à mobiliser la droite. Il a déjà un pied dans la cohabitation ; c'est cela qu'on entendait tandis qu'il parlait.

Certes, la partie n'est pas jouée, mais si cette cohabitation devait se produire, Chirac y entrerait avec la figure déplorable d'un apprenti sorcier de la politique.

Je n'ai pas accès aux sondages, j'ai seulement quelquefois un peu d'intuition quand il s'agit d'élections. Elle me dit que, pour la droite parlementaire, les carottes sont cuites.

Séguin et Madelin, en attelage, ont pris, à droite, la tête des opérations d'appel au peuple. Ils n'ont rien en commun, si ce n'est un farouche désir de pouvoir. Leurs positions respectives sont totalement contradictoires en ce qui concerne la politique économique qu'ils préconisent. Quelle étrange idée que cet attelage ! Il faut qu'on ait vraiment perdu la tête du côté de l'Élysée...

Jeudi 29 mai

Le Monde analyse les résultats obtenus par les femmes présentées par le PS au premier tour. Elles étaient exceptionnellement nombreuses — cent trente-trois —, et généralement sans implantation locale. Les chiffres montrent qu'elles se sont admirablement bien défendues, à égalité avec les hommes. Deux figures de proue : Martine Aubry et Catherine Trautmann. C'est une femme, Lyne Cohen-Solal, qui a mis Tibéri en difficulté à Paris. Bref, l'expérience du quota, que Lionel Jospin a imposée au PS, a été concluante.

Vendredi 30 mai

Rush sur *Le Parisien* qui publie, envers et contre la loi, le sondage réalisé pour *La Tribune de Genève*, qui circulait sur Internet. Photographie pour les journées des 28 et 29 mai : confortable majorité en sièges pour la gauche.

Dans l'autobus, une femme surexcitée me reconnaît et m'insulte : « Vos amis communistes vont gagner à cause de mauvais Français comme vous ! » Elle avise ma Légion d'honneur : « Avec ce que vous portez, je devrais vous respecter, mais Mitterrand la donnait à n'importe qui ! »

Ça, je ne l'avais encore jamais entendu.

Samedi 31 mai

Image obscène d'une campagne qui fut dans l'ensemble convenable : Jean-Marie Le Pen offrant sur un plateau à sa fille la tête de Catherine Trautmann décapitée. On en avait le cœur soulevé. Au moins le programme du FN est-il clair : les adversaires, on les zigouille.

JUIN

Dimanche 1er juin

Soirée des élections. Rarement attendu des résultats avec plus d'intérêt, tant cette consultation est atypique.

À 19 heures 30, nous sommes une petite foule réunie dans les bureaux de l'*Obs*. Les sondages tombent toutes les dix minutes. Les chiffres sont incroyables. Jacques Delors les compte et les recompte... L'excitation monte.

20 heures : c'est bien ça ! L'incroyable s'est réalisé. On le commente. « Ah, laissez-moi être heureux pendant vingt-quatre heures ! » s'écrie Jean Daniel.

Demain on verra. Ce soir, c'est la joie.

Je n'y vois qu'une ombre : l'effondrement de la droite parlementaire. Là où la droite est trop faible, le fascisme fait son chemin, c'est une vieille règle. Puisse-t-elle ne jamais se vérifier.

Pour l'heure, voilà donc Chirac puni d'avoir été présomptueux. N'importe quelle personne de bon sens aurait pu lui conseiller de liquider Juppé avant de dissoudre. Mais le bon sens n'a pas cours dans les entourages présidentiels. Le voici défait, diminué, déconsidéré, ce qui n'est pas bon pour la France.

Que de légèreté dans tout cela, que d'inconséquence...

Et maintenant, peut-on faire confiance à Jospin ? À bien des égards, on le peut. Cet air qu'il a d'être honnête sous toutes les coutures, probe, austère, raide éventuellement, cet air a constitué son meilleur atout, parce qu'il exprime un tempérament. Les Guignols ont complètement raté sa caricature. Les Français, eux, ne s'y sont pas trompés. Ils voulaient du changement ; ils l'auront !

Mais ce sont d'autres changements que lui et son équipe vont avoir à se coltiner dans un pays qui ne réclame le changement que pour n'avoir rien à changer...

Lundi 2 juin

Une sciatique me fait souffrir. Dans le taxi qui me conduit chez le médecin pour me faire infiltrer, chaque cahot m'arrache un petit gémissement. Le chauffeur demande :

« C'est-y les élections qui vous mettent dans cet état ?

— Non, c'est une sciatique. À l'intérieur, je vais très bien.

— Ah, je me disais aussi... Cette petite dame-là, elle n'a pas une tête à voter à droite.

— Ça se voit à quoi, une tête à voter à droite ? »

Il réfléchit un instant, puis :

« C'est fermé. Surtout aujourd'hui ! »

Le ton, à droite, est à l'affliction. Les barons se disputent comme des chiens pour savoir qui mettra la main sur le RPR que Chirac voudrait conserver à Juppé. Mais a-t-il encore l'autorité nécessaire ? Franchement, je m'en moque un peu, de la « recomposition » de la droite ! Jean d'Ormesson, fortement ému, en est à préconiser l'alliance avec le FN, ou, sinon, l'alliance avec le parti socialiste dans une grande formation sociale-démocrate... N'importe quoi ! Il est démoralisé, Jean d'O, et engage ceux qu'aucune de ses suggestions ne séduit à aller « se faire cuire un œuf », posture politique imprévue. Tout ceci pour dire que, comme il est normal, la droite est désemparée.

Curieusement, Chirac sort de l'épreuve avec une physionomie abîmée, mais sympathique. Les députés sortants qui ont été battus lui en veulent, l'opinion dans son ensemble le tient plutôt pour un étourneau qui s'est emmêlé les pinceaux. Il faut dire qu'il y a de ça...

Vu le premier montage du film qu'Antoine Gallien a fait avec moi sur Anna de Noailles, la belle comtesse qui se disait « anarchiste comme dans l'Évangile ». Extravagante personne, exotique et volubile... C'est bon, il me semble, Antoine a déniché des documents d'archives étonnants. J'ai eu du plaisir à faire ce travail qui m'a arrachée à mes écrivasseries.

Mercredi 4 juin

Le gouvernement est formé. Cela a été vite fait, bien fait. Une équipe étroite, pas d'« éléphants » socialistes, des têtes nouvelles, des femmes capables à des postes clés, trois communistes dont l'un sera responsable des Transports (ce qui n'est pas un cadeau, avec la SNCF et Air France), l'ensemble fait bonne impression.

Sur le fond, il est clair que tout se jouera sur l'emploi. Si le chômage fléchit, Jospin réussira. S'il patauge autant que ses prédécesseurs, il échouera, quoi qu'il fasse par ailleurs.

Tollé sur Dominique de Villepin, le secrétaire général de l'Élysée, donné pour l'inspirateur de l'idée géniale connue sous le nom de « dissolution ». En fait, il l'a surtout encouragée, à peine née.

N'est-il pas inquiétant qu'un homme doué d'aussi peu de jugement soit le premier conseiller du chef de l'État ? Mais, privé déjà de son cher Juppé, Chirac ne paraît pas disposé à s'en séparer. Les mauvais conseillers, cela a toujours été sa spécialité depuis la fameuse équipe Garaud-Juillet.

Jeudi 5 juin

Chez le coiffeur. Le directeur du salon me dit :
« J'espère qu'ils ne vont pas faire passer les "35 heures"... Ce serait une catastrophe !
— Et si c'est bon pour l'emploi ?
— Je m'en fous, moi, des chômeurs. C'est ma boîte qui compte ! »

Vendredi 6 juin

Rétrospective Fernand Léger à Beaubourg. C'est imposant. Il n'est pas certain qu'aujourd'hui encore Léger soit reconnu dans toute sa grandeur avec ses pylônes, ses échafaudages, ses cyclistes, ses échelles, ses femmes chauves, ses danseuses aux bras en arceau par-dessus la tête, ses immenses compositions hautes en couleur où il a représenté la classe ouvrière... Il peint alors des hommes au travail ou au repos, profitant des acquis sociaux du Front populaire, la semaine de quarante heures, les congés payés ; il rêve d'une humanité heureuse et pense que l'art peut contribuer à l'avènement de ce bonheur. Mais, si le sujet de ses tableaux peut entraîner l'adhésion, leur traitement laisse le public rétif. Fernand Léger déroute. Sa peinture va alors évoluer. Trois ans avant sa mort, il écrit :

« Nous avons franchi un obstacle. L'objet a remplacé le sujet. L'art abstrait est venu comme une libération totale et on a pu alors considérer la figure humaine non comme une valeur sentimentale, mais uniquement comme une valeur plastique. Voilà pourquoi, dans l'évolution de mon œuvre, la figure humaine reste volontairement inexpressive. Je sais que cette conception très radicale de la figure-objet révolte pas mal de gens, mais je n'y puis rien. »

Il n'a pas renoncé à peindre pour la classe ouvrière « qui a droit à tout cela et qui, si on lui donne le temps et les loisirs, saura s'y installer, y vivre elle aussi et l'aimer ».

Mais, ruse de l'Histoire, les grandes commandes qui lui viendront à la fin de sa vie seront des commandes religieuses...

La rétrospective de Beaubourg est impressionnante par la force qui se dégage de cette œuvre musclée. Elle classe Léger parmi les tout premiers artistes de son temps. Mais le public est encore réticent, on dirait : il n'y a personne.

Samedi 7 juin

Dîner chez des gens du monde. Ils sont anéantis, abasourdis surtout par la défaite de la droite. On cherche le coupable. Pour l'un c'est Juppé, pour l'autre c'est Villepin, le conseiller.

« Et si c'était Chirac, dis-je, candide.

— Le fait est qu'il a fait une connerie », répond le maître de maison.

Sa femme le reprend. On ne parle pas ainsi du président de la République.

« Et ce Jospin ? Comment est-il ? Qu'est-ce qu'il vaut ?

— Pour le moment, il vaut deux cent quatre-vingt-neuf députés.

— Bof ! ils seront balayés, lui et ses communistes, dans un an. Chirac dissoudra, et...

— Ça ne lui a pas tellement réussi !

— Il ne va tout de même pas cohabiter pendant cinq ans ! C'est insensé ! L'important, c'est qu'il se ressaisisse. Mais il paraît qu'il est touché au fond. Vous avez des informations à ce sujet ?

— Celles qui courent partout : il est triste, affligé de perdre Juppé à la tête du RPR, désarmé.

— Je vous avais bien dit qu'il fallait voter Balladur en 1995, soupire le maître de maison. Maintenant, nous sommes dans de beaux draps ! Ce n'est pas lui qui aurait fait un coup pareil... »

Ainsi vont, ces jours-ci, les gens du monde. Décontenancés. Vexés. Et ne comptant plus que sur les malheurs de la France, qu'ils attendent avec gourmandise, pour les débarrasser de cette incongruité : un gouvernement de gauche.

Lundi 9 juin

Rétrospective César au Jeu de paume : le petit homme, mort d'angoisse, est heureux comme un enfant devant l'accueil qu'il reçoit.

Un accrochage particulièrement réussi donne toute sa cohérence à une œuvre magistrale qui déroule à travers les années ses compressions, ses expansions, ses volutes de fer.

Longtemps, la physionomie de César a souffert de sa « mondanité ». Eh bien oui, l'enfant de la Belle-de-Mai était fasciné par le beau monde, et il le fréquentait assidûment... Pas de quoi en faire une histoire. L'austérité était dans son œuvre, pas dans sa vie. Elle éclate ici dans toute sa vigueur sauvage.

Un dîner suivait le vernissage, dans un lieu inhabituel : les anciens entrepôts de Bercy. Ont été réunis là des manèges qui tournent, des pièces de toutes sortes évoquant la fête foraine, mais aussi, hélas, un... je ne sais pas comment ça s'appelle. Un Limonaire, je crois ? Cet instrument qui émet de la musique mécanique à partir d'un rouleau perforé, comme à la foire.

Pour le pittoresque, c'est parfait. Mais, au bout d'un quart d'heure de cette musique hurlante et ininterrompue, on devient quasiment fou. Quelques personnes interviennent pour que le son soit atténué, mais impossible : l'instrument est réglé une fois pour toutes. Voilà qui simplifie la conversation : on ne s'entend pas. Les autres convives ont l'air de supporter mieux que moi cette agression sonore. Ou bien ils sont plus polis.

J'ai filé.

Mercredi 11 juin

Mis au point mes projets de vacances. Une semaine à Tanger, chez des amis très chers. Une semaine en Toscane chez Caroline. Une petite semaine à Salzbourg avec Éliane Victor pour le festival.

Un joli programme. Mais je tremble à l'idée d'avoir à porter une valise, ce dont je suis devenue incapable. En même temps, je me dis : « C'est peut-être la dernière fois que tu voyageras. Allez, un peu d'audace ! Qu'est-ce qui peut t'arriver ? »

Mais j'ai peur, voilà : j'ai peur de ma vieille carcasse défaillante, si prompte maintenant à me lâcher.

Vendredi 13 juin

Encore une fois l'Afrique, encore une fois des milliers de morts dans une guerre civile. C'est au Congo et c'est l'enfer, disent ceux qui sont sortis de Brazzaville.

Samedi 14 juin

Bras de fer entre Kohl et Jospin, appuyé par Chirac. Il s'agit d'obtenir qu'un volet social soit inclus dans le « pacte de stabilité » (lequel prévoit des sanctions contre les pays qui relâcheraient leurs efforts après le passage à l'euro). Jospin a proposé un projet de texte reprenant l'idée de grands travaux européens financés par un fonds spécial alimenté par l'emprunt. Cela fait hurler Kohl.

Lundi 16 juin

La France a obtenu la création d'un « gouvernement économique » européen faisant de l'emploi sa priorité. C'est la première fois que l'emploi est intégré dans les grandes orientations de politique économique. Mince victoire.

Qu'est-ce que le public a retenu de cette conférence ? Tout cela est un peu compliqué et ne fera pas un emploi de plus dans l'immédiat. Néanmoins, l'effet est plutôt positif.

Mercredi 18 juin

Branle-bas à la télévision. C'est le jeu des chaises musicales. Michel Field va remplacer Anne Sinclair, Guillaume Durand va remplacer Philippe Gildas, Philippe Gildas va remplacer Michel Field, et nous voilà tout bousculés dans nos petites habitudes.

Le triste, dans l'affaire, c'est de perdre Anne Sinclair. Aurait-elle démérité ? Nullement. Elle part la tête haute, de son plein gré, après treize ans de bons et loyaux services à *7 sur 7*. Elle a tenu cette tribune, la plus prestigieuse tribune politique de la télévision, avec une maîtrise qui ne s'est jamais démentie, résistant aux pressions de toutes sortes, extérieures et intérieures... Qui n'a pas supplié pour qu'elle le tienne sous son regard bleu ? C'était une sorte de banc d'honneur, *7 sur 7*, il fallait y passer. Or, voici que son mari, Dominique Strauss-Kahn, est devenu ministre des Finances du gouvernement Jospin. Elle a jugé, avec raison, qu'elle ne pouvait plus poursuivre sans que son impartialité soit mise en cause. Nul doute qu'elle en a eu de la peine...

Celui qui occupera son fauteuil, le dimanche à 19 heures, est un bon journaliste, incisif. On le jugera à l'ouvrage... Mais il aura du mal à nous faire oublier les yeux d'Anne Sinclair, bleus comme le soleil sur la mer.

A-t-il été exécuté ? Est-il seulement « politiquement » mort ? En tout cas, Pol Pot, le bourreau du Cambodge, chef des Khmers rouges, lâché par les siens, paraît cuit. La radio de son propre mouvement a annoncé la « fin de sa trahison ».

Mais tant que le monstre froid qui a fait de son pays un vaste camp de prisonniers voués à la mort et à la torture n'a pas été capturé, un doute subsistera. Il est bien capable d'avoir organisé sa fuite.

Faut-il le rappeler ? Pol Pot, c'est le mal absolu.

La folie de vouloir « changer l'homme » poussée à la dernière extrémité. La Révolution radicale. S'il n'a pas été le premier à en rêver, aucun de ses sinistres prédécesseurs n'avait poussé l'extermination systématique à ce degré de délire — dans l'indifférence générale, il faut bien le dire.

Jeudi 19 juin

Sept cents personnes en garde à vue soupçonnées d'appartenir à un réseau international de pédophiles... Soixante-douze personnes en procès pour les mêmes motifs. Les accusés vendaient et diffusaient des cassettes pornographiques mettant en scène des enfants... Deux enseignants qui se suicident après avoir été mis en examen... Moisson du jour...

On finit par avoir l'impression vertigineuse que le monde est rempli de pédophiles et que plus un enfant n'est à l'abri de leurs dérèglements. Ce n'est pas sain. C'est même éminemment malsain. Quel que soit le bien-fondé des actions judiciaires...

Qu'est-ce qui a produit cette sorte de déflagration ? La fin d'un refoulement, vieux de tant d'années, qui faisait que l'on ne voulait ni voir ni savoir. Alors, soudain, tout est confondu dans le même opprobre horrifié : l'inoffensif amateur de cassettes, le pourvoyeur de bandes ignobles, le violeur d'enfants, l'instituteur trop affectueux... Je n'ai aucune sympathie pour les pédophiles, mais est-il juste — et nécessaire à une bonne administration de la justice — de les mettre tous au même banc d'infamie ? On ne se délivrera pas de la pédophilie par l'hystérie.

Depuis que j'ai achevé *Arthur ou le bonheur de vivre*, qui sortira en septembre, je suis désemparée. Sans ouvrage sur le métier, me voici déstabilisée. Mes journées sont encore occupées par mon article pour l'*Obs*, par le courrier, plus abondant que jamais, par diverses obligations qu'il me faut remplir, une émission par-ci, un comité par-là, mais j'ai l'impression de tourner à vide. Vite, un projet ! Ou je vais mourir de langueur sous le gros œil ironique de mon ordinateur.

Vendredi 20 juin

Discours d'investiture de Jospin, à son image : probe. On a furieusement envie qu'il réussisse. Le peut-il ? C'est toute la question.

Un ministre du nouveau gouvernement, une femme, doit donner une réception. L'intendance lui indique que, dans ces cas-là, il convient de faire appel à un traiteur, toujours le même.
« Bien, dit-elle, je m'en occupe. »
Elle appelle le traiteur, passe sa commande.
« Et pour la facture, demande le traiteur, je fais comme d'habitude ?
— Ça veut dire quoi : "comme d'habitude" ?
— Ben... J'en fais deux ? »
Ne demandez pas qui touchait la différence entre la vraie et la fausse facture.
L'habitude a été rompue.

Samedi 21 juin

Fête de la Musique, désormais traditionnelle et très gaie chez les Bidegain. J'essaie de persuader Michel Rocard de chanter avec nous, mais il renâcle. Simon Nora aussi. Les hommes ont de ces pudeurs. Ils ne veulent pas laisser entendre qu'ils chantent faux.

À la réunion du Club des Sept, devenus Huit, à Denver, Bill Clinton, après avoir administré une leçon de gouvernement à tous les chefs d'État présents du haut de la prospérité des États-Unis, leur a demandé de s'habiller en cow-boys pour participer à la liesse générale. Chirac, Kohl et l'Italien ont refusé. Quelque chose comme un sursaut de dignité.

J'ai toujours trouvé obscène ce « club des riches », où l'on se réunit pour festoyer et parler entre soi de ses petites affaires sans qu'il en sorte jamais rien de concret.

Mardi 24 juin

Alix de Saint-André, qui veille à mon éducation en ce qui concerne les anges, dont elle est spécialiste, m'apporte une note à propos de sainte Françoise sur laquelle veillait un archange bien commode : il était lumineux. Grâce à quoi cette grande dame romaine voyait dans le noir. Grâce à quoi elle est devenue la sainte patronne des automobilistes. Non, ce n'est pas saint Christophe : lui, ce sont les transports.

Ma sainte avait aussi, au début de sa vie, un ange plus rustaud. Un soir qu'elle recevait des amis, il l'a surprise participant à une conversation où l'on disait essentiellement du mal les uns des autres. Il a foncé sur elle et l'a giflée. La marque de ses cinq doigts s'est inscrite sur la joue, devenue écarlate, d'une Françoise penaude.

J'adore ces histoires.

Mercredi 25 juin

Cousteau est mort. Sa célébrité nationale et internationale était immense. L'homme au bonnet rouge était connu du monde entier. Il prétendait que j'avais changé sa vie en écrivant une petite phrase — que je n'ai pas retrouvée, mais que lui savait par cœur — disant à peu près : « Prenez garde à la célébrité : on y perd généralement le meilleur de soi-même. » Cela l'avait frappé au point que, de ce jour, disait-il, il avait su se préserver de perdre son âme — mais non pas ce sens des affaires qui a fait sa fortune. Car l'ami des poissons n'était pas ce Bayard sans peur et sans reproche dont les télévisions nous rebattent les oreilles, mais un grand aventurier opportuniste, rusé, charmeur et un peu mégalo.

Reste qu'il a incarné, dans l'imaginaire collectif, le preux chevalier dans la lutte contre les maux qui menacent la planète. Ce n'était pas un mince emploi. Il l'a tenu comme le grand acteur qu'il était.

Le mois s'achève dans le vent et la pluie. On gèle et on se sent volé des plus beaux jours de l'année. Au moins le lamento sur la sécheresse nous sera-t-il épargné...

Mais que se passe-t-il donc au ciel pour que le Maître du temps soit devenu si désinvolte ? J'ai l'impression — fausse, sans doute — que, dans ma jeunesse, en été il faisait beau, tout bêtement.

Jeudi 26 juin

BHL me rapporte un manuscrit que je lui avais confié pour avis. Son verdict : ce sera bon, mais il faut retravailler.

De la musique pour mes oreilles, comme disent les Anglais. Travailler, je ne demande que ça... Me voilà avec du pain sur la planche pour l'été.

Samedi 28 juin

On attend deux cent mille personnes à Paris pour fêter l'Europride, la journée des gays. Rassemblement qui devrait contribuer à faire aboutir leur revendication : le contrat d'union civile et sociale qui conférerait aux couples homosexuels le statut et les droits attachés au mariage. Délicat.

Hong Kong : ça commence mal. Quatre mille soldats en armes feront leur entrée sur le territoire le jour même où il sera libéré de la tutelle britannique. Un journal dénonçant cette mesure a été censuré.

Seuls s'en étonneront ceux qui prennent les Chinois pour des démocrates parce qu'ils ont adopté l'économie de marché.

Ces soldats ne seront pas là pour la parade. On tremble, à Hong Kong...

Dimanche 29 juin

Les fêtes fastueuses marquant la rétrocession du rocher à la Chine ont fait les choux gras de la télévision. Mais, dès qu'un membre de la famille royale d'Angleterre est au bout des caméras, on sait qu'elles entrent en transe. Cette fois, ce fut le prince Charles, tout triste, le pauvre chat, avec ses grandes oreilles. On l'aurait été à moins. Ce minuscule morceau d'Empire, si beau au creux de sa baie somptueuse, cette perle de la Couronne, glissant des mains de l'orgueilleuse Angleterre, c'est un peu de l'Occident qui s'effrite...

Un peu plus.

JUILLET

Mercredi 2 juillet

Albina rentre d'un bref séjour dans le Midi. Elle allait à Monaco. Elle me raconte la scène suivante : elle est dans le train, prête à descendre. Le train s'arrête avant la gare. Elle attend. Le convoi repart en brûlant la station. Elle proteste, interpelle le contrôleur :

« Vous n'avez qu'à descendre à Menton.

— Mais je ne vais pas à Menton ! »

Exaspérée, elle tire la sonnette d'alarme. Le train s'arrête. Elle descend, suivie par une poignée de voyageurs étrangers, également furieux, et, sous une pluie battante, marche sur les rails jusqu'à rejoindre la gare de Monaco.

Voilà encore quelqu'un qui ne fera pas de publicité pour la SNCF. Ce qu'on y fait de mieux, c'est la grève.

Jeudi 3 juillet

Jospin à la télévision. Vigoureux et sobre. Il se défend bien contre le mauvais procès qu'on lui fait sur la fermeture du site Renault à Vilvorde. Il n'a jamais dit qu'il pourrait s'y opposer.

« La politique, c'est ce qui est faisable », a dit Max Weber.

Pour le moment, sa cote de popularité est favorable. Les attaques de la droite (« Les socialistes ont menti à leurs électeurs »), inopérantes. Cet homme flegmatique, qui a longtemps été sous-estimé par la droite comme par la gauche, est en train d'imposer sa méthode : réalisme et pragmatisme.

Vendredi 4 juillet

Comment ne pas avoir une pensée pour les malheureux astronautes, deux Russes et un Américain, prisonniers de la station orbitale Mir endommagée depuis le 25 juin ? Aujourd'hui, ils n'ont plus de courant. Et Mir perd ses boulons. Pourquoi ne rentrent-ils pas à bord de Soyouz ? Au contraire, on leur envoie une boîte à outils pour qu'ils tentent de réparer les dégâts. Vu de la Terre, et sans rien y connaître, on a l'impression que le bricolage qui se fait là-haut, dans l'espoir de sauver Mir, s'apparente à de l'acharnement thérapeutique... au détriment des hommes.

James Stewart est mort à 87 ans. Que de souvenirs... C'était le bon, le tendre, l'ingénu, l'honnête homme face aux méchants, l'irrésistible *M. Smith au Sénat*, c'était le héros positif des films de Frank Capra, toujours le même, Américain moyen traversant la vie avec deux ailes dans le dos, et terrassant le dragon. Ah, que son Amérique était belle et qu'il était aimable, ce grand escogriffe !... En ce temps-là, on faisait du bon cinéma avec de bons sentiments et, le croirez-vous, il rendait heureux.

Samedi 5 juillet

Une petite bête sympathique vient d'atterrir sur Mars (mais peut-on dire atterrir ? Il faudra inventer un mot) après un vol de 497 millions de kilomètres. *Sojourner*, c'est son nom, a voyagé dans les flancs de la sonde *Pathfinder*, qui l'a délicatement déposé. Et maintenant, *Sojourner* explore Mars dans tous les coins... Fascinant.

On savait déjà qu'il n'y a pas de Martiens. Mais il y en a peut-être eu. La Planète rouge garde peut-être enfouie dans son proche sous-sol la signature de formes très précises d'une vie de type terrestre...

Les dieux, là-haut, doivent trouver que l'homme est devenu décidément bien insolent à vouloir percer leurs plus intimes secrets.

L'action judiciaire contre les époux Tibéri à propos d'un rapport de Madame, grassement payé, est éteinte par décision de la cour d'appel de Paris. Les quatre-vingt-six actes du dossier d'instruction sont annulés. Motif : vice de procédure. Quand le juge Halphen a trouvé ce rapport au cours d'une perquisition, il aurait dû demander à Xavière Tibéri le droit de le saisir par autorisation écrite. Il a également négligé de lui consacrer un rapport spécifique, se contentant de l'inscrire au procès-verbal.

Ils sont vernis, les Tibéri !

Dimanche 6 juillet

Déjeuner du dimanche en famille. Marin K. et moi remarquons ensemble que deux courants culturels se manifestent en ce moment. L'un privilégie la violence, l'aphasie, la destructuration des gens et des choses —

voir *Doberman* à l'écran, qui n'a pas été sans audience ; l'autre, sensible surtout en peinture, qui exalte le passé et dénigre la création contemporaine. Dans les deux cas, une démission de l'esprit.

À la suite de sa rétrospective, César, le sculpteur, se fait insulter, il n'y a pas d'autre mot, par *Le Monde* et par *Le Figaro*.
À 76 ans, c'est beau de réussir ce doublé et que l'on puisse encore se battre autour de votre œuvre. La postérité jugera.

Mardi 8 juillet

Donc, voici Philippe Séguin patron du RPR après une séance agitée où l'on a vu une partie de la salle, les juppéistes, huer Édouard Balladur, blême, et insulter Nicolas Sarkozy, rageur. Les traîtres !
Que va faire Séguin de ce pouvoir neuf qu'il a si ardemment souhaité ?
En fait de rassemblement, le RPR est devenu un éclatement dont il va devoir recoller les morceaux. Avec son air d'éléphant, il va lui falloir raccommoder de la porcelaine...

Tibéri serait tout près d'être mis sur la touche. Mais pour le remplacer par qui ? Le candidat naturel serait Balladur. Mais Chirac se résignera-t-il jamais à lui donner Paris ? Cruelle incertitude...

Mercredi 9 juillet

Le petit *Sojourner*, roulant sur ses six roues, l'a confirmé : il y a eu de l'eau sur Mars, donc possiblement de la vie ; des roches très émoussées en témoignent, qui ont dû être charriées dans des éboulements.

De la vie sur Mars, donc des Martiens. Quoi de plus grisant pour l'imagination ? Le Vatican s'interroge : « Quelle pourrait être la place des extraterrestres dans la religion ? » Les théologiens répondent. Les uns admettent que le paradis martien a pu être épargné par le péché originel, que le Christ a pu visiter la Planète rouge « pour la consacrer, rappeler l'existence de Dieu », et puis voilà... Pour les autres, le péché originel n'a aucune frontière et ils sont donc enclins à penser que les petits hommes verts ont connu leur couple maudit, qu'il y a eu forcément une Ève rouge qui a croqué une pomme rouge, bref, que le Christ a très bien pu s'incarner sur Mars pour sauver les Martiens d'eux-mêmes, tout comme il s'est incarné sur Terre.

Si malins que soient *Sojourner* et *Pathfinder*, il ne faut pas compter sur eux pour avoir une réponse. Mais, après la Science, il faudra bien que la Théologie, à son tour, digère Mars...

Jeudi 10 juillet

Les romans arrivent en masse en prévision de la rentrée et des prix. J'en ai déjà avalé une bonne douzaine, sans trouver de quoi m'emballer, mais tout espoir n'est sans doute pas perdu.

À la suite du livre écrit dans le but évident de les salir, les Aubrac ont accepté de comparaître devant un tribunal d'historiens réunis par *Libération* qui, après les avoir assurés de leur haute estime, les ont cuisinés. Ont-ils dit ceci ? Ont-ils dit cela ? Quand ? À quelle date ? Quelquefois, Raymond Aubrac répond : « Je ne sais pas... Je ne me souviens pas... » Et ses censeurs s'étonnent. Quoi ! Il ne se souvient pas ? Voilà qui est suspect.

Il y a cinquante ans, que diable ! Et il a 83 ans... Quelle pitié !

Vendredi 11 juillet

Dîner au restaurant avec Albina et quelques amis, dont Bernard Frank. Nous étions sept, le lieu était bruyant, j'entends mal, et même pas du tout de l'oreille droite ; j'étais littéralement couchée sur Bernard Frank, dont la voix est sourde, pour saisir ce qu'il disait. Les autres riaient parce qu'il est drôle, très drôle, et j'enrageais contre moi-même...

Avec mon voisin de gauche, heureusement, ce fut plus facile... Mais que cette petite infirmité est donc irritante ! Il n'y a pas de réunion de plus de trois personnes où elle ne se rappelle cruellement.

Agitation autour du rapport de la commission Truche sur la réforme de la justice. À l'origine, le vœu exprimé par Jacques Chirac d'assurer l'indépendance de ladite. À l'arrivée, plus question de couper le fameux cordon ombilical entre parquets et chancellerie ; des recommandations jugées insuffisantes par les magistrats, d'autres dangereuses pour la presse dont la liberté serait sérieusement brimée au nom de la présomption d'innocence. M. Truche se défend : « Ne dites pas que nous sommes là pour faire une censure ! » Cela y ressemble, cependant.

Ne pas s'énerver. Ce serait miracle que le rapport Truche ne soit pas enterré, comme tant d'autres avant lui. Il préconise pourtant certaines dispositions jugées positives par les spécialistes de la chose judiciaire.

Dimanche 13 juillet

Assassinat odieux en Espagne, qui laisse le pays à la fois bouleversé et indigné. L'ETA, l'organisation séparatiste basque, s'est emparée d'un jeune homme, conseiller municipal, Miguel Angel Blanco, et a exigé, pour sa libération, que cinq cents prisonniers de l'ETA soient regroupés au Pays basque. Le gouvernement de Madrid n'a évidemment pas cédé. Le jeune homme a été tué de deux balles dans la tête. L'émotion est intense dans tout le pays où l'ETA apparaît pour ce qu'elle est devenue : un syndicat du crime dont plus rien ne justifie l'existence depuis que le Pays basque jouit d'un gouvernement autonome.

Cette fois, elle a atteint l'ignominie.

Lundi 14 juillet

Que faire de soi un 14 juillet dans Paris désert ?

> *Triste et délicieux délire*
> *J'erre à travers mon beau Paris*
> *Sans avoir le cœur d'y mourir...*

Je travaille un peu, mollement, pour l'*Obs*. Ce sera mon dernier article de la saison. J'aimerais qu'il soit bon, mais la télévision est si creuse, depuis quelques jours, qu'elle ne fournit pas matière à étincelles.

Ma famille est par monts et par vaux. Mes amis aussi. Bon. Assez de mélancolie ! Je vais regarder le défilé...

Je ne peux pas voir une revue du 14 juillet sans évoquer celle de 1939, à laquelle j'assistai d'un balcon des Champs-Élysées avec quelques amis, dont deux scénaristes allemands, juifs, fraîchement rescapés d'Allemagne. Au passage des troupes, ils criaient passionnément « Vive la France ! », avec une foi intense dans cette belle armée si puissante, n'est-ce pas, si forte, qui, désormais, les protégeait. Deux ans plus tard, ils étaient l'un et l'autre arrêtés. Ils ont fini dans une chambre à gaz.

Jacques Chirac s'est soumis au traditionnel entretien avec des journalistes qui succède désormais au défilé. Apparemment, il est remonté sur son cheval. Disert, il a répondu à une série de questions tous azimuts : la cohabitation, l'OTAN, le déficit, la réforme de la justice, le RPR, et tutti quanti — et a entrepris une critique systématique de tout ce qu'a fait jusqu'à présent Lionel Jospin. Sur quelques questions majeures, *le chef de l'État aura le dernier mot*, a-t-il dit. C'est ce qu'il appelle la « cohabitation constructive ».

Si ce n'est pas une déclaration de guerre, cela y ressemble.

Mardi 15 juillet

Cet Allemand vêtu de vert, Erik Zabel, qui enchaînait les victoires dans le Tour de France, commençait à nous échauffer les oreilles. Il est bon, l'animal, il est très bon. Mais c'est un autre Allemand, Jan Ullrich, qui a créé la sensation en étape de montagne, de celles qui vous tuent un homme. Étape terrible entre Luchon et Andorre. Elle entrera dans l'histoire du vélo. Ullrich y a fait un démarrage du feu de Dieu. Il pédale comme si la route était plate. À vingt-trois ans, il est souverain. Entre lui et les meilleurs, la montagne, impitoyable, a tranché. Sauf accident, Ullrich devrait gagner le Tour.

Gianni Versace, talentueux couturier italien, a été tué de deux coups de revolver dans la tête par un inconnu devant son domicile à Miami. Aucune indication, pour le moment, sur les motifs du crime. Mafia ? Affaire privée ? Versace, d'humble origine, avait érigé un empire de chiffons. On recherche l'assassin présumé : un homosexuel, tueur en série.

Mercredi 16 juillet

Algérie : Zéroual a libéré Madani, le numéro un du FIS, incarcéré depuis cinq ans. On s'interroge ici et là sur l'interprétation qu'il convient de donner à ce geste et sur la tactique de Zéroual. Probablement diviser le bloc islamiste, quitte à concéder quelques satisfactions aux religieux les moins extrémistes. En attendant, en Algérie, on tue de plus belle.

Jeudi 17 juillet

Réponse du berger à la bergère : au Conseil des ministres, Jospin a fait remarquer en résumé que Chirac ne devrait pas oublier qu'il a perdu les élections et qu'il ne s'agit plus maintenant d'appliquer sa politique, mais celle de la nouvelle majorité. Léger comme il est, ç'avait dû lui sortir de la tête. La passe d'armes a duré dix minutes. Elle est restée courtoise.

Vendredi 18 juillet

Angoisse au sujet d'Alain Decaux. Il doit subir ce matin une intervention lourde. Le cœur. Résultat aléatoire ! C'est un homme exceptionnel à tous égards, que j'aime beaucoup. On voudrait, dans ces cas-là, savoir prier, mais je ne sais pas faire.

Mir : ça va de mal en pis. Une erreur de manipulation a privé la station d'électricité. Quant au chef de mission, un Russe, il est malade, incapable de procéder aux délicates opérations de réparation qui doivent se faire à l'extérieur de la station. C'est donc le membre américain de l'équipage qui va en être chargé, avec l'autre Russe, si toutefois la Nasa donne l'autorisation. Elle a demandé quelques jours de réflexion.

Si les deux hommes échouent, il ne leur restera plus qu'à rentrer à bord de *Soyouz*.

Naviguera alors dans le ciel un assemblage incontrôlable de ferraille pesant plus de cent tonnes et qui tombera Dieu sait où... Agréable perspective !

Téléphone de Micheline Decaux. La plomberie a réussi ! Restent les suites, mais le plus gros est passé. Cher Alain, on vous aime !

Samedi 19 juillet

Mir encore. On l'a un peu réparée, mais l'équipage est si fatigué qu'il semble hors d'état d'accomplir de plus amples réparations, celles qui sauveraient la station. Il est donc question que les Russes envoient dans le ciel un autre équipage, frais, qui pourrait d'abord répéter à terre la manœuvre ultradélicate à opérer. Pour une raison ou pour une autre, on suit ce feuilleton le cœur battant.

Jimmy Goldsmith est mort, à soixante-quatre ans, d'un cancer du pancréas, l'un des plus méchants. France 2 veut m'interroger à son sujet et je ne me sens pas l'hypocrisie suffisante pour avoir l'air de le regretter. Cet Anglo-Français, qui appartenait à la droite dure, était un requin. Un grand squale qui sut édifier une fortune colossale en montrant un véritable génie financier. Quand il a voulu ajouter au pouvoir de l'argent celui de la presse et celui de la politique, il a été moins heureux. Il a acheté *L'Express* en 1977 en espérant en faire son instrument, mais, de ce côté-là, il n'était pas doué. Il a fait du gâchis et fini par revendre le journal après l'avoir beaucoup abîmé. Devenu protectionniste après avoir été ultralibéral, il a créé en Grande-Bretagne un petit parti qui a pris une raclée aux dernières élections : pas un seul élu.

Je trouve assez réconfortant, à vrai dire, que même les requins n'aient pas tous les talents. Enfin, que Dieu ait son âme...

Mardi 22 juillet

Je pars tout à l'heure pour Tanger, une ville que je n'ai jamais vue et qui m'intrigue. On a tant écrit à son sujet, mais je ne la sens pas. Pas encore...

Mercredi 23 juillet

On m'avait annoncé une chaleur torride. Je ne trouve rien de tel. Du soleil, certes, mais le vent de la mer, incessant, donne de la fraîcheur. La ville n'est pas belle, mais elle est curieuse, enroulée autour de sa casbah et de ses dédales, avec de grandes échappées sur des collines, et, de là, une vue somptueuse sur l'Atlantique en colère. Partout de petites portes étroites, et derrière ces portes, parfois, des palais...

On raconte ici que Barbara Hutton, la milliardaire, avait un palais dans la casbah. Pour que sa Rolls puisse y pénétrer, on lui avait rasé les ailes. Néanmoins, les cent derniers mètres étaient infranchissables. Alors le chauffeur descendait, allait appeler les domestiques, et ceux-ci venaient chercher Barbara Hutton pour la porter jusque chez elle. Elle fait partie du folklore de Tanger où vit encore, dans des maisons de rêve, une petite société cosmopolite et raffinée.

Plages immenses, mais la plupart sont dangereuses. Sauf, si j'ai bien compris, celles qui sont à l'articulation de l'Atlantique et de la Méditerranée. La population est sympathique et aimable, comme le sont toujours les Marocains, pauvre mais pas misérable. Il n'y a pas de mendiants. Les femmes portent un voile, mais pas de tchador. Quelquefois, elles sont belles...

Comme dans toutes les cités chaudes, on ne s'y promène qu'à la fraîche et alors les rues grouillent de monde. On pense un peu à Barcelone.

Le maire de la ville est un homme entreprenant, énergique, qui a de grands projets. On me raconte que, malgré l'« assainissement » décrété il y a quelques années pour débarrasser Tanger de ses fripons — lesquels ont émigré en Espagne, à Marbella —, il reste une mafia active. Mais où n'y a-t-il pas de mafia ? De ces fripons, il reste des constructions inachevées qu'ils vendaient à prix d'or et que le maire se propose de terminer pour les vendre à moitié prix. Mais, comme tous les maires du monde, il se plaint de manquer de moyens...

La légende veut que le roi boude Tanger parce que lors d'un voyage, il y a vingt ans, il y fut hué.

Le charme de la ville vient de ce qu'elle n'est nullement touristique. Pas de *tour operators* et autres déferlements de troupes photographiantes, comme à Marrakech. Les étrangers — Américains, Anglais, Italiens, Français — font partie de Tanger où ils passent plusieurs mois par an ; ils sont intégrés. Quand ils regardent la télévision, c'est en espagnol. Quand ils écoutent la radio, c'est en français. On est ici en province, mais dans une province cosmopolite qui ne ressemble à aucune autre, avec son parfum de cannelle et de poivre mêlés. Ce n'est pas mal du tout, Tanger.

Mercredi 30 juillet

Retour à Paris après une semaine pratiquement coupée de toute information. Un coup d'œil sur les journaux m'apprend que je n'ai rien manqué d'essentiel.

La tragédie de Jérusalem (14 morts et des centaines de blessés) provoquée par deux kamikazes a, hélas, le caractère d'une sanglante routine. Une fois de plus, le dialogue est rompu.

Blanche la précieuse m'accueille, rayonnante, pour me dire : « J'ai une bonne nouvelle, madame : ma santé est bonne. » Je ne savais pas qu'elle était mauvaise. A-t-elle été souffrante en mon absence ? Pas du tout. Mais elle en a profité pour se faire faire, de sa propre initiative, une échographie de la vésicule et une coloscopie.

« Comme ça, me dit-elle, je suis tranquille. »

Si tous les hypocondriaques en font autant, le trou de la Sécurité sociale n'est pas près d'être comblé !

AOÛT

Vendredi 1er août

Rencontré longuement à Tanger l'écrivain Paul Bowles *(Un thé au Sahara)* qui fut une figure mythique pour toute une génération. Il a accepté de donner une interview à *La Règle du jeu*. J'accompagne Gilles Hertzog qui l'interroge. C'est maintenant un très vieil homme, beau, sec, fragile, mais son esprit reste alerte, et il a une façon très particulière de parler de lui.

« Je ne sais pas qui je suis », dit-il.

Il vit à Tanger depuis des années, par choix et par goût. D'ailleurs, où pourrait-il aller ? Il déteste son pays, l'Amérique. Il avait une île à côté de Ceylan, mais, pour quelque raison, il en a été dépossédé.

Pourquoi tous ces *beats* sont-ils accourus dans son sillage, il y a quelques années, comme fascinés par son livre ? Il n'en sait rien. C'est William Burroughs qu'ils venaient voir, assure-t-il. Après, ils sont venus pour fumer du kif, ce kif dont il assure que ce n'est en aucun cas un stimulant intellectuel. Tout au plus prolonge-t-il la faculté de travail dans une journée.

Il est délicieux, ce vieux monsieur qui parle de surcroît un excellent français. Personne ne se prend moins au sérieux que lui, malgré le succès fabuleux de son premier roman, publié sauf erreur en 1948 et qui se vend encore, écrasant tout ce qu'il a écrit depuis lors, ce qui ne va pas sans l'irriter. Sa dernière joie : *Un thé au Sahara* vient d'être traduit en arabe.

Il n'a pas aimé le film tiré par Bertolucci de ce livre : « J'avais prévenu Bertolucci qu'il n'en ferait rien, parce qu'il ne s'y passe rien. Ce n'est pas un sujet... » Mais ce rien, la quête de soi aux portes du désert, a la saveur d'une fleur rare.

L'*Obs* me fait porter un flot de courrier qui m'accable. Il y a de tout : beaucoup de lettres gentilles, parfois affectueuses, des appels au secours pour ceci, pour cela, et puis le tout-venant des invitations à des colloques, des séminaires... C'est fou ce que l'on colloque, en France ! Je réponds, je réponds, je réponds...

Les romans en compétition pour le Femina, ou qui voudraient l'être, s'accumulent, que j'avale consciencieusement. Drôles de vacances.
L'un de ces romans, violent, fort, m'a tiré l'œil : *Les cimetières sont des champs de fleurs*, de Yann Moix. C'est un écrivain. Palais délicats s'abstenir, cependant.

Samedi 2 août

Vendu la petite maison que j'avais à Antibes. Trop grande pour moi seule, avec un escalier dangereux, trop difficile à entretenir ; je n'y allais plus guère... Mais quelle tristesse d'abandonner une maison pleine de souvenirs heureux, où chaque meuble, chaque objet, a une histoire... J'en ai le cœur fendu.

Paris est vide sous un ciel gris, il fait à peine chaud, la mélancolie me gagne. Vivement la Toscane où je pars mardi ! Mes enfants m'y réchaufferont le cœur.

Lundi 4 août

William Burroughs, que je croyais disparu, est mort aux États-Unis d'une crise cardiaque à quatre-vingt-trois ans. Homosexuel, drogué à l'héroïne, subversif pathologique, assassin de sa femme par inadvertance, ce fils de l'aristocratie américaine — pour autant qu'il y en ait une — a vécu persuadé qu'il était l'objet d'un immense complot. Il vivait la société comme une meute organisée pour l'éliminer, briser toutes les résistances à un ordre infâme. Les dernières trouvailles technologiques, à ses yeux, faisaient partie du complot meurtrier — télévision incluse, naturellement. Alors Burroughs mord, aboie, dénonce, attaque de toutes parts. Cette paranoïa serait d'un intérêt relatif s'il n'en avait fait des livres — en particulier *Le Festin nu* — autour desquels s'est agglutinée ce qu'on a appelé la *beat generation*, jeunes gens subjugués par le délire percutant de l'écrivain. Mais pas eux seulement : Norman Mailer a pu dire de l'œuvre de Burroughs qu'elle était « le plus parfait portrait du bagne psychique dans lequel nous vivons ». La *beat generation* a disparu, *Le Festin nu* restera comme le phare opaque d'une époque, auquel des ailes par milliers sont venues se brûler.

Mercredi 6 à lundi 11 août

La Toscane est encore plus belle que dans mes souvenirs avec ses grands espaces, son chapelet de collines douces, ses champs de terre blonde labourée, ses cyprès orgueilleux plantés comme des crayons, sa végétation touffue qui réunit toutes les nuances du vert. Paysages de silence et de paix, lumière dorée.

Malgré une chaleur trapue, la maison est fraîche. Nous sommes en pleine campagne : une ferme piquée par-ci, par-là, une grappe de moutons dans un pâturage, pas un bruit, c'est miraculeux. Où que les yeux se posent, on se croirait dans un tableau de l'école italienne, changeant au fil de la journée selon l'angle du soleil.

La ville la plus proche est Sienne où l'on ne peut pas pénétrer en voiture. Là, l'agitation règne : on y prépare fiévreusement le Palio. Une fête vieille de quatre cents ans, unique au monde. Il s'agit de faire courir à travers la ville dix chevaux montés — un par quartier —, sélectionnés parmi une centaine. Le premier qui débouche sur la grand-place est proclamé gagnant. La course par ces rues étroites est d'une violence, d'une brutalité inouïes. Parfois il y a des morts, toujours des accidents ; les cavaliers sont démontés, mais peu importe... Le cheval qui se présente le premier, avec ou sans cavalier, est couronné. Et si cavalier il y a, il devient pour un an le héros de la région, couvert de lauriers et d'argent donné par les Siennois.

Des gradins sont montés sur la place, une drôle de place ni ronde ni ovale, mais épousant la déclivité du sol. On se bat pour une chaise et la moindre fenêtre est prise d'assaut. Tout cela au milieu d'une mer d'oriflammes : chaque quartier a la sienne.

Il y a quatre cents ans que ça dure et les Siennois ne s'en lassent pas. On me dit que le Palio illustre la vieille querelle qui opposa Sienne à Florence, et dans laquelle Sienne fut vaincue. Je n'ai pas très bien compris l'aspect historique de l'affaire, mais nul doute qu'elle fut sérieuse.

Florence est Florence, dans toute sa gloire, mais infestée à cette époque de touristes, au point qu'on ne peut y marcher. Le touriste est en train de devenir l'ennemi du genre humain.

Dans la maison où nous sommes, il y a deux garçons de douze ans, mon dernier petit-fils et son camarade. Charmants tous les deux, gais, taquins, au courant de tout, posant de bonnes questions. Il y a aussi une télévision qui ne diffuse que des programmes italiens. Autant dire qu'ils en sont privés. Alors quoi faire, à la fin de l'après-midi, après avoir beaucoup nagé, couru, joué ? Eh bien, le croirez-vous, nos deux garçons ont lu. Lu des livres, de bons livres. J'ai trouvé l'un plongé dans *Les Mots*, l'autre dans *L'Attrape-cœur*... Je n'en croyais pas mes yeux. Pourvu qu'en rentrant à Paris ils persistent à déserter de temps en temps la télévision, ces vacances n'auront pas été inutiles !

Partout où je vais, je rencontre un escalier, l'ennemi principal de mon pas incertain. On ne se doute pas du nombre d'escaliers qui hérissent une maison, un parcours banal dans une vieille ville, un jardin, quand on n'a pas à les affronter comme des bêtes sauvages. Des mains secourables se tendent. Cela me soulage et me vexe à la fois. L'année dernière encore, je les repoussais. Maintenant, je dis merci beaucoup. Joli progrès !

Voyage de retour mouvementé. L'avion, nous dit-on, était cassé.

« Cassé ? Mais alors, qu'est-ce qu'on fait ?
— Revenez demain.
— Mais j'ai besoin d'être à Paris aujourd'hui !
— Alors, prenez le car jusqu'à Pise. Là, vous trouverez un avion en état de marche. »

Va pour le car qui conduit de Florence à Pise. Mais pas le moindre porteur. Un couple de Français généreux m'a sauvée en se chargeant de mes valises. Sans eux, je crois que je me serais assise dessus pour pleurer.

À Paris, théoriquement, quelqu'un m'attendait... Mais les bagages ne sont pas arrivés par le tapis prévu à cet effet, et nous nous sommes manqués. Là encore, la gentillesse d'un chauffeur de taxi m'a sauvée du désespoir. Mais quelle équipée ! Et on me demande pourquoi je ne veux plus voyager ?

Bagages mis à part, ce bref séjour toscan aura été en tous points délicieux.

Jeudi 14 août

Quelques communications sur mon répondeur... Les paperasses habituelles sur mon bureau. Un avertissement d'avoir à payer un dernier tiers provisionnel avant le 15 août.

Bref, la vie recommence sous une chaleur de feu. La ville est vide. Les magasins fermés. Heureusement, j'ai encore une petite lumière devant moi : quelques jours à Salzbourg pour le festival, avec un programme somptueux.

Ce sera pour l'autre semaine.

Vendredi 15 août

Déjeuner chez Alain Decaux, « en permission d'hôpital » pour le week-end après l'énorme intervention qu'il a subie. Il la raconte avec sa verve habituelle. Je le trouve amaigri, comme il est normal, mais avec une bonne tête, un bon teint, les traits reposés. Miracle de cette opération du cœur, réussie une première fois il y a onze ans et renouvelée cette année dans des conditions beaucoup plus aléatoires. Mais le progrès est incessant. Et on sait maintenant épargner la douleur au patient.

On lui fait faire des exercices d'enfer. Une demi-heure de bicyclette le matin, une heure de gymnastique l'après-midi. Lundi, il faudra qu'il monte les cinq étages de l'hôpital Broussais : il s'agit d'apprendre à s'essouffler.

Il grogne un peu, constate avec mélancolie qu'il n'aura plus le droit de manger du chocolat ni d'autres friandises. Mais il se plie finalement de bonne grâce aux disciplines qu'on lui impose. Six mois de patience, et il galopera comme un lapin.

Ce chrétien fervent est choqué par la débauche publicitaire qui accompagne les Journées mondiales de la jeunesse. Que d'argent, que d'argent ! Je lui dis qu'à ma connaissance les opérations de Publicis sont gratuites, seuls les frais techniques étant facturés, et qu'il en est probablement de même pour les calices fabriqués par Christofle et pour les chasubles dessinées par Castelbajac.

« Vous en êtes sûre ? »

Non. Je n'en suis pas sûre. Je le présume.

Et, pour tout dire, je m'en moque un peu.

Lui ne s'en moque pas. Et il en est tout chiffonné. Je lui promets de me renseigner très précisément.

En errant sur LCI à la recherche d'informations fraîches, je tombe sur la fiancée de Dody. Dody, pour qui l'ignorerait encore, est ce milliardaire dont la photo orne tous les tabloïds anglais depuis qu'un photographe l'a surpris étreignant Lady Di. Il est propriétaire des grands magasins Harrod's. Sa fiancée n'a pas aimé. Elle a donné une conférence de presse pour le faire savoir et annoncer qu'elle attaquait l'infidèle en justice. C'est une très jolie personne qui paraissait vraiment éplorée, sanglotant dans le cou de sa mère.

Pourquoi je raconte cela, qui n'a aucun intérêt ? Je me le demande... Il y a quelque chose d'irrésistible dans les tribulations amoureuses de Lady Di.

Samedi 16 août

Angelo Rinaldi m'appelle. Il est seul à Paris, lui aussi ; il m'emmène déjeuner sur une bonne terrasse où la chaleur est supportable. Nous bavardons, nous potinons, nous sommes féroces, si féroces que je ne puis décemment reproduire nos propos. Nous faisons le tour des livres reçus, où il n'a encore rien vu, lui non plus, qui le retienne.

L'Express, une fois de plus, est en vente. *Le Monde* serait acheteur.

Dimanche 17 août

Encore un beau jeune homme pour me sortir en ce dimanche caniculaire où toute la ville paraît comme assoupie, le silence rayé de temps en temps par une voiture qui passe. Cette fois, c'est l'un de mes petits-fils, Jérémie, qui m'escorte au restaurant.

Il rentre des États-Unis, voyage un peu raté parce que mal organisé au départ — je lui ai assez dit pourtant qu'un séjour aux États-Unis s'organise depuis Paris, mais il fallait qu'il en fasse l'expérience lui-même. N'importe : il revient béat, contaminé, dit-il, par la bonne humeur des Américains. Communicative, irrésistible ! Ils sont au septième ciel. Heureux, aussi, de constater qu'on ne l'a pas harcelé en vain pour qu'il apprenne l'espagnol : il s'en est servi plus encore que de l'anglais.

Son travail marche bien. C'est l'essentiel. Mais il est fantasque, original. Je lui fais un sérieux cours de morale, sans trop d'illusions sur les résultats. Un léopard peut-il changer ses taches ? dit Jérémie le prophète. Mais, tel qu'il est, il me plaît.

Mercredi 20 août

Grosse bourde du PSG qui a fait jouer à Bucarest Laurent Fournier, frappé de deux cartons jaunes. Négligence d'une secrétaire, paraît-il. Du coup, les résultats du match sont annulés et il faudrait que le PSG mette quatre buts de plus que Bucarest, lors du match retour, pour demeurer dans la course de la Ligue des champions. Improbable.

La saison commence bien !

Ils sont très gais, ces milliers de jeunes gens qui déferlent dans les rues de Paris pour courir de messe en messe, de fête en fête, et entendre le pape. Bien sûr, il y a des ronchons pour les maudire partout où la circulation est bloquée. Un chauffeur me dit : « Est-ce qu'on a besoin du pape, je vous demande un peu ? Et qu'est-ce que ça coûte, tout ce cirque, on ne nous le dit pas... » Mais, dans l'ensemble, les pèlerins sont bien accueillis.

Malin qui dira de quoi ils sont en quête. De sens, comme on dit communément ? De ferveur partagée ? D'autorité morale ? De règles de vie ? En tout cas, ils sont là, surtout des étrangers, et c'est en soi un événement.

Vendredi 22 à mardi 26 août

Salzbourg. La petite ville baroque pullule de touristes, mais, le soir, ils sont partis. Et c'est le soir que la fête commence...

Première soirée parfaite : le *Wozzeck* d'Alban Berg dirigé par Abbado, mis en scène par Peter Stein, admirablement interprété ; un pur enchantement. On ne le verra pas à Paris. À lui seul, ce spectacle méritait le déplacement.

Me suis vaguement ennuyée à *La Clémence de Titus*, le dernier des opéras de Mozart, une commande réalisée alors qu'il avait déjà commencé le *Requiem*. Mais une chanteuse extraordinaire, Vessilina Kasarova, dans le rôle de Sextus — un rôle d'homme —, emporte le morceau. Tout de même, c'est long et répétitif.

Emballant : une mise en scène insolente pour *La Flûte enchantée*. Un feu d'artifice d'idées, de trouvailles, d'imagination rafraîchissante, qui n'a pas été sans faire hurler... De fait, c'est presque surabondant, mais quel talent il a, ce monsieur Achim Freyer qui a osé inventer. Cette *Flûte*-là, on ne la verra pas non plus à Paris.

Enfin, *Boris Godounov*, déjà vu il y a trois ans, dans une mise en scène magistrale.

Le tout joué par des orchestres comme il ne s'en trouve qu'en Allemagne et en Autriche.

Le public aussi est essentiellement autrichien et allemand. Quelques Américains, une poignée de Français. Sûr qu'il faut aimer la musique pour venir à Salzbourg, mais alors, quel délice ! Je ne regrette pas de m'être fait un si beau cadeau pour ce qui sera sans doute ma dernière escapade.

Jeudi 28 août

Paris tout gris a mis son manteau de pluie. Allons, le bel été est fini.

Il faut tra-vail-ler. Et d'abord regarder la télévision, si longtemps désertée. Mais, de ce côté-là, j'ai l'impression qu'ils ne sont pas pressés de reprendre le collier de misère...

En attendant, une fameuse soirée pour les amateurs de football, dont je suis : le PSG contre la Roumanie. Contre tout espoir, contre toute attente, le club français l'a emporté en mettant cinq buts aux Roumains ! Le public du Parc des Princes était en délire. Il y avait de quoi, tant la volonté de vaincre était là, presque palpable, irrésistible.

Vendredi 29 août

Bizarrement, la deuxième chaîne de télévision allemande consacre une demi-heure au cinquantième anniversaire du *new-look*, c'est-à-dire à Christian Dior. Et m'a demandé un portrait du très fameux couturier.

Je le fais avec plaisir, tant j'ai gardé un aimable souvenir de cet homme effacé, timide, ennemi du tape-à-l'œil, qui a fondé le premier empire commercial bâti sur des chiffons. Un grand bonhomme, dans son genre, illustratif du meilleur génie français.

Samedi 30 août

Combien sont-ils ? On dit deux cents, on dit trois cents Algériens atrocement massacrés, jusqu'aux bébés arrachés au ventre de leur mère. L'horreur, quoi ! C'est le dernier exploit de ces sauvages qui tuent au nom de

Dieu. Dans quel but ? On ne sait pas. Qui sont-ils ? On l'ignore. Ce massacre n'a pas été revendiqué.

Mais quand le président algérien affirme que le terrorisme a été éradiqué dans le pays, qui espère-t-il tromper ?

Malheureuse Algérie !

Madani, numéro un du FIS récemment libéré, s'est déclaré prêt à lancer un appel pour arrêter l'effusion de sang. Réponse du gouvernement : il est menacé de retourner en prison.

Dimanche 31 août

Au milieu d'une matinée molle, le coup de gong de la mort : Lady Di s'est tuée en voiture avec son compagnon égyptien dans le tunnel de l'Alma. Elle avait trente-six ans.

Cette fin romantique sied à son personnage qui aura été de bout en bout une figure tragique. Enfant malheureuse d'un couple divorcé, épouse bafouée, malade d'être tenue pour une « gourde » au point d'en devenir boulimique pendant trois ans, essayant à cinq reprises de se suicider, trahie par ses amants de passage qui n'avaient rien de plus pressé que de lui consacrer un livre, persécutée par la presse... Une pauvre chose, vraiment. « J'ai été la seule de la famille royale à pleurer en public... », a-t-elle dit. Jusqu'à ce qu'elle trouve dans l'action humanitaire une raison d'être. Aimer les malheureux, être aimée par eux en retour, devint son affaire, plus que quelques amants épisodiques.

Avec sa grâce lumineuse, elle apparut bientôt comme la victime du système de fer de la monarchie britannique qu'elle osait défier, qu'elle osait encombrer au lieu de se laisser briser.

L'étonnant est de voir comment les femmes se sont identifiées à la princesse de Galles à travers ses vicissitudes, comment chacune s'est reconnue en l'épouse trompée, en la jeune femme malade d'humiliation, en l'incomprise. Ces choses-là ne s'expliquent pas, elles se constatent.

On se disait : « Pourvu qu'elle soit heureuse, maintenant, sur le yacht de son Égyptien. Elle l'a bien mérité, la pauvre petite... » Mais le bonheur n'était pas dans son destin. C'est la mort qui l'attendait sous un tunnel, dans une Mercedes fracassée.

L'émotion est aujourd'hui universelle. Les plus coriaces ont éprouvé un petit pincement de cœur en apprenant que la belle jeune femme avait quitté la scène où elle s'ébrouait depuis quinze ans avec ses falbalas.

Jean Daniel m'appelle pour me demander d'écrire sur elle. Je n'ai pas vraiment envie d'ajouter un mot aux milliers et milliers de lignes qui vont déferler. Mais, bête et disciplinée, j'obéis.

SEPTEMBRE

Mardi 2 septembre

L'actualité est encore entièrement dominée par Diana et le sera jusqu'à ce que ses funérailles à l'abbaye de Westminster la mettent en scène pour la dernière fois.

En marge de l'accident, une polémique se développe, violente, au sujet des *paparazzi*, tenus pour responsables du dérapage de la Mercedes dans leur course éperdue à l'image. Polémique ambiguë. Oui, ces chasseurs de clichés indiscrets sont odieux et ne connaissent pas de limite à leur audace. Mais pourquoi le font-ils ? Parce que la presse dite de caniveau achète à prix d'or le moindre baiser dérobé. Et si cette presse existe, c'est parce qu'elle a des lecteurs, par millions. Mais ces lecteurs ne demandent rien. C'est l'offre qui fait la demande... Où l'on voit que les entrepreneurs de la presse de caniveau sont responsables au premier chef du « paparazzisme », et non les photographes eux-mêmes.

Ambiguës aussi, ô combien, les relations des célébrités avec la presse en question. Elles la cajolent, voire la sollicitent, jusqu'au jour où elles croient n'en avoir plus besoin. Alors elles s'offensent d'être pourchassées. Lady Di a aimé être l'objet du désir fou des photographes et s'y est prêtée avec complaisance, jusqu'au jour où leur pression lui est devenue insupportable. En un sens, c'est eux qui l'ont fabriquée, avant de la tuer.

Reste que la presse française est, dans sa grande majorité, indemne des excès dont se délecte la presse britannique, même si nous commençons à être contaminés. Et tout ce qui sera fait pour nous en préserver — à commencer par les condamnations sévères que nos lois autorisent — sera bienvenu.

Pour la mémoire de Lady Di, tendre victime de la presse de caniveau et de ses lecteurs.

Vendredi 5 septembre

Vu en projection le petit film sur Anna de Noailles auquel j'ai collaboré. Il est réussi, agréable à regarder, riche en images surprenantes. Sacrée bonne femme, cette belle comtesse dreyfusarde, anarchiste, poète délicat, égérie de Maurice Barrès, qui connut une célébrité à la hauteur de l'idée qu'elle se faisait d'elle-même : immense. Il y eut dix mille Parisiens pour suivre son enterrement, plus que jamais poète n'en avait rassemblé depuis Victor Hugo.

Cette série, *Les écrivains du siècle*, diffusée très tard, a cependant des spectateurs fidèles avec, souvent, de très bons numéros. Le dernier, sur Paul Valéry, était un bijou.

Samedi 6 septembre

Funérailles. Sur place, dans cette marée humaine massée sur le passage du cortège funèbre, il y avait manifestement de l'émotion, des pleurs et des larmes. Une émotion très peu britannique. Que sont donc devenus les Anglais pour se laisser aller à ces exhibitions ? Il y a quelque chose de bien intéressant dans cette espèce de révolte blanche qui a dressé le peuple contre ses monarques et a exigé de leur part des marques d'humanité.

Devant le petit écran, on se sentait moins concerné que les Anglais par ces funérailles originales. Mais un Premier ministre récitant une épître de saint Paul... Un chanteur de variétés, Elton John, chantant *Candle in the wind*... Un prédicateur saluant l'amant de la princesse défunte... Tout cela, qui n'était pas banal, composait un curieux spectacle.

Maintenant, on est saturé.

Remous sérieux autour d'Air France. Le PDG, Christian Blanc le mirobolant, exigeait une privatisation complète et immédiate de la compagnie — à quoi les communistes s'opposent — et menaçait de démissionner s'il ne l'obtenait pas. Lionel Jospin ne voulait ouvrir le capital de la compagnie qu'à 49 %. Il ne s'est pas laissé impressionner par Christian Blanc. Celui-ci, spécialiste de la démission brandie comme une arme, a été pris à son piège. Il est parti.

Dommage, car c'est une grande pointure. Il aurait probablement fini par obtenir ce qu'il voulait en accordant un peu de temps au temps. Maintenant, le Premier ministre va selon toute vraisemblance ouvrir le capital de la compagnie aérienne, une couleuvre que les communistes devront accepter. Mais tout ne sera pas réglé pour autant. Le feuilleton Air France n'a pas fini de rebondir.

Lundi 8 septembre

Un pays relativement apaisé, une humeur qui n'est pas encore à l'optimisme mais qui ressemble à de la sérénité, la consommation qui reprend : il y a quelque chose de changé en France. Est-ce « l'autre manière de gouverner » ? Il se pourrait bien. Le président de la République voyage. Le gouvernement gouverne. Et les Français observent, avec un préjugé favorable que les sondages confirment. Il y a longtemps que cela ne nous était pas arrivé.

À droite, on se bouffe le nez et on se lamente : « Nous sommes dans l'opposition pour cinq ans ! » Tu l'as voulu, turlututu.

Maintenant, gare aux coups de chien qui tombent parfois sur les meilleurs gouvernants.

Mardi 9 septembre

Diana, mère Teresa, Georg Solti, Mobutu... Le bon Dieu s'est offert dans la même foulée un beau plateau. Varié : la Beauté, la Bonté, l'Art et le Vilain...

Solti ne donnera plus de concerts que pour les anges. Il était âgé, mais, oserai-je le dire : c'est la disparition de ce chef sublime qui m'afflige le plus.

Mercredi 10 septembre

Le Monde publie une mise au point sur l'état de l'enquête menée à propos de l'accident qui a coûté la vie à Diana Spencer. J'essaie de la faire lire à Blanche. Elle ne veut pas en entendre parler. Sa religion est faite : c'est un complot fomenté par les Anglais pour empêcher qu'une princesse d'Angleterre épouse un Égyptien pas très net. Rien ne lui enlèvera cela de la tête.

Allez savoir pourquoi cette version lui plaît... C'est sa façon à elle d'être contre la monarchie anglaise.

Jeudi 11 septembre

Enregistré une longue émission — plus d'une heure — face à Bernard Pivot. J'avais le trac. Une heure quinze à parler de soi, c'est long. Mais il a été à son meilleur, et cela m'a aidée.

J'ai manqué d'à-propos quand il m'a demandé comment je conciliais mon incroyance en l'existence de Dieu avec ma croyance en l'existence d'Arthur, mon ange gardien... J'aurais dû lui citer Paul Valéry : « Je ne suis pas toujours de mon avis. »

Lundi 15 septembre

Les Anglais ne veulent plus de leur reine. Du moins le disent-ils dans les sondages. Ils voudraient la voir abdiquer maintenant ou, au pire, dans quatre ans, quand elle aura soixante-quinze ans, et passer le sceptre à son petit-fils William... Mais ils souhaitent garder la monarchie.

En attendant, la famille royale va devoir faire front à un livre américain scandaleux, *The Royals*, qui révèle — vrai ou faux — les infidélités du prince d'Édimbourg et ses présumés enfants naturels, ainsi que l'homosexualité qui règne parmi les Windsor. Selon la presse américaine, Diana aurait été l'une des informatrices de l'auteur, Kitty Kelley. Le livre ne sortira pas en Grande-Bretagne, pour éviter les procès en diffamation, mais on ne bâillonne pas Internet. *The Royals* va bientôt s'y étaler dans toute sa bassesse...

Hier, fête de *L'Humanité*. Huc a fait un numéro un peu entortillé pour justifier la présence communiste au gouvernement, tout en critiquant sa politique européenne et la vente partielle de France Télécom.

Les communistes sont en manque, c'est clair. En manque de perspective historique depuis la chute du mur de Berlin. Hue a fait le pari de changer l'image protestataire du PCF. Le remettre dans le jeu politique : telle est manifestement son ambition. Il mise sur la durée du gouvernement pour y parvenir. Mais la frange la plus conservatrice de ses élus et de ses troupes est manifestement troublée par l'abandon de certains dogmes — ainsi, l'accord donné à l'ouverture du capital des entreprises publiques aux capitaux privés. Entre la subordination au PS et la marginalisation par isolement doctrinal, la voie est étroite par où Hue a l'ambition d'entraîner son parti pour qu'enfin il se rénove.

Mardi 16 septembre

Allons-nous fabriquer de nouveaux fonctionnaires ? Ou de nouveaux métiers ? Le débat fait rage à l'Assemblée et dans la presse où les éditorialistes de droite se déchaînent. Nul doute que l'Assemblée adoptera le projet de loi présenté par Martine Aubry, qui doit conduire à la création de 350 000 emplois nouveaux : la gauche y est majoritaire. Plus intéressant : une quarantaine de députés de droite seraient prêts à la rejoindre pour la circonstance, ou pour le moins à s'abstenir au moment du vote. Remarque de Pierre Mazeaud, grande gueule gaulliste qui a toujours eu son franc-parler : « Voter contre serait une erreur politique. »

C'est là un pari formidable que fait Lionel Jospin, mais quand tout a échoué pour réduire le chômage des jeunes, comment ne pas choisir l'espoir de voir une nouvelle recette mieux réussir ? La faiblesse des arguments de l'opposition dans ce débat, c'est le poids de ses années d'impuissance.

Vu hier soir une pièce très drôle, *Les Côtelettes*, de Bertrand Blier, enlevée à un train d'enfer par Philippe Noiret et Michel Bouquet. Délicieux plaisir de rire pendant deux heures.

Mercredi 17 septembre

Bruno Masure est évincé du journal de France 2. Usé, dit-on. Il se peut, bien que les spectateurs continuent à plébisciter ce grand faiseur de calembours et de plaisanteries approximatives. Il avait une vertu rare : la désinvolture. Il ne se prenait pas au sérieux. Il ne disait pas la messe. C'est peut-être ce qu'à la fin la direction de France 2 lui aura reproché.

Jeudi 18 septembre

Pierre Truche, premier président de la Cour de cassation, est venu plancher devant les membres de la Fondation Saint-Simon. Il est extrêmement sympathique. C'est lui que Jacques Chirac a chargé de présider une commission chargée d'examiner les conditions d'une réforme de la justice.

Quelle matière ingrate que la justice, avec son vocabulaire technique bizarre : le parquet, le siège, le ministère public... On s'y perd. Et pourtant, si quelque chose devrait être clair, c'est bien la justice. Ce n'est pas pour demain.

Dimanche 21 septembre

C'est mon anniversaire : 80 + 1, comme on dit bac + 1. Il ne serait que temps que je me décide à inspirer le respect. Mais, bizarrement, je me sens de moins en moins respectable et de plus en plus disposée à jouer les vieilles dames indignes. C'est peut-être le gâtisme qui commence.

Lundi 22 septembre

D'abjectes histoires de bizutage ont soudain surgi. La pratique n'est pas neuve, elle est même traditionnelle, mais elle traduit ce que l'homme a de pire en lui : le goût d'infliger l'humiliation. De vrais petits nazillons, ces élèves des établissements d'élite qui bizutent leurs camarades avec l'approbation tacite de leurs directeurs. Que le secret soit levé, que les victimes parlent, que des punitions exemplaires soient prononcées, et il y aura peut-être enfin quelque chose de changé.

Mardi 23 septembre

Les sociaux-démocrates allemands, euro-sceptiques, ont pris une claque aux élections régionales, et on s'interroge maintenant sur leur capacité à prendre le pouvoir dans un an, à la faveur des élections législatives. Bien qu'il soit lui-même en perte de vitesse, le chancelier Kohl reste optimiste. Commentaire d'un député social-démocrate qui résume la situation :

« Kohl n'est plus en état de gagner les prochaines élections, mais nous pouvons encore les perdre. »

France Télécom, c'est fait. L'entreprise entre en Bourse. Elle aura désormais des actionnaires privés : ils se précipitent sur le titre.

On peut s'intéresser médiocrement à la Bourse, mais les OPA « inamicales » qui font rage en ce moment laissent songeur. Si ce n'est pas du capitalisme sauvage, qu'est-ce que c'est ? Et il paraît que ça ne fait que commencer.

Que le capitalisme à la française, qui méprisait les actionnaires, soit fini, que les dirigeants d'entreprises mal gérées n'aient plus d'avenir, on aurait tendance à penser que c'est bien, le sûr est que ça bouge...

Jeudi 25 septembre

Une photo fait la une des journaux du monde entier : celle d'une Algérienne qui a perdu ses huit enfants dans le massacre de Benthala, et qui hurle sa douleur. Photo plus éloquente qu'un long discours, qui touche plus que la vue d'une nouvelle série de cadavres. Elle a été prise par le photographe qui opère en Algérie pour le compte de l'agence France-Presse.

L'émotion provoquée par ce dernier massacre est à la mesure de son horreur. Rien ou presque que des femmes et des enfants égorgés et brûlés, mais à quoi bon des larmes, des protestations, des condamnations, de l'agitation verbale ?

C'est pourtant ainsi que la pression monte et continuera de monter, jusqu'à ce que des actes suivent, et d'abord une internationalisation du conflit algérien. On annonce aujourd'hui que les ministres des Affaires étrangères français et américain ont discuté sur le point de savoir s'ils pourraient faire quelque chose de précis. Mince début.

Comme toujours, il faut savoir ce que l'on veut, et le vouloir fortement. Ensuite, on trouve toujours les actions à mener.

Lundi 29 septembre

Bataille du budget à l'Assemblée. L'opposition, comme il est normal, est déchaînée, mais parfois peu crédible. Quand le gouvernement annonce une augmentation globale d'impôt de 14 milliards, l'opposition l'évalue à 50 milliards. On est bien obligé de se dire que quelqu'un se trompe, ou cherche à tromper. Au demeurant, cela ne dit rien au public, qui ne croit que son porte-monnaie, et pour qui le mot même de « milliard » est du chinois.

Il y a effectivement une partie de ce public, la plus aisée, qui va être atteinte par quelques nouvelles mesures. Normal que ses porte-parole hurlent.

Un membre du Front national a été élu au conseil général de Mulhouse. Ainsi, de temps en temps, Le Pen se rappelle-t-il au bon souvenir de ceux qui préféreraient l'oublier. Mais le clou est dans la chaussure. Et les prochaines élections régionales pourraient bien le voir s'épanouir, si la droite républicaine est toujours aussi vaseuse.

Mardi 30 septembre

Au début, c'était une mystification. Exaspéré par ce qu'on appelle la pensée postmoderne en France et par le cas qui en est fait aux États-Unis, le physicien américain Alan Sokal en a écrit une parodie qui a été accueillie avec le plus grand sérieux. Après quoi, il a vendu la mèche : son jargon pseudo-scientifique était dépourvu de signification. J'en ai déjà dit un mot ici.

Cela fit un beau scandale parmi les postmodernes offensés. Ce que Sokal leur reproche en bref, c'est d'utiliser des notions mathématiques qu'ils ne maîtrisent pas pour appuyer des assertions fantaisistes en sciences humaines. Imposture, dit-il.

Aujourd'hui, il publie un livre dans lequel il en dénonce une belle collection... La plus savoureuse citation est de Lacan : « Le Pi d'Euclide et le G. de Newton, qu'on croyait jadis constants et universels, sont maintenant perçus dans leur inéluctable historicité. »

Les postmodernes se rebiffent : débats, polémiques, sciences molles contre sciences dures, le petit monde intellectuel en est tout secoué. Le profane reste rêveur en apprenant que pour les postmodernes américains, « la science est une invention du mâle blanc »...

OCTOBRE

Mercredi 1ᵉʳ octobre

L'Église de France fait repentance. Au nom de l'épiscopat, elle confesse la faute des prélats qui, sous l'Occupation, se sont tus « face à la législation antisémite édictée par le gouvernement français... Aujourd'hui, nous implorons le pardon de Dieu et demandons au peuple juif d'entendre cette parole de repentance... ».

Il semble qu'elle ait été entendue, non sans émotion, au moment où s'ouvre le procès de Maurice Papon.

Jeudi 2 octobre

Eh bien, on n'en est pas mort ! La circulation automobile a été interdite hier à Paris à une voiture sur deux en raison du pic atteint par la pollution, et la ville ne s'est pas écroulée. Les uns ou les autres en ont été dérangés, il a fallu se débrouiller, mais avec la conscience qu'il faut bien « faire quelque chose », que la pollution de l'air, ça ne peut pas continuer comme ça.

La circulation alternée ne réglera pas le problème : il faut en finir avec le diesel, équiper de moteurs à gaz les transports en commun, interdire les autocars, que sais-je... Les remèdes sont connus, c'est la volonté qui manque. Elle se heurte, il est vrai, à des intérêts puissants. La mesure la plus originale a été prise à Singapour : là, seuls les riches ont le droit de circuler. Incroyable, mais vrai !

Voilà le plus mystérieux des peintres sur le pavois. Georges de La Tour, dont on ne sait rien ou presque, sinon qu'il vivait à Lunéville et qu'il fut « peintre ordinaire du roi » Louis XIII ; La Tour, dont l'œuvre a disparu pendant trois siècles, fait une rentrée en force au Grand Palais avec quarante toiles magistrales, d'une beauté à couper le souffle. Extraordinaire destin de ces toiles, scènes de genre ou vies de saints, qui ont dû attendre des décennies et des décennies pour être une à une retrouvées et identifiées.

La Tour fut-il vraiment l'ambitieux arrogant, riche du produit de son travail, dur aux petites gens, qui transparaît à travers certaines archives ? Rien de plus indifférent. Il est, et cela seul importe, le maître souverain de l'ombre et de la lumière.

Vendredi 3 octobre

Le succès d'*Arthur ou le bonheur de vivre* me fait naturellement plaisir, et je me plie à ce qui l'entretient, émissions de télévision, de radio, interviews à la presse écrite — enfin, le cortège habituel d'obligations. Ce que Simone Signoret appelait le « service aprèsvente ». Mais, à répéter dix fois la même chose, le cerveau se ramollit, la langue fourche, on se sent devenir doucement idiot. J'en suis là.

Petit tour à la FIAC avec Sébastien, mon presque fils. Il y a de très belles choses éparpillées entre les galeries. Vu un petit Basquiat qui m'a tapé dans l'œil. Trop cher pour moi. Il fallait acheter Basquiat il y a dix ans.

Lundi 6 octobre

Effarant scandale en Israël. Le Premier ministre a tenté de faire assassiner à Amman, en Jordanie, un dirigeant politique du Hamas incarcéré depuis plusieurs années. Exécutant : le Mossad. Procédé : l'injection d'un gaz biologique. Selon le *Sunday Times*, Netanyahou voulait « s'offrir la peau d'un dirigeant du Hamas, quel qu'il soit, avant le Nouvel An juif ». Non seulement l'opération a échoué, mais le roi de Jordanie, fou de rage, a dû libérer le dirigeant du Hamas en échange de deux agents du Mossad pris la main dans le sac, et a exigé, pour passer l'éponge, la libération en masse de militants islamistes palestiniens détenus en Israël.

La physionomie de Netanyahou n'était déjà pas brillante. Il n'y manquait que le ridicule.

Mardi 7 octobre

Lionel Jospin est entré dans une zone de turbulences : projet de loi sur l'immigration contesté à gauche, grève à la SNCF et à la RATP, inquiétude sur les « 35 heures » avant la conférence sur l'Emploi. S'il s'en sort indemne, il est fort.

Mercredi 8 octobre

Le procès Papon s'ouvre aujourd'hui. Il devrait durer trois mois et s'achever, autant qu'on puisse anticiper, par un verdict de réclusion à vie. S'agissant d'un homme de quatre-vingt-sept ans, cela n'aura pas grand sens, sinon symbolique.

Je suggère que, pour ce coupable arrogant, on invente une peine de substitution : par exemple, le condamner à voir une fois par semaine *Shoah*, le film de Claude Lanzmann. Jusqu'à ce qu'il s'en étouffe et demande pardon.

François Léotard et Jean-Claude Gaudin assassins par procuration ? Assassins de la députée Yann Piat ? Le Var, champ clos d'une querelle de mafieux, dont deux anciens ministres ? C'est la thèse que soutient froidement le livre de deux journalistes s'appuyant sur les prétendues révélations d'un prétendu général d'active non nommé, appartenant à la Direction du renseignement militaire. À l'appui de ces révélations, aucune preuve.

Machination d'une officine spécialisée dans les coups fourrés pour abattre Léotard au moment où celui-ci vise la présidence de la région PACA ? L'intéressé en est convaincu et demande la saisie du livre. Le ministre de la Défense a ouvert une enquête au sein de l'institution militaire.

L'affaire est gravissime, évidemment.

Vendredi 10 octobre

Lamentable : Romano Prodi, Premier ministre italien d'une coalition de gauche, a démissionné. L'un des membres de la coalition, le parti néocommuniste, refusait de voter son budget. Chacun s'accorde à reconnaître que, depuis cinq mois, M. Prodi a fait un travail remarquable. Mais le chef du parti néocommuniste, marxiste de choc, s'est dressé contre lui. Pour certains, c'est la fin de la gauche italienne, au pouvoir pour la première fois depuis très longtemps, en tout cas le début d'une nouvelle valse des gouvernements. L'Italie en a connu cinquante-quatre depuis 1945 !

Dimanche 12 octobre

« 35 heures » : c'est l'explosion. Fidèle à ses engagements, Lionel Jospin les a proposées à la négociation au cours de la conférence sur l'Emploi. Les patrons ont failli s'étrangler. Leur réponse : « C'est la guerre ! » On n'a jamais vu qu'une avancée sociale soit acceptée par le patronat sans qu'il hurle qu'on l'égorge. Mais il est clair que le dialogue social n'est plus à l'ordre du jour.

Que faut-il penser de ces « 35 heures » telles qu'elles sont présentées ? Ont-elles quelque chance de stimuler l'emploi ? de bousculer l'organisation du travail pour la rendre plus souple ? Est-il raisonnable de corseter toutes les entreprises dans une loi ? Je ne sais pas. Une chose est sûre : personne ne propose une autre politique pour l'emploi.

Lundi 13 octobre

Papon est libre ! Définitivement libre ! Incroyable. Parce qu'il est âgé et cardiaque, deux experts avaient été chargés de l'examiner. Ils avaient indiqué qu'il n'était pas souhaitable de l'incarcérer en prison, mais de préférence dans un service de cardiologie. Or, le président de la cour, tremblant manifestement devant ses responsabilités, a pris sur lui de le libérer purement et simplement. Grâce à quoi chacun a pu voir, à la télévision, Maurice Papon gambadant dans un hôtel quatre étoiles. C'est du meilleur effet !

Les règles judiciaires sont telles que rien ne peut plus maintenant abréger cette liberté, pas même une condamnation dont il pourra toujours faire appel. Ceux qui lui font procès sont écœurés, et au-delà.

Faible satisfaction : Papon se fait chasser d'hôtel en hôtel où l'on refuse de l'héberger. Son avocat va finir par lui acheter une caravane !

Mardi 14 octobre

Imprévisible Italie ! Le Premier ministre, Romano Prodi, démissionne parce que l'un des partis de sa coalition refuse de voter son budget : le parti néocommuniste emmené par Fausto Bertinotti. Huit jours après, on s'embrasse ! Prodi reprend les rênes du gouvernement. Bertinotti s'est engagé à le soutenir pendant toute l'année 1998. Il a compris que le pays ne voulait pas de crise. Prodi, de son côté, a fait quelques concessions, il a promis les « 35 heures » pour l'an 2002, mais n'a rien cédé sur le fond. Génie italien du compromis ?

Mardi 21 octobre

Passé quelques jours sans rien noter, parce que je ne parviens plus à écrire. Les mots refusent de s'organiser dans ma tête. Ils se mettent debout. Je sais bien pourquoi : j'ai cessé de fumer. Or, on peut, par un effort de volonté, s'interdire d'allumer une cigarette. On ne peut pas dominer la débandade des mots.

Si je réussis à persister dans l'abstinence, je serai obligée de suspendre ce journal. Le rédiger me coûte un effort disproportionné avec le résultat. Si je flanche...

On verra bien.

Quelques mots, cependant, pour dire la couleur des jours. Paris ne bruit que de deux sujets : les « 35 heures » et le procès Papon. Chacun a son opinion sur la question, y compris les chauffeurs de taxi, et autour de chaque table les échanges sont vifs. On entend n'importe quoi, souvent des contre-vérités, mais, quand elles sont dites avec assurance, elles impressionnent.

Sur les « 35 heures », il y a les péremptoires et les pragmatiques. Les premiers annoncent l'apocalypse. Les seconds connaissent au moins une entreprise où ça fonctionne très bien. On se chamaille énormément.

À propos de Papon, on se déchire sur le point de savoir si Vichy était la France ou pas. Un faux débat, s'il en est, dans la France d'aujourd'hui. Séguin fait des déclarations véhémentes et confuses pour expliquer que Vichy n'était pas la France et que le procès Papon serait le « catalyseur d'une manipulation des esprits » par les socialistes ! N'importe quoi. Des témoins viennent déclarer que Papon a rendu de grands services à la Résistance. Lesquels, par exemple ? On ne sait pas. Mais quelqu'un l'a dit à quelqu'un qui est venu le répéter... L'historien qui exhuma les premiers documents contre Papon fait soudain volte-face et l'exonère pratiquement des crimes qui lui sont reprochés... Bizarre, bizarre ! Procès dans le procès : resurgissent les deux cents morts de 1961, les Algériens liquidés par la police que commandait Papon, et jetés dans la Seine... Le climat, chargé de mauvais souvenirs, est lourd. Vous savez quoi ? Du train où vont les choses, avec les témoignages en sa faveur, l'inaptitude manifeste des avocats des plaignants à remplir leur fonction, il ne paraît plus du tout impossible que Maurice Papon s'en tire par un acquittement.

Quand je dis cela, autour de moi on hurle. C'est comme si on tuait une seconde fois chacun des petits enfants dont il a signé l'arrêt de mort. Et pourtant, je crains que mon pronostic ne se vérifie...

Vendredi 24 octobre

Le procès est suspendu. Papon est malade. Bronchite aiguë. Selon toutes les apparences, ce n'est pas de la frime. Il a peur d'en être soupçonné. D'après les médecins experts, l'audience pourra reprendre vendredi prochain. Mais on se demande si viendra jamais le moment où sera posée LA question : Maurice Papon, déportant des enfants juifs par convois, savait-il qu'il les condamnait à l'extermination par le gaz ?

La rumeur en courait, à la radio anglaise, dès juillet 1942, dans les journaux de la Résistance — et même dans la presse de la collaboration, qui s'en félicitait. Pouvait-on ignorer ? Pas complètement. Mais on pouvait se dire : « Ce que l'on raconte est proprement inimaginable. Comment peut-on croire de pareilles abominations ? » Oui, on pouvait se dire cela et se raconter que si les Allemands voulaient des Juifs, c'était parce qu'ils avaient besoin de main-d'œuvre... On n'allait tout de même pas les leur refuser !

L'incrédulité est l'hypothèse la plus favorable à Maurice Papon. On ne peut pas l'écarter systématiquement.

Samedi 25 octobre

Deux heures divines pour se laver l'esprit de tout cela : La *Deuxième Symphonie* de Mahler jouée par l'orchestre de Berlin, chantée par les chœurs de la radio suédoise — les meilleurs du monde, dit-on —, dirigée par Claudio Abbado.

Il y a toujours quelque chose de profondément émouvant dans la perfection, où qu'elle se loge. C'était la perfection.

Simplicité, sobriété, économie de moyens : Abbado, c'est l'anti-Karajan.

Deux jours après Mahler, il dirigeait, avec la même formation, le *Requiem* de Verdi, un requiem complètement « déthéâtralisé », retrouvant sa noblesse...

Un enchantement, ces deux concerts, mais je continue à ne pas trouver mes mots pour l'écrire.

Krach des places financières asiatiques, ouragan sur toutes les Bourses. Les gestionnaires de fonds internationaux ont perdu confiance dans les économies asiatiques. Cependant, ce matin, Hong Kong se redressait et terminait à la hausse... Mais de l'avis des spécialistes, la situation reste fragile. C'est le modèle asiatique de développement qui est en question.

Lundi 27 octobre

Hong Kong a de nouveau plongé ; toutes les places boursières se sont effondrées. Qualifier la situation de « sérieuse » serait une litote.

Mardi 28 octobre

Après un début de panique à New York, Wall Street s'est repris, les petits porteurs ont cessé de vendre, et le mouvement s'est répercuté sur les places européennes. Fin du psychodrame ou trêve fragile ? Rien n'est joué.

Ce qui est fascinant, avec l'argent boursier, c'est que, lorsqu'on le perd, en cas de baisse, par exemple, il se volatilise, il ne va dans la poche de personne. Il n'y a pas transfert d'argent, mais extinction. D'une certaine façon, c'est poétique...

Quinze jours sans fumer. C'est tout à fait insuffisant pour être désintoxiquée. Pour le moment, je ne ressens que les inconvénients de l'abstinence : la nervosité, la difficulté à écrire — j'ai mis deux jours pour venir à bout d'un article qui me prend normalement cinq heures —, l'humeur batailleuse.

Je crois que je vais me mettre un petit écriteau au cou, comme un chien, disant : « Ne m'en veuillez pas si je suis désagréable, j'ai cessé de fumer. »

Mercredi 29 octobre

François Léotard a gagné la première manche de son combat : considérant l'absence complète de preuves à l'appui du livre des deux journalistes qui l'accusent d'avoir fait assassiner Yann Piat, le tribunal a ordonné la suppression de quatorze passages de l'ouvrage. Sagement, l'éditeur, Flammarion, a préféré le retirer de la vente. Pour cette vénérable maison, toute cette affaire est calamiteuse.

Je m'acharne à écrire, mais n'y arrive pas. Cioran dit quelque part que lorsqu'il a cessé de fumer, il a perdu son âme. Lui sont venus l'ennui de vivre, la paresse d'écrire, une propension croissante à la lâcheté, et une haine féroce, incontrôlable, de l'humanité.

Je n'en suis pas encore là, mais j'y vais !

NOVEMBRE

Lundi 3 novembre

Allons bon, ça recommence ! Les routiers sont en grève depuis minuit et ce n'est pas une mince affaire. Après l'expérience de l'an passé, après des jours et des jours de négociations en octobre, il paraît presque incroyable qu'on en arrive à cette situation si dommageable pour tout le monde.

Comment est-ce possible ?

Des engagements pris par le patronat, petit et grand, à la fin de la dernière grève, n'ont pas été respectés. D'où la colère et la méfiance accumulées. Les routiers font un métier dur pour 9 180 francs en moyenne par mois, mais parfois moins de 7 000 francs, avec des horaires de travail démentiels. Mais l'accord qui finira forcément par intervenir, pourquoi a-t-il été rejeté hier soir ? Pour de mauvaises raisons. Comme si, de part et d'autre, on avait eu psychologiquement besoin de montrer sa force.

Un climat de violence règne sur les routes entre grévistes et non-grévistes, entre camionneurs étrangers furieux de tomber sur des barrages et routiers français. L'essence commence à manquer partout. Le ravitaillement alimentaire est bloqué en plusieurs points du territoire. Mais les gens sont calmes, plutôt compréhensifs à l'égard des routiers, résignés.

Décerné aujourd'hui le prix Femina à Dominique Noguez pour *L'Amour noir*. Pourquoi pas ? C'est un lauréat tout à fait honorable.

Cependant, je militais pour François Weyergans, auteur d'un livre fort, *Franz et François*, mais on m'a objecté qu'il avait reçu le prix Renaudot il y a trois ans et que le couronner eût donc été contraire à nos statuts.
Dieu que les Français — et les Françaises — aiment donc les règlements ! Ils en mettent partout, même là où ils n'ont rien à faire : dans la littérature.

Mardi 4 novembre

Jacques Derogy est mort et j'en ai un grand chagrin. Tant d'années de travail en commun, tant de souvenirs partagés... À l'heure où la physionomie du journaliste s'est tellement dégradée, où l'on frôle ici la diffamation, là l'affabulation, on n'imagine pas ce qu'était Derogy. Un journaliste d'investigation, comme on dit maintenant pompeusement. Disons un enquêteur — mais quel enquêteur ! C'est lui qui dénicha Touvier, qui élucida le mystère des fameuses vedettes de Cherbourg envolées en direction d'Israël, qui démêla les fils de l'affaire Ben Barka et de combien d'autres... On pourrait en citer vingt ! Plus, sur des sujets plus vastes, ses livres. Mais jamais une information douteuse, ou même approximative, n'est tombée de sa plume. Inlassablement il creusait, il vérifiait, il recoupait et recoupait encore... C'était un crack, Derogy. Et, avec ça, adorable, gai, modeste...
Il respectait son métier, qui est de chercher et de dire la vérité, même si elle dérange. Il respectait ses lecteurs. Il était fier d'être dit « journaliste ». Personne ne l'a été avec plus d'honneur que lui.

Mercredi 5 novembre

Au cimetière de Montparnasse, une ribambelle d'anciens de *L'Express* sont venus rendre un dernier hommage à « Jacky ». JJSS était là ; c'est bien.

Incroyable mais vrai : consultée pour savoir si elle préfère être vendue à Dassault ou au *Monde*, la rédaction de *L'Express* a choisi en majorité d'avoir pour patron un marchand d'armes ! Manipulation menée de main de maître par celui qui allait perdre son poste en cas de rachat par *Le Monde* ? Mais enfin ils ont voté, ces chers petits, si soucieux — légitimement — de leur indépendance. Faut-il en rire ou en pleurer ?

Pour finir, Dassault, possiblement sur l'instance du gouvernement — puisque nous sommes dans un drôle de pays où, quand un journal s'achète ou se vend, le gouvernement s'en mêle —, Dassault, donc, s'est retiré. *Le Monde* a été avisé qu'il était récusé alors qu'un accord était pratiquement conclu, *L'Express* a été retiré de la vente par son actuel propriétaire, la Compagnie générale des eaux. Pourvu que, dans ces eaux, il ne coule pas, maintenant !... Mais, en vérité, pour avoir survécu à autant de tribulations, il faut qu'il soit insubmersible.

Jeudi 6 novembre

Vu un document impressionnant, présenté par Claude Lanzmann à quelques amis avant d'être télévisé, *Un vivant qui passe*. Il s'agit d'un entretien, long d'une heure, qu'il eut en 1979 avec un jeune Suisse, Maurice Rossel, délégué du Comité international de la

Croix-Rouge. En 1943, Rossel a été à Auschwitz où il fut accueilli par le commandant du camp. Il savait ; à Genève on savait, dit-il, que c'était « un camp terrible », mais il n'a rien vu. Seulement des détachements de détenus très maigres. Des questions ? Non, il n'a pas posé de questions à ce commandant si courtois. Puis il est allé à Theresienstadt, cité fantôme entièrement truquée en vue d'une visite d'inspection du CICR, où les habitants étaient en transit avant d'être gazés. De ce truquage, Rossel n'a rien décelé. Il a seulement éprouvé un malaise... À partir de ses rapports qu'il a entre les mains, Lanzmann l'interroge, et ses réponses sont effarantes. On aurait presque envie de dire « candides ». Il confirme que, dès 1942, le CICR et les Alliés étaient informés de la « solution finale » ; mais, à Theresienstadt, il a vu « des Israélites qui, je le pense encore, arrangeaient à coups de dollars leur situation et se permettaient de durer ».

Oui, Maurice Rossel, représentant de la Croix-Rouge, ose dire cela. Le visage légèrement crispé, tout de même. Légèrement...

Samedi 8 novembre

Les routiers ont repris le travail malgré la grogne de FO et de la CGT. Six jours de grève contre douze l'année dernière, et quatre cents camions étrangers bloqués contre dix mille en 1996, parce que les points frontaliers ont été protégés à temps. La stratégie de Lionel Jospin a été efficace. L'opposition en est toute dépitée.

Dimanche 9 novembre

Lu un ouvrage géant, *Le Livre noir du communisme*, que j'ai dépiauté pour pouvoir le tenir en main. À absorber à petites doses. Et en même temps un essai brillant de Michel Onfray sur *La Politique du rebelle*. J'aime ce qu'écrit Onfray. C'est un rebelle radical, pour ne pas dire un anarchiste, et il est intéressant de voir comment il articule cette posture avec une défense effrénée de l'hédonisme. C'est la combinaison qui rend sa pensée originale.

Lundi 10 novembre

Le Livre noir du communisme m'a entraînée dans une réflexion sur ma propre approche du communisme. Normalement, une fille de ma génération, crevant de faim, révoltée contre la société bourgeoise, aurait dû succomber aux séductions du communisme. J'en ai été tout près. J'avais un galant, prof de philo, qui m'a gavée de littérature marxiste. Quelque chose m'a toujours retenue de sauter le pas, qui ne relève pas d'un discernement particulier, mais d'une disposition de caractère, d'une impuissance à accepter l'autorité, la vénération du Grand Chef, l'obéissance au dogme, la vérité révélée. Toute religion me rebute ; celle-là aussi me rebutait.

Quand je vois dans quel état quelques-uns de mes amis sont sortis de leurs années de communisme, je pense que j'ai eu une grande chance. À croire qu'on n'en guérit jamais, ni d'avoir tant espéré, ni d'avoir eu un jour les yeux dessillés.

Mardi 11 novembre

Ce *Livre noir* qui évalue à 80 ou 85 millions — chiffre hallucinant — les victimes du communisme a valu au Premier ministre une interpellation d'un député

UDF. Réponse en bref : même s'il n'a pas pris assez tôt ses distances avec le stalinisme, le parti communiste a tiré les leçons de son histoire. De surcroît, le Parti communiste français n'a jamais porté la main sur les libertés. Les UDF, offensés, ont quitté leurs bancs. Les RPR n'ont pas bougé : de Gaulle a eu, avant Jospin, des communistes dans son gouvernement. Mais la polémique fait rage entre les historiens qui assimilent nazisme et communisme, et ceux qui rejettent radicalement cette assimilation. Pour le maître d'œuvre du *Livre noir*, Stéphane Courtois, les deux systèmes sont « comparables ».

Mercredi 12 novembre

Quelque chose frappe dans le débat passionné soulevé par l'exhumation d'Yves Montand aux fins de savoir s'il est oui ou non le père de la jeune fille qui le prétend. C'est le rapport que la plupart des gens entretiennent avec les morts. Ce qu'ils mettent de sacré dans un tas d'os, combien, depuis Antigone, la notion de sépulture est restée vivace dans notre culture, dernière demeure qu'il est sacrilège de violer. (En fait, c'est l'homme de Neandertal qui a inventé les premières sépultures.) Or, voici que la décision d'un magistrat fait voler en éclats ce tabou. Que dit-il ? Puisqu'un prélèvement opéré sur les restes de Montand peut apporter la preuve que la petite Aurore est — ou n'est pas — sa fille, il est de bonne justice d'y procéder. Pas de quoi s'émouvoir : des exhumations pour autopsie, il y en a tous les jours dans des affaires d'accident. Que cela se termine, si les résultats sont positifs, par une féroce bataille d'argent autour d'un héritage, c'est une autre histoire — médiocre, celle-là. Mais la quête d'une fille qui cherche son père jusque dans sa tombe, on a fait des tragédies avec moins que cela !

Journée pour l'Algérie. Il n'y a pas eu un monde fou, mais tout de même du monde, un peu partout en France. Que faire d'autre pour obtenir une commission d'enquête internationale ? Quelle autre pression que celle de l'opinion ? Et pas seulement en France. On ne peut pas rester à gémir les bras ballants sur des tas de cadavres égorgés...

Jeudi 13 novembre

Conseil d'administration de MK2. J'ai beau avoir une petite pratique de ces conseils, là ou ailleurs, je continue à y assister comme si je regardais un film coréen non sous-titré. En d'autres termes, tout m'est obscur, inintelligible... Et je m'en veux, une fois de plus, de n'avoir jamais fait l'effort d'apprendre le langage de l'argent, des chiffres et du droit.

Triste, je suis triste. Sans aucune raison objective, si ce n'est l'état du monde auquel je ne peux rien. Il y a des jours où la misère de la condition humaine vous prend à la gorge. Des jours où on a du Cioran plein la tête.

Rien de plus sot ni de plus stérile que de succomber à ce genre d'accablement universel. J'essaie en vain de me secouer. J'ai envie de tendre le poing vers le Ciel et d'injurier le Créateur.

Dimanche 16 novembre

Mort de Georges Marchais. On ne va pas le pleurer, mais il emporte tout un pan de l'histoire, inoubliable quand on l'a vécu : le communisme à la française téléguidé de Moscou. Quel pitre génial c'était ! Avec sa grosse voix et ses grosses colères... Les Guignols avant la lettre, un maître ès médias. Curieux de penser que si l'on retient une phrase de lui, ce sera : « Taisez-vous, Elkabbach !... »

Les conventions sont si fortes que chacun y va de son hommage, fût-ce avec des nuances.

Comédie : seuls les vivants respectables font des morts respectables.

Mardi 18 novembre

Épouvantable carnage à Louqsor, en Égypte, où un commando de six terroristes a massacré soixante-huit touristes, suisses, japonais, allemands, en les achevant au couteau. Une organisation intégriste a revendiqué ce haut fait. Une autre prévient qu'il y aura d'autres attentats. Objectif : déstabiliser Moubarak, qui lutte fermement contre l'islamisme.

Le tourisme est vital pour l'économie égyptienne. L'an dernier, Louqsor, l'une des splendeurs du monde, avait accueilli deux millions de visiteurs. Il en restait encore, ce matin, dans la Vallée des Rois, impavides. L'envoyé spécial de *Libération* rapporte ce mot d'un touriste italien : « Quitte à mourir, autant que ce soit ici. C'est si beau... » Mais les annulations pleuvent sur les agences de voyage.

Mercredi 19 novembre

Petit déjeuner de travail chez José Bidegain au sujet de l'ACF. 8 heures 30, c'est très tôt, ma tête ne marche pas du tout. Je ne me réveille vraiment que pour demander une fois de plus que nous ayons un programme d'action en France. José me promet que ce sera un prochain chantier.

Persécutée depuis quelques jours par un inconnu manifestement déséquilibré qui dépose des lettres menaçantes devant ma porte. Je vais demander à la police de surveiller l'immeuble.

Samedi 22 novembre

Le congrès du PS qui s'est tenu à Brest s'est terminé par le sacre de François Hollande. Il sera élu à une forte majorité à la tête du parti. Le nouveau secrétaire général n'est pas un « éléphant », mais un homme jeune — quarante-trois ans — qui ne s'est pas encore usé dans les luttes de sérail. On va voir s'il a les épaules assez larges pour assumer ce poste stratégique.

Un sommet social sur l'emploi, le premier du genre, a réuni les Quinze Européens à Luxembourg. Chirac et Jospin en revendiquent tous deux la paternité. L'important n'est pas là, mais dans le résultat. Il est faible. Pour atteindre un consensus, les Quinze se sont fixé des contraintes modestes : offrir une formation à 20 % des chômeurs, harmoniser les façons de les compter, ou encore s'inspirer des méthodes efficaces à l'œuvre chez les voisins. Peut-on appeler cela une politique de l'emploi ? Disons que c'est un timide début.

Dimanche 23 novembre

Soucis de tous ordres dont je ne ferai pas l'inventaire ici : ils n'intéressent que moi. Aussi étais-je de méchante humeur en me rendant à l'Opéra pour entendre *Le Chevalier à la rose*. Pour un peu, je n'y serais pas allée. Et j'aurais manqué l'une de ces soirées miraculeuses qu'offre parfois l'Opéra où tout est parfait : la musique, l'interprétation, la mise en scène. Le tout devenant ici une véritable « comédie musicale » où le génie particulier de Richard Strauss se dilate, enchanteur.

Renée Fleming (la Maréchale) est l'un des grands sopranos d'aujourd'hui, on le savait, mais je n'avais jamais entendu Sylvia Graham, une jeune femme belle et fraîche, comédienne consommée, qui joue sous travesti le rôle de l'amant de la Maréchale, exercice ô combien délicat. C'est une pure joie de la voir et de l'entendre.

La mise en scène de Wernicke, dans un labyrinthe de glaces, est habile.

Bref, une très bonne soirée qui m'a un peu rassérénée. Heureusement qu'il y a Éliane Victor dans ma vie pour m'obliger à sortir. Sans elle, je ne serais plus qu'un croûton derrière une malle.

Lundi 24 novembre

Ma Blanche a fait des bêtises. Elle s'est mis dans la tête de déménager, alors qu'elle est bien logée, et a visité des appartements dans son quartier. L'un d'eux lui a plu. Prise en main par un agent immobilier, elle a signé sur-le-champ une promesse d'achat. Le lendemain, elle s'aperçoit que cet appartement ne lui convient pas, qu'il est situé au septième étage, que son mari va s'y ennuyer, que sais-je... Elle ne veut plus déménager. Mais l'agent immobilier ne l'entend pas ainsi. Il en est déjà au rendez-vous avec le notaire. Et je la vois arriver en larmes, hoquetant : « Mais je n'ai signé qu'un petit bout de papier ! »

Que vaut ce petit bout de papier, je ne sais pas... Je vais essayer de lui débrouiller cette affaire, mais dans quoi s'est-elle fourrée, ma gentille Blanche !... Elle en pleure toute la journée.

Mardi 25 novembre

Déjeuner avec Franz-Olivier Giesbert, qui reste pour moi une énigme. Il est beau, charmant, drôle, amical, excellent romancier, excellent journaliste, biographe remarquable, il dirige sans états d'âme apparents la rédaction du quotidien qui occupe le créneau de la droite dans la presse nationale, celle du *Figaro*, il en remet dans ses éditoriaux, et je me demande encore comment il vote ! Mieux : comment il pense quand il est seul avec lui. Quelles sont ses convictions profondes, au-delà même de la politique. À chacun sa tasse de thé, mais boit-il dans la sienne ? Ce dandy ambigu, attaché charnellement à la terre de sa Normandie natale, capable de finir académicien, vous verrez, pourrait être un héros de Balzac.

Tel qu'il est, insaisissable, je l'aime beaucoup.

Vendredi 28 novembre

Tant de tuiles me sont tombées dessus que j'en suis étourdie. Envie de me coucher avec un oreiller sur la tête.

Un ami américain de passage m'a forcée à sortir pour dîner avec lui et une adorable personne, Jémia, la femme de Le Clézio. Je n'ai pas dû être une convive bien agréable. Quelque chose est détraqué dans ma machine intérieure. Elle ne m'obéit plus, elle m'échappe. Peut-être est-ce tout bêtement l'effet du sevrage de tabac.

Malgré son succès, *Arthur* me laisse un sentiment d'insatisfaction. Je ne suis pas contente de moi, de cette impudicité. D'ailleurs, je n'ai plus envie de publier. J'ai envie d'action. Je ne suis fière que de l'un de mes livres, *Cœur de tigre*, paradoxalement celui qui a eu le moins de succès. Mais c'est un faux problème, le succès. Son absence afflige, sa présence n'apporte aucun apaisement — ou si bref... Avoir prise sur les choses, voilà ce qui me taraude en ce moment. Mais sur quel terrain puis-je encore, avec mes faibles moyens, être opérationnelle, c'est toute la question.

Je cherche.

DÉCEMBRE

Lundi 1ᵉʳ décembre

Entendu Paul Ricœur, le philosophe : « La tentation la plus grande, c'est la tristesse. La complaisance à la tristesse, c'est le mal moral. Je suis gai quoique triste, triste quoique gai, et vivant jusqu'à la mort. »
Je souscris à chaque mot.

Beaucoup d'agitation à l'Assemblée autour de la nouvelle loi sur la nationalité. Quelque chose m'échappe : pourquoi avoir abrogé la disposition selon laquelle un enfant né sur le sol français et l'habitant depuis au moins cinq ans ne devient français à sa majorité qu'après l'avoir demandé ? Cette disposition, cette manifestation obligée d'une volonté, je la trouvais bonne. On ne prend pas une nationalité comme on prend son parapluie. C'est un geste fort. On me dit : « Mais les jeunes ne sont pas au courant, ils ne font pas la démarche nécessaire... » Ce n'est pas un argument sérieux. J'aimerais qu'on m'en donne d'autres, meilleurs.

Mercredi 3 décembre

Mon petit Jérémie vient déjeuner avec moi. C'est un rayon de soleil qui éclaire ma journée. Nous jouons avec Internet, sans trouver naturellement ce que nous cherchons. On trouve rarement ce qu'on cherche sur Internet. Je voulais entendre le cri du dinosaure. Nous tombons sur la Vallée des Rois en Égypte. Il faut s'y faire, à cette machine.

Jeudi 4 décembre

C'est le jour des foies gras, que Micheline Decaux et moi faisons de nos mains dans ma cuisine une fois par an. Tradition, tradition ! L'opération est délicate, longue, minutieuse, mais c'est toujours un bon moment de notre vie, ce retour aux sources. J'adore cuisiner pour les autres. Avec un handicap, cependant : quand il s'agit de nourrir des gens que je n'aime pas, je rate !

Samedi 6 décembre

Vente de livres à Sciences-Po. Beaucoup de monde : je signe, je signe, je signe... Les gens sont plutôt gentils, affectueux même. C'est toujours troublant de voir ses lecteurs.

Lundi 8 décembre

Toyota va construire une usine d'automobiles à Valenciennes, ce qui générera quelques milliers d'emplois. Preuve que la France n'est pas un lieu aussi rebutant pour les investisseurs étrangers que certains veulent bien le dire. M. Toyota a tout bien pesé avant de faire son choix.

Mais que les choses vont vite ! Il n'y a pas si longtemps, Michel Jobert faisait un rempart de son corps aux magnétoscopes japonais, avec le succès que l'on sait. Et le Japon était en pleine expansion. Aujourd'hui, ce pays traverse une crise dure, le monde entier retient son souffle en pensant aux conséquences mondiales que ses répercussions pourraient avoir, et nous souhaitons la bienvenue aux petites Toyota...

Tout bouge tout le temps. Quelquefois, on a du mal à suivre.

Mercredi 10 décembre

Une série de pronostics terrifiants a précédé la conférence de Kyoto sur le réchauffement de la Terre. Cette fois, il n'y a plus deux camps parmi les scientifiques, les optimistes et les pessimistes, il n'y en a plus qu'un pour annoncer les pires catastrophes si les Terriens ne réduisent pas substantiellement leurs émissions de gaz nocifs. Sécheresse, inondations, cyclones nous attendent. Seule note d'optimisme : pour la première fois, les pays industrialisés, d'où vient le mal, admettent le danger et se sont engagés à réduire leurs émissions de gaz à « effet de serre ». Dans des proportions encore très faibles par rapport aux nécessités, mais enfin, le « toujours plus » s'est inversé. C'est un premier pas. Il faudrait que ce renversement de tendance soit beaucoup plus énergique — une réduction de 70 %, environ — pour que l'on rejoigne la limite de sécurité. Au rythme actuel, elle serait atteinte avant 2030. Les mesures adoptées à Kyoto permettront de repousser un peu l'échéance, pas plus.

L'homme est très malin. Il est mauvais, mais très malin. Il va trouver comment gérer ce problème universel. Il trouve toujours les réponses techniques aux questions techniques. Mais, cette fois, pas question d'agir chacun pour soi. Nous sommes tous sur le même bateau. C'est la grande nouveauté de l'affaire.

Vendredi 12 décembre

Procès Papon : l'examen des faits reprochés à l'accusé a enfin commencé. Le témoignage d'un survivant, Henri Librach, est dur. C'est d'abord son cousin, Léon, Français naturalisé, qui a été expédié à Drancy avec quatre cents autres personnes. Puis la famille de Léon a été arrêtée tout entière à Paris. Puis la famille d'Henri, son père, son petit frère, son grand frère, la mère, une tante... Aucun ne reviendra d'Auschwitz. Il est sobre, calme ; il répond seulement à une question : « Je vis avec quelque chose d'irréparable, quelque chose qui ne bouge pas : ce sont les conditions inhumaines qui ont été le fait de la Shoah. Ça ne s'évapore pas. » À l'entendre, l'émotion étreint la salle. Maurice Papon assure qu'il partage cette émotion, puis se met à parler de son ami Maurice Lévy et du médecin juif qui fut au chevet de sa mère... Et c'est insupportable.

Samedi 13 décembre

Vente du Pen Club à laquelle on ne peut pas se soustraire. Alors j'y suis, grelottant de fièvre. Une méchante bronchite. Cette fois, c'est décidé, je me mets en vacances pour une semaine et je file au soleil. Voir du soleil : déjà, cela me rendrait le goût de la vie que je perds toujours en décembre pendant que tout le monde braille : « Noël ! Noël ! » Le jour de Noël, je serai les doigts de pied en éventail dans une mer chaude.

Lundi 15 décembre

Ennuis avec un magnétoscope saturé qui boude. Pourquoi ces petites bêtes sont-elles si compliquées ? Il paraît qu'un acheteur sur deux, découragé, ne se sert jamais des fonctions d'enregistrement de ces appareils. Heureusement, j'ai dans mes relations un jeune homme dont la science est infinie et qui accourt quand l'électronique défaille. C'est son métier. Il règle les choses en un clin d'œil, puis nous parlons un peu... Sa vie est dure, parce qu'il habite la grande banlieue et travaille dans Paris, mais il a une bonne clientèle qui le déniche à toute heure grâce à son portable. Métiers d'aujourd'hui...

Mardi 16 décembre

Les nouvelles d'Asie sont franchement préoccupantes. Je lis tout ce qui me tombe sous les yeux à ce sujet et relève ceci : les États-Unis sont en dette nette vis-à-vis du reste du monde de 870 milliards de dollars, tandis que le Japon aurait une créance nette du même montant. Mais alors, mais alors... Pourquoi est-ce le Japon qui souffre et les États-Unis qui se pavanent ? L'économie a de ces mystères...

Toujours est-il que les Japonais cherchent un nouveau modèle de développement qui ne soit pas le modèle américain, « incapable, selon eux, de concilier l'économie et l'homme, l'économie et l'écologie », modèle que les États-Unis cherchent à leur imposer. Résultat : une violente réaction antiaméricaine au sein de l'élite japonaise.

Mercredi 17 décembre

Le débat sur la loi Chevènement à propos des étrangers n'en finit pas. On s'envoie des injures, on ratiocine sur des virgules, on se jette Le Pen à la tête ; l'opposition, qui n'a jamais été capable d'élaborer une bonne loi sur l'immigration, se bat âprement, amendement par amendement ; la gauche de la majorité fait de l'angélisme... Tout cela est dans l'ordre des choses.

Qu'en restera-t-il dans l'esprit du public ? Rien de bon pour le gouvernement, probablement, s'il apparaît que la nouvelle loi est, sur certains points, favorable aux immigrés. Que cela plaise ou non, les Français n'aiment pas les étrangers. Les pauvres, bien sûr. Les riches, on les appelle des touristes. Mais ce ne sont pas des riches qui piétinent à nos frontières aujourd'hui. Sur 70 000, la moitié sont des Kurdes irakiens, ensuite viennent des Chinois, des Congolais, enfin des Algériens.

Jospin a été courageux en ouvrant ce débat. Il n'est pas certain qu'il en sera récompensé. Sa physionomie, pour l'heure, reste bonne, malgré les attaques furieuses — et légitimes, après tout — de la droite qui le traite comme un usurpateur. Elle n'a pas encore digéré sa défaite. La cohabitation va cahin-caha, au fil de petites phrases assassines qui sont mal reçues par l'opinion.

Les « 35 heures » font toujours l'objet de débats passionnés. Le nouveau patron des patrons, Sellières, se pose en chef de l'opposition. On n'avait encore jamais vu ça. L'humeur générale n'est pas rose, elle n'est pas noire non plus, mais elle n'est pas exaspérée, comme du temps de Juppé. Plutôt querelleuse. La mobilisation lancée par les associations de chômeurs, qui réclament une prime de fin d'année et un relèvement des minima sociaux, a la sympathie du public. Comment ne l'aurait-elle pas ?... L'ampleur du chômage, qui faiblit à peine, reste le clou dans la chaussure de Lionel Jospin. De ce côté-là, il n'est pas sorti de l'auberge.

Ainsi s'achève dans un calme relatif, hormis une recrudescence de la violence urbaine, une année qui fut surprenante à bien des égards, puisqu'on aura vu, spectacle inouï, un président de la République se suicider comme par inadvertance et donner de ses mains le pouvoir à la gauche. Il est juste de dire que sa cote de sympathie n'en est pas gravement affectée, comme s'il était tombé en quelque sorte hors du jeu politique, confiné dans sa fonction symbolique.

Quoi encore ? Henri Emmanuelli a vu confirmer par la Cour de cassation la condamnation qui le rend inéligible pour deux ans, bien que, trésorier du PS, il n'ait pas mis un franc dans sa poche. L'homme est visiblement meurtri. Il est à ce jour le seul trésorier d'un parti condamné en tant que tel. Mais on ne va pas se lamenter parce que des magistrats ont fait librement leur métier.

Carlos a été condamné à la réclusion à perpétuité. Il a tout essayé : l'intimidation, l'injure, l'outrance verbale. Tout à coup, ce personnage qui a inspiré la terreur est devenu un sinistre clown.

Giorgio Strehler est mort à soixante-seize ans d'une crise cardiaque. Ce seigneur d'une rare séduction était un grand qui avait fait de son œuvre, le Piccolo Teatro de Milan, créé en 1947, la plus belle des enseignes de la scène artistique mondiale. Ces dernières années, il était entré en conflit avec la municipalité de Milan et avait élu domicile en Suisse : « J'ai démissionné de l'Italie », disait-il. Et aussi : « Milan est devenue une ville du tiers-monde sans en avoir la vitalité... Il n'y a plus en Italie de classe politique cultivée... »

Y en a-t-il une ailleurs ?

Lundi 29 décembre

Retour à Paris avec ce faux air d'avoir bonne mine que donne le hâle. C'est mauvais pour la peau, mais tonique pour l'humeur mise à mal par un temps de chien. Nous sommes au régime des trombes d'eau.

Mardi 30 décembre

Quelques petits cadeaux me parviennent. L'un d'eux, inattendu, parmi les chocolats et les marrons glacés : la cravate de commandeur de la Légion d'honneur. Voilà des choses qui ne vous arrivent pas à vingt ans. Mais, comme disait Erik Satie, rien ne sert de refuser la Légion d'honneur, encore faut-il ne pas l'avoir méritée. Généralement, ceux qui sont décorés disent : « Cela me fait plaisir pour mon père », ou « pour ma mère... », ce qui est comme une façon de s'excuser. Je n'ai plus ni père ni mère, et je doute que mes petits-fils sachent même ce qu'est cette distinction. C'est tout de même à eux que je la dédierai. Pour qu'ils sachent à quel point leur grand-mère a mal tourné !

Mercredi 31 décembre

Ce sera la dernière page de ce journal — que je ne publierai pas, cette fois. Ou peut-être plus tard, je ne sais pas...

La fronde des chômeurs, mal gérée par le gouvernement, a pris mauvaise tournure. Lionel Jospin a peut-être mangé son pain blanc.

1998

JANVIER-FÉVRIER

Lundi 5 janvier

Je commence l'année avec deux projets ambitieux : vieillir avec bonne humeur, réaliser une grande enquête sur les Françaises — ont-elles changé, comme chacun va le disant, ou bien les apparences masquent-elles la pérennité d'un certain éternel féminin ? Voilà un beau champ d'exploration.

Comment vais-je m'y prendre techniquement, je ne sais pas encore, je réfléchis. Mais ce projet m'excite l'esprit. Je vais pouvoir confronter mes intuitions à la réalité. Peut-être que je me trompe complètement sur les femmes. En tout cas, j'ai mon titre : *Les Françaises*, et mon sous-titre : *De la Gauloise à la pilule*.

Sur mon agenda, janvier s'annonce avec son poids d'obligations : réunions pour le prix Mumm, réunions pour le prix Femina, conseils d'administration de l'ACF, photo de groupe organisée par *Le Figaro* réunissant les auteurs des meilleurs tirages de l'année, et je ne sais quoi encore. Rien à quoi je puisse me soustraire. Mais l'imprévu surgira peut-être, méritant d'être noté.

Jeudi 29 janvier

Absorbée par mes *Françaises*, j'ai fait l'école buissonnière avec ce journal... D'ailleurs, janvier a été gris. Je déteste ce mois où il semble que jamais printemps ne refleurira.

Lundi 2 février

Déjeuner avec Claude Durand. Il est enchanté par l'idée des *Françaises*. Aux premiers cent mille, il m'offre un séjour à l'île Maurice !

Jeudi 5 février

Remise du prix Mumm. J'ai été ridicule. Ridicule d'avoir besoin d'un papier pour parler quelques minutes. En fait, je n'en ai pas besoin. Mais, si je n'en ai pas, je tremble.
Lauréats très intéressants : Hocine et le très sympathique François Reynaert.

Lu un livre terrifiant écrit par un ancien dissident du FN qui a été très proche de Le Pen. Le portrait qu'il en fait est presque sympathique : un animal politique, avant tout un intuitif. Ce qu'il dit de Bruno Mégret est en revanche glaçant. Loin d'être plus « modéré », c'est l'incarnation de l'extrême droite la plus extrême. Et il compte bien mettre la main sur le parti quand Le Pen, qui n'est plus tout jeune, devra céder la place. La femme de Mégret, maire de Vitrolles, est juive russe, paraît-il. Bizarre !
Déprimant, ce livre.

Lundi 23 février

Le mois s'achève et je n'ai encore presque rien noté. Depuis que je n'y suis pas astreinte, je n'y pense plus. À quoi bon ? Peut-être à garder des traces, tout de même. Des pointillés.

Épisode épique avec Internet. Jérémie a voulu absolument changer mon logiciel et me faire changer de serveur. Il a un peu présumé de sa science : l'opération a raté. Je me suis retrouvée sans Internet. Très fâchée, mais muette. Je n'allais pas ajouter à son affliction.

Il est revenu le lendemain, il s'est acharné et les choses sont rentrées dans l'ordre. Mais je continue à trouver fades les délices d'Internet.

Écrit pour l'*Obs* un article très dur au sujet de la loi sur l'audiovisuel. Le scandale des chaînes qui sont financièrement liées à des groupes industriels vivant de marchés publics, la corruption, la carence du ministre en charge devant les patrons de ces groupes. Me voilà avec quelques ennemis de plus... Mais à quoi bon avoir une tribune si on ne s'en sert pas pour de bonnes causes ?

Pour mon essai sur *Les Françaises*, dont on ne cesse d'entendre qu'elles ont « beaucoup changé », j'ai commandé un vaste sondage, lancé des entretiens personnels, commencé à explorer les statistiques et les chiffres de l'INSEE, plongé enfin dans des livres pour reconstituer leur histoire depuis le fond des siècles. Une histoire que je voudrais raconter en cent pages...

Ça, je sais faire. L'ennui est que je suis mal portante. Je ne peux plus rien avaler.

Jeudi 26 février

Après quelques jours de grande tension, le secrétaire général des Nations unies rentre d'Irak aux États-Unis avec un accord signé par Saddam Hussein. Selon toute vraisemblance, Clinton l'acceptera. Sur le papier, il obtient tout ce qu'il demande.

Toute cette affaire, qui dure depuis des semaines, assortie d'une menace grandissant chaque jour, est l'exemple même d'une négociation telle qu'on l'enseigne dans les écoles de sciences politiques.

Dans ce genre d'épisode, Chirac a été excellent, en accord constant avec Jospin, et secondé par Védrine qui est très fort. Cette « union », semble-t-il, a été appréciée par les Français : sondages en hausse sensible pour les deux têtes de la cohabitation.

Vendredi 27 février

Dîner à Matignon avec Lionel Jospin. Petit dîner informel, très agréable. Il est disert et gai. Perceptiblement agacé que Chirac ait tiré la couverture à soi, mais, en gros, entre eux deux, ça va.

Raconte drôlement l'épisode de son allusion à l'affaire Dreyfus où il a fait une gaffe bruyamment relevée, avec chahut à l'Assemblée. Il dit : « Ça m'a dégrisé... Tout allait si bien que j'ai oublié que je pouvais cafouiller... »

Il est fier d'être Premier ministre, mais il n'a pas la tête enflée.

Nous parlons de la loi sur l'audiovisuel, dont il a reculé l'examen. Il n'a pas d'opinion ferme sur le contenu et me dit : « Donnez-moi des idées. On travaille dessus en ce moment. »

Je me prépare à lui en donner.

Puissance de la télévision : la veuve de Paul-Émile Victor, qui n'avait pas mis les pieds à Paris depuis dix-huit ans — pas plus qu'elle n'avait mis, à ses pieds, de chaussures — a fait vingt mille kilomètres pour présenter son livre à *Ex libris*. Elle est touchante. Le jour de l'immersion de PEV dans la mer, elle a vu un nuage en forme de cœur se former dans le ciel, et elle en a conclu que c'était lui qui se manifestait. Elle est persuadée qu'il est à côté d'elle en permanence.

JJSS à la maison pour déjeuner. Il a perdu la mémoire immédiate, ce qui rend parfois la conversation un peu difficile. Mais autrement, son esprit est resté vif. Il lit beaucoup. Probablement parce que l'immédiat se dérobe, il s'intéresse au passé dont il se souvient bien. Soudain il m'interroge : « J'ai lu votre roman [il s'agit de *Mon très cher amour*...], vous écrivez : "Ils étaient heureux si tant est qu'un amour peut être heureux." Que faites-vous du nôtre ? » Et je suis incapable de dire si, dans sa maladie, il reconstruit le passé ou s'il exprime ce qu'il a toujours pensé. De toute façon, il oubliera ma réponse aussitôt celle-ci formulée.

MARS

Mardi 3 mars

Chagrin. Le petit chat est mort. On a dû abréger la vie de ma tendre, ma belle Pachatte, parce qu'elle ne pouvait plus rien avaler. Privilège des bêtes sur les hommes : on peut leur donner une mort douce.

Je suis adulte. Je n'en fais pas une tragédie ni n'en fais confidence, sauf aux amis des chats qui me comprennent ; Angelo Rinaldi, par exemple... Mais elle est si présente encore dans la maison que je la cherche des yeux, je cache mon stylo pour qu'elle ne le fasse pas tomber, je ferme la porte de ma chambre pour qu'elle ne saute pas sur le lit.

Quand j'aurai fait le deuil de Pachatte, j'adopterai peut-être un autre chat.

Lucien Bodard est mort à quatre-vingt-quatre ans. Un fameux journaliste, un fameux écrivain. « Si je ne peux plus écrire, je crèverai », avait-il dit. Il s'est éteint d'un coup, dans son lit, le jour où il avait mis le point final à son dernier roman. Au lieu d'élire des petits maîtres, l'Académie française aurait bien fait de penser à lui. Il en eût été heureux, le Chinois.

Entre autres choses remarquables, Bodard, qui ressemblait à un éléphant ces dernières années, avait une femme plus jeune que lui de trente ans, je crois bien, davantage peut-être. Une brillante journaliste. Je crois qu'elle l'aimait. En tout cas, ils paraissaient unis. Ces choses-là n'arrivent qu'aux hommes.

Vu, montés, les bouts de film que j'ai tournés sur moi au fil de l'année pour faire plaisir à une sympathique équipe de Canal+. Son objectif : prouver que les gens âgés ne sont pas tous gâteux, en les montrant dans leur quotidien qu'ils ont été chargés de filmer eux-mêmes. Sept vieillards dans mon genre se sont prêtés à ce jeu. Trois ont très vite déclaré forfait après avoir vu leurs premières images. Comique : l'un s'est récusé par peur de montrer son bel appartement, alors qu'il évolue dans l'humanitaire social ! Un autre s'est jugé trahi sur le produit final et s'est énormément fâché.

Ce que j'ai vu n'est pas exactement flatteur. Pas de maquilleuse, pas de coiffeur, la lumière crue du jour. Un champ de rides. Un visage labouré. De surcroît, la petite caméra Sony avec laquelle j'ai opéré est un bijou, mais elle est impitoyable et déforme les traits. Si c'était à refaire, je crois que je ne le referais pas. Mais soit : *What is done is done and can't be undone.*

J'ai envie de donner ma démission. Ma démission de la vie. On devrait pouvoir, quelquefois...

Mercredi 5 mars

Déjeuner avec BHL que je n'avais pas revu depuis longtemps. Il est bien, ardent comme toujours, avec de grands projets, un livre déjà entamé, un documentaire en route.

Je lui demande de me montrer ses paumes. Depuis quelques mois, elles portaient l'une et l'autre une blessure. Exactement depuis que, après ce qu'il avait enduré au sujet de son film, Dominique de Villepin lui avait dit : « Eh bien, il ne vous manque plus que la crucifixion. » Dans l'heure, les stigmates sont apparus. Ils ont disparu après le succès de son reportage sur l'Algérie.

Pour célébrer la Journée des femmes, Ivan Levaï et son journal *La Tribune* ont eu la bonne idée d'inviter des Algériennes en même temps que des Françaises de quelque notoriété. Réunion sympathique. Elles ont dit en particulier leur peur de voir votée, ces jours prochains, par le Parlement algérien, une resucée du trop fameux Code de la famille, qui les tient complètement sous la coupe des hommes. Elles sont fortes, déterminées, courageuses, en grand danger pour certaines d'entre elles. On voudrait les aider dans leur combat, on le voudrait énormément, mais comment faire ? Il est entre leurs mains et entre leurs mains seulement. Il faudrait qu'une volonté politique s'affirme pour secouer les hommes...

Un député a parlé, très bien, mais il est dans l'opposition. Le gouvernement risque d'être inébranlable sur cette affaire majeure du Code de la famille...

Réunion du conseil de l'ordre des Arts et des Lettres. Nous décernons croix et rubans après examen de chaque cas. Aujourd'hui, il s'agit exclusivement d'étrangers inconnus de moi, à de rares exceptions près. Il y a une kyrielle de Japonais. Je me demande ce que je fais là, sauf que, de temps en temps, devant la pauvreté des titres de tel ou tel candidat, je crie : « Non ! »

Dimanche 8 mars

Bar-mitsva d'Elisha, treize ans. C'est un rite de passage tout à fait remarquable où le garçon est appelé à se sentir désormais responsable, en particulier si son père disparaît, et à former son esprit par l'étude intensive du Livre. Rien de semblable n'existe à ma connaissance pour les filles, présumées, je suppose, irresponsables par nature, bien que les grandes figures de femmes ne manquent pas dans l'Ancien Testament.

Elisha est beau, charmant, il lit bien un texte qu'il a longuement travaillé — l'interprétation d'un passage de la Torah —, il m'attendrit fort, ce jeune homme de mon sang...

Roland Dumas : cela devient énorme et demeure toujours aussi incompréhensible. Si tout ce qu'on lui reproche (dans la presse, pour le moment) est exact, le président du Conseil constitutionnel, anciennement ministre des Affaires étrangères, est un coquin. Mais, quand on lit le détail de ce qui lui est imputé, ces histoires de billets qui aboutissaient dans son compte en banque, par exemple, on se dit : « Comment, mais comment un homme aussi intelligent, avocat de surcroît, a-t-il pu commettre des imprudences pareilles ? C'est inimaginable ! » Jupiter rend fous ceux qu'il veut perdre. Souvent, ceux qui sont au pouvoir se croient invulnérables.

Bataille picrocholine autour de la féminisation des mots, ouverte par l'Académie française qui s'insurge devant Madame « la » Ministre. Ces messieurs n'ont manifestement jamais pensé au fait que la langue française n'a pas eu besoin, au fil des siècles, de termes féminins pour désigner des métiers ou des fonctions jamais occupés par des femmes, et qu'il lui faut maintenant en créer. Comme elle a créé « informaticien », « généticien », « atomiste », qui n'existaient pas au siècle dernier.

Au nom de quelle « pureté » décréterait-on que « ministre » ne peut pas avoir les deux genres ?

Reste que la féminisation peut être affreuse quand on l'applique à certains mots : « auteuresse », « doctoresse », « professeuse », etc., c'est hideux. Comme « autrice » qu'a essayé d'imposer une femme journaliste du XVIII° siècle. Féminiser, ce ne doit pas être défigurer. Il faut prendre les mots rebelles à la féminisation un par un, et leur inventer une déclinaison. Exemple : moine/moniale. Ce n'est pas impossible. Mais, pour ce faire, consulter des poètes plutôt que des académiciens.

Élections régionales. Les sondeurs se sont trompés : ils annonçaient un raz de marée à gauche ; rien de tel ne s'est produit, même si les résultats sont plutôt bons pour Lionel Jospin. La droite, en revanche, s'enfonce dans le marasme, et un boulevard s'ouvre devant le Front national qui lui propose, chattemite, des alliances partout. Alliance récusée haut et fort par les instances dirigeantes du RPR et de l'UDF, mais que, localement, une bande de froussards accrochés à leur siège vont manifestement accepter.

Cet effondrement de la droite libérale, parlementaire, classique, disons, par opposition au FN, est consternante. Ce n'est pas ma tasse de thé, mais il est de l'intérêt le plus évident du pays qu'elle existe, qu'elle soit solide et qu'elle fixe des électeurs. Encore faudrait-il qu'elle ait un corps de doctrine, des idées, une politique, quoi ! Comme les choses vont, il se peut qu'elle soit éloignée du pouvoir pour vingt ans et que le FN devienne le deuxième parti de France.

Un mot d'une fille de dix-huit ans interrogée pour mon enquête sur les Françaises dont je compte faire un livre. Elle a suspendu ses études, elle s'est entichée d'un garçon. « Et vous ne reprendrez pas vos études ? — Pour le moment, j'ai pris une année sabbatique pour être amoureuse. »

Reçu une floppée de livres insignifiants à part la *Cléopâtre* d'Irène Frain, une histoire fabuleuse, remarquablement bien traitée ; *Vendredi soir*, d'Emmanuelle Bernheim, efficace comme un coup de couteau ; *Une petite femme* : beaucoup de grâce dans ce roman de Jean-Marc Roberts. Maintenant, me voici plongée dans un essai aride, difficile mais passionnant, sur l'hystérie masculine. Je ne parviens pas à en lire plus de dix pages à la fois. L'auteur : un psychanalyste, J.-P. Winter.

Élections, dimanche, aux présidences de région. Le monde politique, et pas seulement lui, est en état de choc. Cinq régions, dont Rhône-Alpes, ont été acquises à la droite à la suite d'un accord avec l'extrême droite conclu en dépit des consignes des chefs du RPR et de l'UDF. La région PACA, que Le Pen exigeait pour lui en échange, a été sauvée de justesse. Et voilà la droite que l'on appelle républicaine, libérale, la droite classique, divisée, déchirée, décomposée, trahie par les siens.

Un désastre pour le pays.

Pourquoi ces trahisons ? Parce que cette poignée d'hommes a fait dans sa culotte. Pourquoi se sont-ils accrochés ainsi à leur fauteuil de président ? Est-elle si bien rémunérée, cette fonction ? Est-il si grisant, ce pouvoir ? Sont-elles si juteuses, ces prébendes ? C'est sans doute un peu plus compliqué. Ces RPR et surtout ces UDF en rupture de ban avec leur parti ont anticipé. Ils ont anticipé le moment, qu'ils voient venir, où le Front national deviendra dangereux autrement qu'en paroles, le moment où commencera la chasse à l'homme, où on brûlera les livres, où on cassera les vitrines des magasins juifs et où il n'y aura plus de sécurité pour aucun de leurs adversaires. Et voilà comment on devient collaborationniste sans vraiment l'avoir voulu. Parce qu'on a peur, parce qu'on est lâche. Tous les pays qui ont souffert des régimes autoritaires ont connu cela : ces prolégomènes, ces ralliements par anticipation à ce que l'on croit être la force de demain. On prend ses précautions.

S'adressant aux Français, le président de la République a rappelé aux félons de la droite qu'en politique « la fin ne saurait justifier les moyens » ; il a indiqué que le Front national est à l'heure actuelle « un parti de nature raciste et xénophobe », et a conjuré la droite de se ressaisir.

Ces journées de mars resteront marquées d'un caillou noir pour la France.

Mardi 24 mars

Vu, chez Philippe Labro, un film américain, *Des hommes d'influence*, qui ridiculise Bill Clinton en suggérant qu'il fait mettre en scène une fausse guerre pour détourner le public de ses frasques, et se fait ainsi réélire. C'est admirablement fait et drôle de bout en bout, mais... mais je n'aime pas ça du tout !

En d'autres temps, le cinéma américain, souverain, avait toujours des héros positifs. Du western au thriller en passant par les comédies, il y avait des méchants, mais les bons l'emportaient. Les a-t-on assez moquées, ces *happy ends*... Depuis quelques années, ils pratiquent l'autodénigrement. Pas de bons, rien que des méchants, des cyniques, des tricheurs, des meurtriers impunis. Et, maintenant, un président dont l'infamie triomphe. Moi, je n'aime pas ça.

Dimanche 29 mars

Alain Decaux me remet à la maison les insignes de commandeur de la Légion d'honneur. Je ne sais pas exactement ce que je commande ; j'espère que ce n'est pas le respect, cela m'ennuierait. Mais, à mon âge, il y a un risque !

Je tremblais en prenant la parole, ce que j'abhorre, mais j'avais beaucoup travaillé pour pouvoir parler sans notes et ne pas faire un discours conventionnel. Ça s'est bien passé.

On en revient toujours là : il faut travailler.

Lundi 30 mars

Invité par Laurent Fabius, Tony Blair est venu faire la leçon aux députés français en leur maison. Bon discours dans un bon français, salué par la droite de l'Assemblée, plutôt boudé par la gauche. Où est-il donc lui-même, cet enjôleur ? Sur une troisième voie, a-t-il expliqué. Bonne chance, Tony Blair !...

AVRIL

Jeudi 2 avril

Papon : ni trop, ni trop peu. Il me semble que le jury a frappé juste, quoi qu'en disent d'éminents commentateurs qui font à la fois le procès du procès et celui du verdict. Ils sont presque tous trop jeunes pour avoir connu les années de plomb, et cette expérience intransmissible leur manquera toujours pour en pénétrer l'intime vérité. Seul un grand romancier pourrait le faire.

Maurice Papon n'est pas Barbie, ni Touvier. C'est, à la fin, un misérable ordinaire, même pas antisémite, même pas antigaulliste, responsable de souffrances indicibles parce que c'était plus commode comme ça... Ce procès est celui de la nature humaine. On voudrait que tous les Papons de l'administration ne soient jamais en situation, à l'avenir, d'imiter sa... comment dire ? sa docilité.

Mardi 7 avril

Dîner en ville — ce qui ne m'arrive plus guère — chez les Morgaine, de bons amis. J'ai reçu en venant une averse et suis coiffée comme un plumeau, ce qui me démoralise. De surcroît, j'ai oublié de mettre les petites oreillettes qui me permettent de mieux entendre : étourderie stupide. Décidément, je ne suis plus sortable.

Heureusement, Paul Giannoli, le directeur de *Télé 7 jours*, assis à côté de moi, a une voix bien timbrée. Il me raconte des choses intéressantes sur la vie d'un hebdomadaire de télévision. Lorsque la couverture porte la photo d'une vedette du petit écran, quelle qu'elle soit, la vente est médiocre. Lorsqu'il s'agit du héros ou de l'héroïne d'une série américaine à succès, elle grimpe.

Un qui s'y connaît pour émoustiller la clientèle, c'est Axel Ganz, également présent, homme de grand talent qui a tourneboulé la presse magazine française avec *Voici*, *Gala* et quelques autres titres de nature différente. Il doit en avoir une dizaine. Tous des succès. Mais, avec les deux premiers, il a eu tant de procès, tous perdus, qu'il a dû freiner le zèle de ses journalistes entraînés à traquer les gens connus dans leur vie privée.

Proie préférée : Caroline de Monaco. Est-elle consentante ou se fait-elle des rentes avec les dommages et intérêts que lui octroie la justice ?

L'intrusion — non désirée, du moins — dans la vie privée est un dévoiement pour la presse française qui, jusque-là, s'en était traditionnellement abstenue. Se pourrait-il qu'il soit enrayé du fait des décisions de justice ? Ce serait une bonne nouvelle — pardon, M. Ganz !

Jacques Toubon a lancé une machine de guerre contre Jean Tibéri, maire de Paris. Ça va saigner ! Jusqu'à présent, Tibéri a toujours été protégé par Jacques Chirac, donc intouchable. Il semble que, cette fois-ci, Toubon ait eu le feu vert, en tout cas n'ait pas vu de feu rouge...

Il ne leur manquait plus que ça, à droite, pour s'entre-déchirer : la bataille pour Paris !

Jeudi 9 avril

Magnifique soirée à l'Opéra-Bastille, qui m'a enchantée. Pour la première fois depuis 1979, on donnait à Paris *Lulu*, l'opéra d'Alban Berg, d'après Frank Wedekind. Lulu la femme fatale, Lulu la libertine, excitante, provocante, troublante jusque dans la déchéance. C'était admirable de bout en bout. Confort supplémentaire : le déroulant où l'on peut lire en français le texte que disent les chanteurs. Ce n'est pas nouveau, mais, d'habitude, il s'agit de paroles niaises, comme dans tous les livrets d'opéra ou presque. Ici, c'était du texte de Wedekind, superbe.

Les Parisiens s'y précipiteront-ils ? Il paraît que tout ce qui est postérieur à Verdi les effraie encore.

Toubon/Tibéri : ça s'envenime. Cette fois, ils veulent lui faire la peau, à Tibéri. Qui sont exactement ces « ils », à part Toubon ? Une poignée de conseillers de Paris, probablement Balladur qui ne détesterait pas lui succéder si Toubon ne peut pas s'imposer, et plus ou moins secrètement tous ceux qui, au RPR, déplorent l'image qui colle au maire actuel. Séguin se tait. Au fur et à mesure que des conseillers le lâchent pour rallier Toubon — une trentaine —, Tibéri leur fait reprendre voiture et chauffeur. Na ! Mais pourquoi donc en ont-ils, aux frais des contribuables parisiens ?

Conférence de presse de Chirac à l'Élysée. Il a rarement été aussi bon. Selon l'excellente expression d'une journaliste, Anita Hausser, il a été « eurotonique ». La quasi-totalité de son propos était consacrée à l'euro, à l'Europe. Que cela plaise ou effraie, il est là, l'euro, il arrive à grands pas. Il aura fallu près d'un demi-siècle de politique européenne conduite par cinq présidents de la République pour qu'il voie le jour. Preuve qu'en dépit des résistances, quand la volonté politique est là, elle s'impose.

De grosses têtes... font la tête : Pasqua, Chevènement, d'autres seigneurs de moindre importance. On ne les voit plus en état de ralentir ou d'enrayer le cours de l'Histoire. Mais ils vont encore faire du bruit.

Pol Pot est mort de sa belle mort, semble-t-il : un arrêt cardiaque. C'est dégoûtant. Il n'a exécuté « que » deux millions de Cambodgiens sur sept, dans un délire idéologique encouragé par Mao en personne. Il a torturé, « rééduqué », assassiné, et il meurt sans avoir rendu de comptes à personne, ne concédant jamais ses crimes, n'avouant que des « erreurs ».

Il y a des jours où l'on voudrait croire au Jugement dernier.

Pour une raison quelconque, j'ai mal aux yeux. L'oculiste m'examine et me dit : « Vous n'avez plus de larmes... » Peut-être en ai-je trop versé.

Écrit une préface pour le *Rapport sur la faim* que va publier l'ACF. Jorge Semprun préface l'édition espagnole.

Depuis dix-huit ans qu'existe l'ACF, j'ai déjà écrit si souvent sur la faim que je suis à court de mots nouveaux. Et pourtant, un phénomène doit être dénoncé :

les famines d'aujourd'hui sont le plus souvent artificiellement créées par des chefs de guerre civile ou de gouvernement pour susciter la compassion internationale et capter l'aide humanitaire à leur bénéfice. Cela est dit un peu sommairement, mais c'est ainsi. Il n'y a pas ou peu d'exemples de famine aujourd'hui qui ne soit liée à un conflit. Terrible perversion du mécanisme de la générosité... On affame une région et puis on « expose » aux yeux du monde horrifié des enfants à l'agonie et on dit : « Aidez-nous... »

Grandement préoccupées par ce problème relativement nouveau, les ONG se concertent pour poser des conditions préalables à toute intervention.

Dîner au club Femmes Forum, qui compte maintenant cent quatre-vingt-sept membres. C'est important et ce pourrait être un puissant groupe de pression, mais son recrutement est trop large pour qu'il soit homogène. Le soude seulement la certitude que les femmes ont droit à leur place au soleil — place que la plupart des « clubistes » ont conquise de haute lutte dans leur spécialité.

Au cours du dîner, nous découvrons avec stupeur que Monique Pelletier, ancien ministre et avocate de talent, regarde tous les téléfilms populaires, en connaît l'intrigue par cœur, nous la récite... Simone Harari, qui produit beaucoup de ces téléfilms, dit en riant : « C'est la première fois que j'entends ça dans un dîner ! »

Monique parle aussi des méfaits d'une certaine chirurgie esthétique qui est une vraie charcuterie. Quand des femmes mutilées veulent porter plainte, obtenir des dommages, le conseil de l'ordre des médecins se défile et trouve des excuses. La plainte devient irrecevable. Elle évoque des cas précis. Il y a d'admirables chirurgiens esthétiques, mais il y a aussi, là, un

Mon dernier-né est fabriqué. Il s'appelle *Deux et deux font trois*. Tout y est vrai, tout y est faux : c'est un roman, quoi !

Je ne vais pas révolutionner l'art romanesque avec lui, mais il a un ton, sec et serré, que j'aime bien. D'une certaine façon, c'est de l'antilittérature.

Lundi 20 avril

Élections en Allemagne dans le Land de Saxe. Le parti de Kohl est encore une fois en perte de vitesse. On ne voit pas comment il pourrait se redresser avant les élections nationales de septembre. Les peuples sont toujours ingrats envers leurs vieux chefs. Le bon Kohl, qui opéra la réunification, va probablement être éjecté. Mais l'élection de Saxe a eu une autre dimension bien inquiétante : un parti d'extrême droite, et même franchement néonazi, si j'ai bien compris, qui faisait jusqu'à présent des scores insignifiants, a rassemblé brusquement près de 15 % des suffrages. Il est mené par un milliardaire qui a englouti une fortune dans une campagne électorale fracassante — et qui a réussi. Thème de sa campagne : il faut jeter les étrangers dehors, ils prennent les places des Allemands. L'étrange est qu'il n'y a pratiquement pas d'étrangers en Saxe...

Christiane Rochefort vient de mourir à quatre-vingts ans passés. C'était une bonne romancière, originale, hardie, sensible. Quand elle a publié *Le Repos du guer-*

rier, son premier roman, sauf erreur, qui fit un tabac, *L'Express* lui décerna un prix. Ce devait être vers 1956... Notre cher François Mauriac en fut suffoqué.

Comme il en fallait peu pour suffoquer, en ce temps-là ! Françoise Sagan, elle aussi, sentait le soufre. On ne voit pas comment et avec quoi un écrivain pourrait choquer aujourd'hui... Nous sommes mithridatisés.

Jeudi 23 avril

Séance lamentable à l'Assemblée nationale, appelée à se prononcer sur une résolution à propos de l'Europe. Complètement déboussolée, divisée au sein de ses propres partis, l'opposition a perdu la tête. Désavouant Jacques Chirac, le RPR, emmené par Séguin, a décidé de voter contre. Puis, devant le ridicule de sa situation, de s'abstenir — comme les communistes ! Enfin, de déposer une motion de censure contre la politique économique du gouvernement, tandis que l'UDF, sous l'impulsion de Giscard, votait massivement pour la résolution. Spectacle hallucinant d'hommes et de femmes qui ne savent plus qui ils sont, ce qu'ils veulent, ce qu'ils font et dont le programme se limite à aboyer aux chausses de Lionel Jospin.

Cette déliquescence est franchement préoccupante. Tout se passe comme si l'électorat de la droite n'était plus représenté que par des zombies. Chirac aurait maintenant le droit de prononcer une nouvelle dissolution pour provoquer de nouvelles élections. Pour d'évidentes raisons, ce n'est pas demain qu'il s'y frottera.

Avanie burlesque de la Coupe du monde de football qui occupe les médias et les esprits plus que l'euro : le standard qui devait prendre les communications des spectateurs désireux de louer une place a été incapable de les absorber, et de loin ! Il a enregistré 250 000 locations alors que les appels se montaient à plus d'un million. Les étrangers sont fous de rage, les Anglais franchement insultants pour l'organisation française...

Si encore nous avions une chance de briller dans cette Coupe du monde... Mais, comme c'est parti (France/Suède), les joueurs français paraissent amorphes, dépourvus de la petite flamme qui, technique mise à part, fait les gagnants.

Crise dramatique en Belgique après l'évasion de l'assassin pédophile Dutroux, retrouvé quelques heures plus tard par les gendarmes. Le pays est outré, il y a de quoi ! Malgré des rapports accablants sur les dysfonctionnements de la justice et de la police, rien de substantiel n'a été entrepris. Selon les connaisseurs, c'est la nature même du système belge, où tout se passe en compromis, qui s'y oppose.

Lundi 27 avril

Le coup d'envoi officiel de l'euro va être donné demain par onze pays. En France, les polémiques se poursuivent, vaines. Cet acte extraordinaire, sans précédent dans l'histoire des peuples, l'affirmation de cette volonté commune de s'unir pour être puissants sans que l'un domine l'autre, on peut comprendre qu'il effare les frileux et surtout les nostalgiques d'un ordre ancien où la France était à elle seule une grande puissance. Il y a, c'est vrai, une dimension mélancolique dans l'Europe. Mais il y a aussi la naissance d'espoirs que l'on croyait utopiques... Et c'est passionnant d'en être les contemporains.

Beaucoup reste à faire pour que cette construction si audacieuse fonctionne. Il y aura des à-coups, des échecs, des crises. Mais l'étape de l'euro est capitale. La vieille Européenne que je suis obstinément depuis cinquante ans s'en réjouit profondément.

Le chômage baisse. Lentement, mais il baisse. Cela indispose fort l'opposition qui ne sait plus sur quoi attaquer Jospin, lequel le lui a fait malicieusement remarquer. Sa cote à lui est en hausse, ce qui n'empêche pas les manifestations de tous ordres. Manifester est devenu une seconde nature chez les Français. Il est clair, d'ailleurs, que si l'amélioration de la situation économique se confirme, s'il s'agit d'une tendance forte, les revendications vont pleuvoir, et ça va tanguer.

Jeudi 30 avril

Petite conférence sur Marie Curie à laquelle m'avait priée le président de Jussieu, le professeur Lemerle, à l'occasion de rencontres entre scientifiques franco-polonais. Cela m'a fait plaisir de parler d'elle. C'est facile.

Le professeur Lemerle, qui est plein d'anecdotes sur la « petite histoire », qu'il juge plus intéressante que la grande, m'a raconté quelque chose que j'ignorais au sujet de Lavoisier. Le fameux chimiste avait débuté dans la vie par un concours à propos de l'éclairage de Paris. Son projet était brillant, mais fut écarté parce que trop ambitieux. Il mena sa vie, devint entre autres choses fermier général. Condamné à mort pendant la Révolution, il demanda un délai pour terminer une expérience. C'est là que le président du tribunal eut cette réplique célèbre et particulièrement sotte : « La République n'a pas besoin de savants. » En attendant qu'on lui coupe le cou, à quoi s'employa Lavoisier ? À rédiger un mémoire sur le bon usage des chandelles pour l'éclairage. Ainsi boucla-t-il la boucle.

Passé une heure à LCI pour enregistrer un entretien avec Ruth Elkrief à propos de *Deux et deux font trois*. Ce fut agréable, gai, aisé. Mais c'est toujours difficile de parler d'un roman. Pourquoi diable ai-je écrit cette fois un roman ? Seul le Diable le sait.

Le cinquantième anniversaire d'Israël est célébré avec fracas, mais tout ce que l'on voit, c'est la division profonde de ce pays. On dirait qu'il y a une opinion par habitant.

Relevant d'une opération lourde, Roland Dumas est mis en examen, placé sous surveillance par la justice. Il lui est interdit de se rendre dans certains pays réputés pour être des paradis fiscaux. Peut-être est-il innocent de tout ce dont deux juges d'instruction pugnaces l'accusent ? Quand on lit qu'il serait coupable de « recel d'abus de biens sociaux » parce qu'il se serait fait payer une paire de chaussures de luxe avec une carte de crédit d'Elf, on se dit que c'est assez burlesque... Mais, quoi qu'il en soit, il est incompréhensible qu'il s'obstine à rester président du Conseil constitutionnel, cinquième personnage de l'État, au lieu de démissionner. Incompréhensible et troublant. Si c'est une manœuvre, on n'en saisit pas le sens. Si c'est de l'entêtement, il est sénile.

MAI

Jeudi 7 mai

Dans mes pérégrinations de télévision en télévision et de télévision en radio pour le « service après-vente » de *Deux et deux font trois*, je me retrouve sur Canal +, interrogée par Guillaume Durand. Cette chaîne diffuse ce soir le film qu'à sa demande j'ai tourné moi-même, au fil de l'année, sur ma vie quotidienne. J'ai dit que j'y suis laide et vieille, massacrée par les conditions de tournage. En même temps, quelque chose passe dans ce film ; quelque chose de dur, de brutal, d'insolite, qui suffoque ceux qui le voient.

Durand me demande pourquoi je me suis prêtée à cet exercice meurtrier pour ma publicité, pourquoi j'accepte qu'il soit diffusé alors que j'ai le droit de l'interdire. Pourquoi ? Peut-être comme une manifestation d'insolence, de liberté. La liberté que seul confère l'âge... Comme un pied de nez à ceux qui vont, pomponnés et poudrés, à la télévision, si soucieux de leur image.

Anne Sinclair souhaite écrire ma biographie. J'ai déjà refusé à quatre candidats de les aider dans une telle entreprise. Je ne peux empêcher personne d'écrire à mon sujet, mais je peux refuser d'y collaborer. Qu'ils attendent donc ma mort, au lieu de se précipiter ! Mais j'ai de l'amitié et de l'estime pour Anne Sinclair... Comment l'écarter sans la blesser ?

J'ai dit oui. On verra bien.

Lundi 11 mai

Long week-end en Normandie avec la famille. Le temps, très peu normand, est glorieux. J'avale livre sur livre. C'est la première fois, depuis l'été dernier, que je passe trois jours sans travailler. Au retour, Marin branche la radio de la voiture sur la très bonne émission dominicale de France Musique... Cinq éditions de l'ouverture de *Lohengrin*... Cinq fois l'ouverture des *Maîtres chanteurs*... Dieu, qu'il fait donc du bruit, Wagner !

Clash entre les États-Unis et Israël. Netanyahou a refusé de se rendre au sommet américano-israélo-palestinien que voulait organiser Bill Clinton. Le Premier ministre israélien rejette le plan américain prévoyant la restitution de 13 % supplémentaires de la Cisjordanie à l'entité palestinienne. Il a été outré par cette déclaration de Hillary Clinton : « Je pense qu'il est dans l'intérêt à long terme du Moyen-Orient que la Palestine devienne un État. » Les Juifs américains, sur lesquels compte Netanyahou pour le soutenir, sont divisés. L'impuissance de Clinton à le réduire est spectaculaire.

Mercredi 13 mai

L'Inde a fait éclater cinq bombes nucléaires. C'est la plus mauvaise nouvelle que l'on ait entendue depuis longtemps. Tout le monde a le droit, bien sûr, nous l'avons bien pris, en notre temps, et pas nous seulement. Mais, à l'idée que le continent asiatique commence à jongler avec les bombes, on se sent mal...

Jeudi 14 mai

Déjeuner chez Laurent Fabius avec quelques sympathiques « culturoux ». Hugues Gall nous apprend que les représentations de *Lulu* à l'Opéra ont été triomphales, ce qui ne paraissait pas évident, malgré la qualité du spectacle... Alban Berg n'est pas Verdi ! Salles bourrées, public enchanté. Même le soir où il a donné l'opéra en concert pour cause de grève du personnel.

Jérôme Savary est déchaîné contre le ministère de la Culture qui intervient, dit-il, dans sa programmation. Ce serait une première, à ma connaissance.

Incidents gravissimes : trois jeunes gens, en des lieux différents, assassinés par d'autres jeunes gens, sans motif apparent. On ne voit aucune raison pour que cette violence gratuite s'arrête. C'est devenu un moyen d'expression.

Lundi 18 mai

Le trentième anniversaire de Mai 68 fait l'objet d'un déluge de papier journal et d'images télévisées. Ce gavage des oies que nous sommes crée un curieux climat... Inquiétude chez ceux qui se disent : « Et si ça recommençait ? » Excitation chez ceux qui se disent : « Et si on recommençait ? » — et qui veulent voir, dans les agitations quotidiennes, les prodromes d'un soulèvement général. Certaines émissions sont même franchement des pousse-au-crime...

Personne ne peut dire sérieusement si les ingrédients d'une nouvelle explosion de la société française sont réunis. C'est possible, je n'en sais rien. C'est une vieille habitude française, l'explosion, depuis la Révolution : 1830, 1848, la Commune, Mai 68, décembre 1995... La gauche que l'on appelle ultra-rouge, peu nombreuse mais active, se berce de ce rêve : tout casser. L'ordre « bourgeois », bien sûr, mais d'abord l'Europe.

Mardi 19 mai

À droite, on se regroupe, c'est-à-dire qu'on a suicidé l'UDF pour la marier avec le RPR. Il y aura aux noces quelques garçons d'honneur : Sarkozy, Madelin, Bayrou... C'est la vieille idée chère à Balladur. Séguin grogne, les centristes sont cocus, mais la pression des électeurs est trop forte pour qu'on s'y soustraie. Ils veulent l'unité. L'ensemble s'appellera l'Alliance, et devrait constituer à l'avenir le grand mouvement de la droite républicaine recomposée.

Regroupée derrière Jacques Chirac ? C'est moins sûr. Trop à gauche !

Ce qui manque cruellement à la droite aujourd'hui, pour se ressaisir, c'est un ennemi. Elle a vécu pendant des années sur le fonds de commerce de l'anticommunisme. Ça, c'était fédérateur, un bon ennemi que chacun pouvait identifier. Plus de communisme, plus de hordes rouges contre lesquelles se dresser en rempart : qu'est-ce qui reste à la droite, aux droites, pour nourrir une doctrine, un projet de reconquête de la société française ? Ce n'est pas simple. La pauvreté de son discours quotidien en témoigne.

Mercredi 20 mai

Les Tibéri : les juges poursuivent implacablement leurs investigations. Xavière Tibéri a été convoquée pour audition au sujet du fameux rapport qui lui fut si généreusement rétribué. Mais elle se rebiffe, la mâtine. Elle est entrée au tribunal traquée par les caméras. Spectacle indécent : jusqu'à nouvel ordre, elle n'est pas inculpée. On a eu aussi la surprise de la voir, dans je ne sais quelle manifestation mondaine, chaleureusement embrassée par Bernadette Chirac et par son mari. Comme dit Jean Tibéri : « Je suis intouchable ! » Drôle de mot... Qu'est-ce qui le protège si fort pour que la justice s'arrête dans sa course ? Quels secrets brûlants détient-il ? Un cadre de la mairie de Paris a révélé dans *Le Parisien* que ladite mairie aurait créé trois cents emplois fictifs pour des amis et des amies du RPR. Cela n'émeut pas M. Tibéri. Il est intouchable, on vous dit !

Le défunt RPR répond à l'Assemblée, par la voix d'un député chiraquien, que Lionel Jospin, dont le corps d'origine est le Quai d'Orsay, a émargé pendant trois ans au budget de cette administration sans avoir de fonction. En effet : il a attendu que le ministre, M. Juppé, veuille bien lui donner une affectation qui n'est jamais venue. Aucun rapport avec les emplois fictifs de la mairie, mais peu importe, il s'agit d'allumer un contre-feu à l'incendie qui ravage déjà les caves de la mairie et qui pourrait à la fin menacer l'Élysée. Tout cela commence à ressembler à du mauvais Shakespeare.

Ah, messieurs de la politique, n'attendez pas le Jugement dernier. Il a lieu tous les jours !

L'Indonésie est le pays le plus corrompu du Sud-Est asiatique. Les fils de Sukarno y tiennent tout. En indonésien, ou plutôt en javanais, sauf erreur, liberté se dit *Merdeka !* C'est ce que hurlent, là-bas, dans la capitale, des milliers de manifestants approuvés par le peuple et menés par les étudiants. Émeutes, pillages... Après des affrontements sanglants avec l'armée, ils réclament la démission du vieil autocrate, Sukarno. Mais celui-ci, rusé comme un serpent, qui gouverne depuis 1965, ne paraît pas près d'obéir à la pression populaire.

Ça y est : Sukarno a dû céder. Il a désigné lui-même son successeur, qui était vice-président et est mal accueilli. Étudiants contre armée : la situation ne s'apaise pas. Dans le plus grand pays islamique — mais non intégriste —, secoué par la crise qui a frappé le Sud-Est asiatique après quelques années de « miracle économique », on commence à avoir faim.

Jeudi 21 mai

C'est la nouvelle marotte, l'objet de toutes les convoitises : un petit comprimé bleu en forme de losange, le Viagra. Pas encore en vente en France, mais cela ne saurait tarder. Le Viagra a l'étonnante propriété de permettre l'érection aux pénis défaillants. Sont-ils si nombreux que ça ? Apparemment. Aux États-Unis, il y a rush sur le Viagra. Certains espèrent y puiser non seulement une érection facile, mais la faculté de renouveler l'exploit à volonté. Moi, Tarzan !

La psychologie aidant, il semble que ce ne soit pas exclu, selon des utilisateurs français qui se sont dévoués pour mettre le Viagra à l'essai.

On n'arrête pas le progrès.

Samedi 23 mai

Lu *La Première Épouse*, de Françoise Chandernagor. Si toutes les femmes plaquées par leur mari après trente ans de mariage lisent ce livre, comme il est probable, l'auteur va faire un tabac. C'est une population souffrante, dont la blessure est longue à se refermer. Elle se reconnaîtra dans l'interminable douleur, la rage, la fureur, l'humiliation exhalées par Françoise Chandernagor, impudique et pitoyable. Le mari volage ? Un mufle.

Lundi 25 mai

À qui le tour ? Cette fois, c'est le Pakistan qui a procédé au lancer de cinq bombes nucléaires. Les grandes puissances, comme on dit, s'alarment et menacent l'Inde et le Pakistan de représailles économiques, mais sont en fait impuissantes à endiguer cette prolifération. Sans compter qu'Israël dispose de l'arme atomique et que l'Iran, aidé techniquement par la Chine, serait tout près de l'avoir. Relativement rassurant : tous ces pays ont des frontières communes et ne peuvent user de l'arme sans se mettre eux-mêmes en grand danger. Les nuages atomiques ne connaissent pas les frontières. Sauf la Chine, peut-être, à cause de la dimension de son territoire... Mais qui oserait assurer qu'il n'y aura jamais un potentat fou pour mettre le feu atomique à la planète ?

Tout ceci est un peu plus préoccupant que les divisions de la droite française ou les élections allemandes... Dans la tiédeur de la paix où nous sommes depuis plus de cinquante ans, nous n'avons plus, en Europe, que de petites querelles.

Mercredi 27 mai

Après un an de gouvernement, la popularité de Lionel Jospin est à son zénith. Les commentateurs analysent ce phénomène, les uns pour en chercher les raisons, les autres pour annoncer que ça ne durera pas. Ils négligent généralement ce point essentiel pour un chef de gouvernement : Jospin a de la chance.

En attendant qu'elle tourne, si elle doit tourner, passe sur le pays, malgré les grèves, les mécontentements, les manifestations et la persistance du chômage à un haut niveau, même s'il décline un peu, un souffle d'optimisme.

Vendredi 29 mai

Colloque franco-britannique de femmes réunies au British Council à Paris. Thème : les femmes et la politique. Où sont les obstacles ?

Devant toutes les vérités premières qui tombaient, j'ai fait un peu de provocation et ai proposé à l'auditoire le scénario de science-fiction suivant :

« Nous sommes en l'an X... Les hommes ont reculé sur tous les fronts. Ce qu'on appelle le pouvoir leur est tombé des mains. Le Parlement, la Chambre des communes, les gouvernements, les hauts postes politiques sont entre les mains des femmes. Que font les hommes, qui sont restés très malins, très créatifs, très imaginatifs, comme ils l'ont toujours été ? Ils inventent. À partir d'innovations techniques encore inconnues de nos jours, ils inventent de nouveaux métiers, aussi bouleversants pour la société que l'a été la naissance de l'informatique — dont je remarque en passant qu'elle a échappé aux femmes dans ses aspects sophistiqués : aux femmes le clavier, aux hommes le haut du pavé.

Ces nouvelles activités, encore inimaginables, les hommes les monopolisent. Ça commencera peut-être sur la planète Mars. Ils en ferment l'accès aux femmes, occupées ailleurs. Ils en font des oasis masculines, des citadelles de pouvoir. Parce que en ce temps-là le pouvoir résidera dans la technique. Et quand on leur demandera : "Et la politique ?", ils répondront : "La politique ? C'est un métier de femmes ! Il est complètement dévalorisé !"

« En deux mots, la conquête du pouvoir politique par les femmes aboutira, comme les autres, même si elle est longue et hérissée d'obstacles. Simplement, ce jour-là, les hommes, dont il ne faut sous-estimer ni le génie ni la volonté de pouvoir, auront construit d'autres pôles de domination. »

Mes auditrices ont ri.

JUIN

Lundi 1er juin

Ma vieillesse me laisse tranquille en ce moment. Elle ne me rappelle pas tout le temps à l'ordre.

Fait trois ou quatre émissions de télévision pour *Deux et deux font trois*, où j'ai été à peu près convenable. Je peux même courir derrière un autobus ! J'ai récupéré mes jambes, que je croyais perdues, grâce à une femme médecin, plus futée que les autres. Maintenant, je galope. Enfin presque. Une victoire !

Lu un livre époustouflant : *L'Affaire Elf*. Enquête de deux journalistes sérieux, Valérie Lecasble et Airy Routier. L'énorme scandale de la compagnie pétrolière qui a englouti Loïk Le Floch-Prigent et qui éclabousse Roland Dumas. Un univers ahurissant de corruption, de commissions en millions de dollars, de comptes en Suisse, d'intermédiaires véreux, de luttes entre des politiques, de potentats africains... Et, au centre du livre, une femme terrifiante, la juge Éva Joly, qui instruit l'affaire avec une sorte de sadisme placide... Un livre édifiant, vraiment.

Internet : je le regarde peu et n'y trouve pas grand intérêt, sauf dans des cas très particuliers. Mais c'est une tornade qui est en train de déferler sur le monde, au-delà même de son aspect ludique qui fascine les internautes vissés devant leur écran. Ils sont en train de découvrir l'existence des encyclopédies et de la correspondance. *E-mail,* c'est tellement plus chic !... La poste va péricliter, et les intermédiaires — par exemple, les vendeurs d'automobiles. Un seul serveur, Auto-by-tel, a déjà vendu directement un million de voitures !

Mercredi 3 juin

La grève des pilotes d'Air France — les pilotes les mieux payés d'Europe — continue, avec le chantage à la Coupe du monde qu'ils menacent de paralyser. D'ailleurs, tous ceux qui ont quelque chose à réclamer usent de l'argument « Coupe du monde » pour revendiquer, généralement dans la rue ou par des grèves. Les uns menacent d'arrêter les trains, les autres le métro pendant la Coupe. Il y a en ce moment une pagaille monstre dans les rues de Paris.

C'est un drôle de pays, la France, où les négociations ont toujours lieu après le déclenchement des grèves et non avant. C'est probablement parce que, faute de syndicats puissants au lieu de groupes épars souvent antagonistes, il n'existe pas de capacités réelles de négociation. Alors on vit tout le temps dans l'épreuve de force.

Cette Coupe du monde a pris dans les esprits et les médias une importance inouïe. On dit facilement et partout que l'honneur de la France est en cause si elle ne réussit pas à remettre ses grévistes vindicatifs au travail. Que vont penser les étrangers obligés de voler sur

United Airlines, British Airways ou Lufthansa ? Mais il en a vu d'autres, l'honneur de la France...

On craint surtout que ce soit sur le terrain, face aux Allemands, aux Brésiliens, aux Italiens ou, qui sait, aux Camerounais, que l'honneur de la France en prenne un coup !

Un sociologue allemand parle de « l'expérience émotionnelle intense qu'est le vécu de la compétition sportive » et du « sentiment national indépassable que procure le foot ». Il a probablement raison. Le foot, c'est la guerre sans morts.

Jeudi 4 juin

Déjeuner autour du nouveau bâtonnier du barreau de Paris. C'est une bâtonnière, pour la première fois dans l'histoire de cette institution. Elle est charmante et reçoit dans la somptueuse « Maison des avocats ». Objet du déjeuner auquel participent une dizaine de personnes : faire avancer les droits judiciaires des enfants, encore considérés par nombre de magistrats comme automatiquement menteurs quand ils disent avoir été victimes de sévices et singulièrement de pédophilie. Donc, mieux écouter et protéger les enfants. Qui pourrait s'en désintéresser ?

Ouverture de la Coupe avec une manifestation festive monstre dans les rues de Paris. Il y avait un milliard de spectateurs devant leurs téléviseurs. Rarement je me serai sentie plus humiliée. Quoi, c'est la France, c'est Paris, capitale présumée du bon goût, qui a sécrété ce carnaval grotesque, hideux, sans une once d'esprit, qui s'est déployé à travers la ville pendant des heures ? On avait honte. Et, surtout, on enrageait. Nous avons en France un merveilleux créateur de fêtes urbaines qui a fait ses preuves, Jean-Paul Goude. Quel est l'ignorant qui est allé chercher un incapable pour lui confier le défilé de la Coupe ? Le peuple de Paris l'a salué comme il convenait : par le silence.

Mardi 9 juin

La grève des pilotes d'Air France est terminée. Elle était tellement impopulaire qu'ils ont fini par comprendre qu'ils ne recueilleraient aucun appui, au contraire. Lionel Jospin a su intervenir au moment opportun — il est très bon, décidément — et les deux parties, direction et pilotes, ont sauvé la face.

Mercredi 10 juin

Albert Du Roy, directeur de la rédaction de France 2, a claqué la porte. Il a échoué dans sa mission de rénovation, reconnaît qu'il a fait des erreurs, mais trace un portrait cruel des journalistes qu'il était censé gouverner, divisés en clans, se haïssant les uns les autres. Émoi, hurlements, confusion. Le président de la chaîne, Xavier Gouyou-Beauchamp, cherche un remplaçant.

Détail : le jour où Du Roy a présenté sa démission et où Gouyou a dû l'annoncer à la rédaction, il est allé passer l'après-midi... à Roland-Garros. Où chacun a pu le voir, puisque le tournoi était retransmis. On se demande s'il y a un seul patron, dans le privé, qui se serait permis pareille désinvolture.

Vendredi 12 juin

Kosovo : la plaine a un caractère sacré pour les Serbes. C'est là qu'en 1339 les armées serbes chrétiennes ont été écrasées par les troupes turques musulmanes. Ce fut le début de la fin de la Serbie médiévale.

Aujourd'hui, le Kosovo, dominé par les Serbes mais peuplé à 90 % par des Albanais, réclame son indépendance. Des troubles ont éclaté, assortis d'une répression policière et militaire féroce. Les civils fuient par milliers, l'autocrate serbe Milosevic ne veut rien entendre des semonces des Occidentaux qui redoutent un embrasement de la région.

Est-ce que tout va recommencer comme en Bosnie ?

Le Kosovo est une grenade dégoupillée.

Le monde n'a jamais été un océan de paix. Mais, quand il n'y avait que quarante-cinq pays, il y avait moins de foyers d'incendie qu'avec cent quarante-huit, avec leurs disputes territoriales, leurs conflits ethniques, leurs volontés d'hégémonie ou d'indépendance. En fait de mondialisation, la Terre s'est émiettée !

Réception en l'honneur de Jean-François Revel après son intronisation à l'Académie française. C'est quelqu'un que j'aime beaucoup depuis longtemps et dont les connaissances m'éblouissent. En plus, il a une mémoire d'éléphant... Dans son habit, campé à côté de son fils Mathieu en costume de moine tibétain, il était rayonnant.

Vendredi 19 juin

Le gouvernement a déposé un amendement à la Constitution visant à établir la fameuse « parité » entre femmes et hommes. C'est-à-dire à « favoriser l'égal accès des femmes et des hommes aux fonctions et mandats ». Dans la mesure où cette nouvelle disposition lève l'obstacle à l'établissement de quotas de femmes présentées par les partis aux élections, elle est bienvenue. On m'avait opposé la Constitution quand j'avais inscrit les quotas dans mes « Cent mesures pour les femmes » (proposition n° 84), laquelle mesure avait cependant été agréée par le Conseil des ministres... en 1977 !

Quelque chose me gêne, pourtant. C'est l'ambiguïté du mot « favoriser ». S'il signifie « traiter de façon à avantager », c'est la porte ouverte à la « discrimination positive » : une femme doit systématiquement être choisie de préférence à un homme. Cette pratique a cours aux États-Unis depuis quelques années. Les Américains en sont bien revenus.

Cet égalitarisme-là, je n'en veux pas ! Mais si « favoriser » signifie « contribuer au développement de l'égalité », parfait ! On voudrait cependant être sûr que c'est là l'interprétation qui sera donnée à l'amendement constitutionnel...

Sinon, pour ma part, je le combattrai.

Cogitations sur la famille après l'excellent rapport d'Irène Théry. Jacques Chirac se fâche : « La famille n'est ni à droite ni à gauche, c'est la famille. » Certes ! Mais il se trouve que, par sa faute, l'actuel gouvernement est de gauche et qu'au lieu d'incantations sur la famille il essaie d'agir... Que fait l'opposition, pendant ce temps ? Elle se crêpe le chignon comme jamais à propos d'une histoire de « préférence nationale » lancée imprudemment par Édouard Balladur.

La préférence nationale est inconstitutionnelle. Tout étranger qui vit en règle sur le sol français, qui paie ses impôts, qui n'a rien à se reprocher, a les mêmes droits qu'un Français en matière d'emploi. Le Front national veut changer tout cela ; c'est son fonds de commerce. Mais que Balladur lui tende la main et recueille ses félicitations en a laissé plus d'un pantois. Raymond Barre, en particulier, qui n'est pas suspect de préférences à gauche, s'est déclaré choqué.

Samedi 20 juin

La Coupe du monde va son chemin avec son lot de scandales — des milliers de billets vendus par des intermédiaires et non servis — et ses belles heures.

Pour sa deuxième prestation, contre l'Arabie Saoudite, l'équipe de France a déçu malgré le score. À la voir, on peut craindre qu'elle ne batte cette année ni l'Italie, ni l'Angleterre, ni l'Allemagne... Mais gardons le moral !

Je me gave de football tous les jours. Le jeu se dispute à un haut niveau et c'est un pur plaisir d'en suivre les péripéties, hautes en suspense. Un épisode dramatique a malheureusement terni la fête : une brute allemande avinée a assommé un gendarme, à Lens, avec une barre de fer, et l'a mis dans un état désespéré. Sous le choc, l'Allemagne a très officiellement présenté ses excuses à la famille du malheureux ; le coupable fait partie de cette clique de néonazis qui se déplacent pour casser. Incidents aussi provoqués à Marseille par des hooligans anglais : beaucoup de vitrines cassées, mais rien d'aussi grave. Le grand responsable : l'alcool dont ces voyous s'enivrent.

Quelques moments extraordinaires de la Coupe : l'Allemagne tenue en respect par la Yougoslavie (match nul), les États-Unis humiliés par l'Iran, l'Angleterre par la Roumanie, l'Espagne par le Paraguay — et, du même coup, éliminée. L'Espagne ! Incroyable ! Le roi était tout triste. La France victorieuse du

Danemark et donc qualifiée pour les huitièmes de finale grâce à cette troisième victoire.

Il paraît que les gens qui ont le cœur faible doivent éviter ces spectacles, tant ils font monter la tension artérielle.

Émouvantes, les équipes des « petits » pays, Cameroun, Maroc, Tunisie, souvent bonnes mais pas tout à fait, pour qui l'élimination a été ressentie comme une catastrophe nationale et qui fulminent contre les arbitres.

À partir de dimanche, on entre dans les choses sérieuses : la compétition entre les équipes qui ont franchi le premier tour. L'Italie ouvrira le feu contre la Norvège. Puis ce sera la France contre le Paraguay. On tremble...

Une jeune femme me dit : « Le foot, ça ne m'intéresse pas tellement, mais, en ce moment, ça me fait plaisir parce que les hommes sont heureux. »

Le chanteur Matoub Lounès a été assassiné en Algérie au moment même où les autorités imposent l'arabe comme langue officielle. Les Kabyles, qui ont leur propre langue, ne le supportent pas. Matoub Lounès était très populaire et bien connu en France. L'émotion en Algérie est intense. Mais les assassinats s'y poursuivent impunément comme si c'était devenu le sport national... C'est une grande honte que de n'y rien pouvoir.

Déjeuner avec Claude Lanzmann. Il est toujours englouti dans *Shoah*, son film, avec lequel il fait le tour du monde, invité partout, du Japon au Mexique, célébré partout. Ce succès — mot faible — lui est doux, c'est l'œuvre de sa vie, mais il est toujours écorché vif. Il me dit beaucoup de bien de *Deux et deux font trois*, ce qui me fait plaisir. Il sait juger les livres.

J'ai reçu aussi l'approbation chaleureuse et précieuse de Florence Malraux. Il y a aussi ceux qui n'aiment pas ce livre parce qu'ils le trouvent maigre et sec. Je l'ai écrit maigre, c'est vrai. Comme dit La Bruyère : « Vous voulez dire qu'il pleut ? Dites : il pleut. »

JUILLET

Mercredi 1ᵉʳ juillet

Je travaille d'arrache-pied sur mes *Françaises*, avec un intérêt chaque jour renouvelé, et ne m'en distrais que pour suivre la Coupe du monde, dont l'audience est de plus en plus large. C'est le cœur de toutes les conversations.

Voir les Anglais battus par les Argentins, cela ne m'a pas été entièrement désagréable, tant ils sont arrogants quand il s'agit de leur sport national, mais ils ne l'avaient pas mérité. Un arbitrage injuste a privé leur équipe d'un joueur dès le début de la partie. Malgré ce handicap, ils ont été souverains, avec un petit génie de dix-sept ans, Owen, au visage d'angelot, dont on n'a pas fini d'entendre parler.

Le plaisir que l'on prend à cette Coupe, c'est que le niveau de l'équipe la plus faible est encore très élevé. C'est du beau jeu que l'on voit, entre les meilleures équipes du monde ; pas du football de campagne... Maintenant, le cœur battant, on attend vendredi France/Italie.

La féminisation du vocabulaire : cela recommence ! L'Éducation nationale a donné des instructions de bon sens à ses fonctionnaires pour préciser comment elle doit être appliquée. Réaction de Jean Dutourd, académicien : « Ce sont les effets de la polygamie de Lionel Jospin qui est entouré de sultanes et qui, pour faire plaisir à son harem, relance une vieille idée. » Le pauvre homme... Où est-il tombé ! L'Académie éructe, veut saisir le Conseil constitutionnel. Pourquoi tous ces vieux messieurs tiennent-ils à se rendre plus sourds qu'ils ne sont au lieu de participer intelligemment à leur temps ? Cahin-caha, la féminisation des vocables qui s'y prêtent entrera sans eux dans le langage. À la fin, c'est l'usage qui tranchera.

Jeudi 2 juillet

Autre guerre, plus intéressante, celle qui a éclaté entre intellectuels de gauche. Ceux de la nouvelle génération. L'ancienne a été décimée par la révélation des crimes de l'URSS. On la croyait stérilisée, mais non, les staliniens ont fait des petits qui se sont agglutinés autour de Pierre Bourdieu, le sociologue, et publient des libelles incendiaires. Leur ennemi n'est pas la droite, mais, selon une tradition historique bien établie, la gauche réformiste, celle qui est au pouvoir aujourd'hui. Bourdieu tressait des couronnes à Rocard en 1988. Il aura changé de pied.

Mais les intellectuels réformistes se rebiffent. Une revue de vieille réputation, *Esprit*, déshabille Bourdieu et les siens de haut en bas en dix-huit pages torchées. Son verdict : « Un populisme de gauche qui ne le cède en rien au populisme de droite dans sa nocivité. Et des méthodes de flics. »

Dommage qu'il tourne mal, Bourdieu.

Lundi 13 juillet

Pas eu le temps d'écrire cette semaine, trop de travail tous azimuts : le dialogue d'un film, l'intervention que l'on m'a demandée pour un grand rassemblement autour de la culture européenne organisé à Berlin par les amis du probable futur chancelier d'Allemagne, Gerhard Schröder, un texte pour Action contre la faim. Plus quelques autres broutilles.

Et, au milieu de tout cela, le foot, captivant et dévorant, qui décolore toute autre actualité. On parcourt les titres et on se dit qu'on a bien le temps d'en savoir plus sur les hoquets de l'économie japonaise, ceux de la Russie, et le nombre de sans-papiers auxquels Jean-Pierre Chevènement finira par faire grâce.

Aujourd'hui, on reprend pied, encore enivrés par le spectacle que l'équipe de France nous a offert hier soir. Battre le Paraguay, c'était déjà beau. Battre l'Italie, c'était un exploit. Battre les Croates, c'était inespéré. Mais battre les Brésiliens, champions du monde, c'était, de jugement général, hors de notre portée. Eh bien, voilà, c'est fait : 3 à 0. Et cela a été accueilli sans aucune manifestation nationaliste de mauvais aloi. C'était du sport, rien que du sport. Mais la France tout entière, s'identifiant à son équipe métissée, a reçu cette victoire sportive comme un message des dieux. Elle a gagné sur un terrain, donc elle peut gagner sur d'autres. La fierté nationale est intense. Il semble qu'elle ait déchiré la « bulle » maussade où les Français s'étaient enfermés.

De ma fenêtre, j'entends les klaxons déchaînés de ceux qui courent aux Champs-Élysées pour voir défiler leur équipe triomphante. La nuit dernière, ils étaient un million et demi dans les rues. Rien vu de pareil depuis la Libération. Quelques pisse-vinaigre dénoncent une vague de connerie générale et d'hystérie collective... Ils n'ont rien compris. L'ivresse se dissipera, mais de cette épopée il restera aux Français un grain de fierté.

Fait extraordinaire : même la presse anglo-saxonne, habituellement si hostile, salue l'organisation et les résultats de la Coupe avec force éloges.

Mercredi 15 juillet

Micheline m'emmène voir un petit chat que des amis veulent m'offrir, un abyssin bleu. Je le choisis dans une portée. Il est irrésistible. Une maison sans chat, c'était triste. Je l'aurai en septembre.

J'ose à peine le dire à Blanche...

Scandale sur le Tour de France. Un soigneur belge de l'équipe Festina (qui fait courir le coureur français Richard Virenque) a été intercepté en possession d'un stock important de produits dopants : plus de quatre cents flacons. Arrestations, inculpations, protestations, dénégations... En attendant, le Tour est gâché. Il fallait que cela arrive un jour...

Charles Pasqua fait sensation en déclarant qu'il faut régulariser tous les sans-papiers ! Comme il n'est pas tombé de la dernière pluie, on se demande d'où lui vient soudain cette mansuétude, à quel calcul il a obéi, et on n'a pas de réponse. La droite est à la fois ahurie et révulsée.

Jeudi 16 juillet

Anne Sinclair a cinquante ans. Incroyable ! Son mari a voulu lui faire la surprise de réunir ses amis dans un restaurant parisien. Cela a été très gai, très réussi. On a ri, on a chanté et on a parlé... de la Coupe du monde, qui n'est pas encore digérée. Ce qui est drôle, c'est la passion qu'y mettent les femmes, maintenant. Leur aurais-je communiqué le virus ?

Personne ne s'intéresse plus à la politique. Et les sondages donnent au plus haut à la fois le président de la République et le Premier ministre. Les Français adorent la cohabitation. L'effet Coupe du monde n'explique pas tout.

La droite, qui voudrait batailler, est complètement désemparée par les propos de Chirac qui joue l'« opposition constructive », pour user de ses propres termes. Elle commence à le détester, voudrait s'en affranchir, rue dans les brancards. Mais, dans l'état où elle est... Elle n'a pas d'autre grande pointure, dans ses rangs, derrière laquelle se regrouper. Chirac, lui, vise manifestement sa réélection à l'Elysée quand l'heure sera venue. Donc, pas question d'« antagoniser » les électeurs qui, pour le moment, apprécient Jospin... Croissance aidant, le ciel s'est dégagé au-dessus de la France. Alors le président de la République fait, non sans talent, de la corde raide...

Combien de temps cela peut-il durer ? Imprévisible. N'importe quoi peut se produire... Mais c'est une situation hautement originale, comme nous n'en avons encore jamais vécu.

En attendant, il flotte sur le pays un petit air d'union nationale qui ne nous est vraiment pas familier. On en oublie de parler de Le Pen, sinon pour lui jeter au visage les quatre joueurs « colorés » sur douze qui ont donné sa victoire à la France.

Samedi 18 juillet

J'entre la tête la première dans un pare-brise à la suite d'un coup de frein malheureux du conducteur. Rien de grave : quelques ecchymoses au visage. Huit jours passent ; une amie me téléphone. « J'ai appris votre accident... Je viens vous voir. » Je proteste : c'est fini, je n'ai plus rien. Alors, elle : « Ça m'aurait fait plaisir de vous voir défigurée... »

C'est épatant, ces petites phrases qui s'échappent, comme des lézards, de l'inconscient.

Lundi 20 juillet

Les responsables du dopage dans l'équipe Festina ont avoué. Ils procédaient à la « gestion concertée de l'approvisionnement en produits dopants » pour que les coureurs ne prennent pas d'initiatives dangereuses pour leur santé. Ces produits laissent des traces indécelables.

Maintenant, une immense rumeur monte d'anciens coureurs : toutes les équipes le font, ce sont leurs médecins qui sont responsables, on n'y coupe pas.

Les amants du Tour, si nombreux en France, sont consternés. L'équipe Festina a été éliminée de la compétition. Le pauvre petit Virenque, si populaire, qui comptait bien la gagner, pleure à grosses larmes. Le Tour continue. L'Allemand Ullrich, jeune prodige du cyclisme, originaire de l'Est, qui l'a emporté l'an dernier, est en bonne place pour récidiver. En le regardant pédaler, on ne peut s'empêcher de penser aux athlètes de la RDA, gonflés aux hormones, qui ont régné en leur temps sur plusieurs disciplines...

En tout cas, pour les amateurs, le plaisir est gâché. Massés sur la route du Tour, ils affichent leur dépit et leur fureur. Celle-ci s'exerce aussi sur les voitures de

L'Équipe qui suivent la caravane. Ses journalistes ont inlassablement insulté Aimé Jacquet pendant deux ans, l'attaquant jusque sur son physique. Prudemment, le journal s'est résigné à retirer tous les insignes d'identification de ses voitures...

Laurent Fabius, Georgina Dufoix et Edmond Hervé comparaîtront devant la Haute Cour de justice, accusés d'homicide involontaire dans l'affaire du sang contaminé. Le procureur avait demandé le non-lieu après l'inculpation d'empoisonnement, au motif que l'empoisonnement suppose l'intention de donner la mort. Les trois anciens ministres ont été rattrapés au tournant par la justice avec une nouvelle qualification du délit. C'est assurément grave pour eux. Mais il fallait qu'il en soit ainsi : un non-lieu aurait conforté les Français dans le sentiment que les puissants sont invulnérables.

Mercredi 22 juillet

Guerre au Kosovo : armée de libération des Kosovars, adossée à l'Albanie qui lui sert de base, contre armée gouvernementale serbe. Il ne sera pas possible de s'en désintéresser.

Jeudi 23 juillet

L'équipe d'ACF a été expulsée de Kaboul avec celles de toutes les autres ONG, hormis les représentants des Nations unies. Ordre des Taliban. C'est un désastre pour la population féminine et pour les enfants, pour lesquels les missions humanitaires étaient le seul recours. Les femmes afghanes ne sont pas admises dans les hôpitaux par les Taliban. Elles risquent la pendaison quand elles marchent seules dans la rue. « On les traite comme des animaux », dit un médecin afghan, honteux et désespéré. Ainsi va « la volonté de Dieu » en Afghanistan. Tous les postes de télévision ont été confisqués aux habitants par la Ligue contre le vice et pour la vertu.

Vendredi 24 juillet

L'état de grâce de Tony Blair s'achèverait-il ? Le retournement de la conjoncture en Grande-Bretagne a commencé. Rien dont il faille se réjouir. En économie, le malheur des uns ne fait jamais le bonheur des autres. Mais cela fermera peut-être le bec à ceux qui, en France, avaient fait de Blair leur modèle pour l'opposer à Jospin. L'occupant du 10, Downing Street annonce le remaniement de son gouvernement dans un sens plus « européen ».

Vendredi 31 juillet

Une petite semaine délicieuse à Aix-en-Provence pour entendre de la musique. Enthousiasmant, le *Don Juan* de Mozart dirigé une fois par Claudio Abbado, une autre fois par un jeune Anglais de vingt-deux ans, Daniel Harding, avec des distributions différentes, dans une mise en scène de Peter Brook. L'étonnant, c'est la différence entre les deux versions, alors que la mise en scène est identique. La version Harding a pour elle une jeunesse, une sorte d'élan vital, un interprète extraordinaire, Peter Mattei, pour chanter don Juan, qui renouvelle entièrement le rôle. Abbado, c'est... Abbado : parfait, mais la flamme en moins, et un don Juan sans le charme de l'autre. Je les aurais bien revus encore et encore.

À La Roque-d'Anthéron, piano et piano dans un cadre naturel somptueux, des arbres immenses, et un vrai public, heureux.

En rentrant, je prends les informations. Le Tour et encore le Tour, ses désertions, ses lamentations, l'étrange attitude du public qui en veut à tout le monde, sauf aux coureurs dopés qui se posent en martyrs... Tout est lamentable dans cette affaire.

AOÛT

Dimanche 9 août

Retour à Paris après une semaine passée en mer sur le somptueux voilier du Club Med. On est toujours heureux en mer, mais je n'espérais pas tant de confort et de paix.

En passant le long des côtes turques, brève escale à Istanbul, le temps de revoir la ville, visitée rapidement il y a quelques années, et quelques-uns de ses joyaux : la mosquée Bleue, Sainte-Sophie, la Citerne, puis de faire quelques folies au Grand Bazar.

Je suis mauvaise touriste, agacée quand on me donne trop d'explications au lieu de me laisser absorber dans le silence ce que je vois, détestant piétiner et entendre de ces perles dont certains visiteurs ont le secret dès qu'ils sont à l'étranger. Mais là, nous étions seules, Éliane Victor et moi, accompagnées seulement par notre guide personnel. Un Turc affable, discret et cultivé. Ce fut parfait.

Plus tard, il nous a trouvé un bateau pour remonter le Bosphore entre ses deux rives européenne et asiatique, avec leurs franges de maisons. Longue et douce promenade au fil de l'eau, qu'il faudrait faire au clair de lune en étant amoureux.

Paris écrasé par une chaleur inhabituelle, où tout va comme au ralenti. J'aime bien ma ville au mois d'août, vide et calme. Elle est si belle...

Quelques coups de téléphone me permettent de localiser les membres de ma famille, égaillés dans la nature, et de m'assurer que tout va bien. Miracle du portable, il faut bien le dire.

Dans le courrier, rien de pressant, sinon un avis salé de mon percepteur qui manque de tact. Vous faire ça pendant ce qu'on appelle les vacances...

Une lettre alléchante, en revanche, du professeur Étienne Baulieu. Il me propose gentiment de me faire prendre de la DHEA, cette substance sur laquelle son laboratoire travaille et qui devra permettre de vieillir « bien ». Mais je crains que, pour moi, la DHEA arrive un peu tard !

L'actualité, creuse en France, menaçante dans le reste du monde.

Des inondations phénoménales en Chine tournent à la catastrophe, non seulement humaine mais économique.

Un attentat, au Kenya, contre l'ambassade des États-Unis, a fait deux cent soixante morts et est revendiqué par des islamistes qui en promettent d'autres ailleurs, de même nature. Le Kenya paraissait jusqu'ici un pays paisible, exempt de terrorisme.

Enfin, la conquête par les Taliban de la quasi-totalité des grandes villes de l'Afghanistan laisse épouvanté. Conséquences imprévisibles, sauf pour la population. Ils vont exiger maintenant leur reconnaissance internationale et un siège à l'ONU, pourquoi pas ? Les Russes y sont farouchement opposés, mais les États-Unis ont besoin des Taliban pour concrétiser un gigantesque projet de transport de gaz et de pétrole du Turkménistan au Pakistan en passant par l'Afghanistan. D'où la tiédeur de leur réprobation...

Au Kosovo, les séparatistes ont échoué à conserver leurs conquêtes. Les Serbes les ont écrasés, semble-t-il, mais des combats meurtriers continuent. Et des plans d'intervention s'élaborent.

Bref, le monde reste ce qu'il est : une chaudière en folie dont le combustible est le sang des hommes.

Vendredi 14 août

Lu un livre original et passionnant, sorte de carnet de bord d'un médecin généraliste, Martin Winckler. C'est le récit de ses consultations, à son cabinet et à domicile, tableau à la fois pittoresque et déchirant d'une humanité ordinaire, souffrante ou croyant l'être, d'autant plus avide de soins et de prescriptions qu'ils sont remboursés. C'est aussi l'interrogation sur lui-même d'un médecin qui, de bobo en urgence mortelle, cherche le sens de son métier. Un beau livre, vraiment, qui, sans tapage, sans publicité, sans critique, s'est installé tout seul parmi les meilleures ventes. Son titre : *La Maladie de Sachs*.

Lu aussi soixante-quatre romans en vue du prix Femina décerné en novembre. C'est vraiment un apostolat d'être membre d'un jury !

Vu une émission de télévision, que je ne désignerai pas davantage, qui n'est pas mauvaise dans le genre populaire, mais qui m'a laissée perplexe. Elle est présentée chaque semaine, je crois, par un journaliste habile mais vilain à voir. S'il s'agissait d'une femme, elle n'aurait jamais eu accès au petit écran.

Samedi 15 août

L'Alliance était déjà branlante. Le député d'Amiens Gilles de Robien vient de la poignarder. D'un geste spectaculaire, il a coupé aux ciseaux, publiquement, sa carte de membre de Démocratie libérale pour marquer qu'il ne resterait pas plus longtemps dans une formation à la remorque du Front national. C'était sa réponse à l'intégration de Jacques Blanc (élu président de sa région avec les voix du FN) et à la prochaine intégration de Charles Millon à la formation d'Alain Madelin.

Ils ne sont donc pas tous couchés, à droite. Une poignée de députés a suivi Robien. Ils fondent déjà un autre parti !

L'Européen, hebdomadaire que dirigeait depuis quelques mois Christine Ockrent et qui avait pris un bon départ, est lâché en cours de route par son principal commanditaire, un Anglais. Associé minoritaire, *Le Monde* n'en peut mais. Cet Anglais, dont j'ai oublié le nom, n'est pas un homme de presse. Sinon, il aurait su qu'on n'installe pas la vente d'un nouveau titre en six mois, surtout à partir d'un concept relativement ingrat. Dommage... C'était une aventure intéressante.

Les banques suisses ont cédé. Elles recelaient depuis cinquante ans les biens que des victimes de la Shoah leur avaient confiés avant d'aller à la mort. Il a fallu de longues enquêtes et l'ouverture d'archives jusque-là inaccessibles pour qu'elles se résignent à admettre les faits et l'ombre que cette révélation risquait de porter sur leur réputation. Après d'âpres discussions, un accord signé à New York met un point final à ce sinistre contentieux. Une somme de 1,25 milliard de dollars sera versée en trois ans aux ayants droit pour solde de tout compte.

Accord finalement accepté avec soulagement par les banques suisses : elles étaient menacées du boycott de leurs établissements aux États-Unis.

Lundi 17 août

Horrible carnage en Irlande. Un attentat monstre, diaboliquement monté, laisse sur le terrain des dizaines de victimes et risque de faire voler en éclats le processus de paix. C'est en tout cas son objectif, en dépit du vote positif de la population. Le fanatisme est toujours odieux. Le fanatisme irlandais est l'un des plus irréductibles, parce que nourri de religion.

La Russie est déclarée en faillite. Elle a dévalué sa monnaie et ne paie plus ses dettes. Les banques allemandes, qui détiennent 40 % des dettes extérieures de la Russie, sont les plus engagées. Pour le moment, cette catastrophe économique n'a pas eu de graves répercussions sur les Bourses étrangères. Mais quel désastre que l'état de ce pays qui regorge pourtant de richesses ! Les Russes qui font la queue à la porte des banques semblent subir leur sort avec leur résignation habituelle devant le malheur.

Mardi 18 août

Clinton a parlé. Il faudrait être américain pour savoir l'effet qu'ont produit ces semi-aveux. « Une relation pas convenable » avec Monica Lewinsky. Cet homme a quelque chose de mou dans le visage qui a toujours signalé une faiblesse. Eh bien voilà : il pratiquait des relations « pas convenables » avec les demoiselles, et s'il l'a nié, c'était... pour ne pas faire de peine à sa femme !

Cette histoire obscène serait comique s'il ne s'agissait du président des États-Unis. Que n'a-t-il dit, interrogé pour la première fois il y a sept mois : « Ma vie privée ne vous regarde pas », au lieu de s'embourber dans des mensonges.

Son persécuteur, le procureur Starr, doit maintenant remettre son rapport d'enquête à la Chambre des représentants qui appréciera les suites à donner, lesquelles peuvent déboucher sur la procédure dite d'*impeachment*. Tout cela risque de durer un an.

On a peine à croire qu'un président aussi populaire et pour d'aussi bonnes raisons — la prospérité du pays — puisse être ainsi éjecté de son fauteuil... par l'acharnement d'un ennemi politique haineux, aux pouvoirs exorbitants. Et qu'elle est donc antipathique, cette fille qui dépose aujourd'hui contre lui avant de vendre ses mémoires pour quelques millions de dollars !

La physionomie de Bill Clinton est assurément très détériorée maintenant. Mais, s'il était « empêché », c'est l'Amérique entière qui se couvrirait de ridicule.

Vendredi 21 août

Passé vingt-quatre heures à Berlin, invitée par Action pour plus de démocratie, association qui soutient Schröder, pour parler en sa présence de ce que devrait être une politique culturelle en Europe. Étant donné le ton que prennent les interventions des Allemands — les plus nombreux, nous étions peu de Français —, je crois devoir préciser que je ne suis pas une militante socialiste. Je ne me suis jamais laissé « récupérer » par personne. Ce n'est pas M. Schröder, dont les beaux yeux font défaillir les Allemandes, qui commencera.

Mais une politique pour une culture européenne, j'y crois ; j'ai essayé de dire pourquoi et ce qu'elle devrait être.

L'ensemble des interventions fut intéressant. Je ne rencontre jamais d'Allemands. Je les ai donc écoutés avec la plus vive attention. L'assemblée était composée de supporters de Schröder, qui semble avoir de bonnes chances d'être chancelier. Mais, à travers d'autres contacts, j'ai eu le sentiment que les Allemands n'avaient pas une folle envie de voir les socialistes accéder au pouvoir. Ce qu'ils veulent, c'est en finir avec Kohl. Formidable ingratitude des peuples envers leurs grands hommes... Mais ce n'est pas joué.

Michel Tournier me raconte que Kohl est devenu si gros qu'il ne voit plus ses pieds ; il ne peut plus lacer ses chaussures et ne porte plus que des mocassins.

Mardi 25 août

Quelques jours à Saint-Jean-de-Luz chez les Decaux qui ont loué là-bas pour un mois d'été. Je me prépare à faire le lézard au bord de la mer déchaînée, mais un petit accident de santé affecte Alain, consécutif à sa lourde opération du cœur. SAMU. Angoisse. Il faut l'hospitaliser à Bayonne. Il se rétablit. Mais ses médecins habituels, consultés par portable, conseillent de le ramener à Paris. Je l'accompagnerai pendant que Micheline remontera sa voiture. Dans l'avion, il est très bien, souriant, calme ; c'est moi qui ne le suis pas vraiment ! Enfin, je le remets en mains sûres à l'hôpital.

Je l'aime tendrement, Alain Decaux.

Ces journées ont été éprouvantes.

Au milieu de ces péripéties, glissé une visite au fameux musée Guggenheim de Bilbao. Extraordinaire réalisation. De l'extérieur, un objet gigantesque, hérissé, incohérent, que l'œil ne peut embrasser. À l'intérieur, une occupation de l'espace admirable, harmonieuse, intelligente. Le contenu attendu : des toiles immenses, à la taille des cimaises — Warhol, Rauschenberg, Stella, une salle entière de Clemente, une autre de Frankhalter, mais surtout une somptueuse exposition temporaire de cinq mille ans d'art chinois, quelle beauté !

Une pièce nous a beaucoup intrigués : un bronze. Un taureau en bronze, vu de profil, le flanc ouvert ; dans ce flanc, un petit taureau de face, et, sur la queue du grand taureau, ramassé, un tigre. Il doit y avoir là quelque chose de symbolique, mais quoi ? Pas la moindre explication.

Mercredi 26 août

Paris a mis sa robe d'automne. Quelle tristesse que l'été soit si court, et quelle banalité de le dire... Mais je suis toujours excessivement affectée par les variations et la couleur du ciel. De surcroît, une méchante sciatique me laboure d'une douleur aiguë. Où trouver un médecin, en août, capable de faire une infiltration ?

Jeudi 27 août

Une vilaine histoire, celle des emplois fictifs à la mairie de Paris du temps de Chirac. Mais qu'est-ce qu'ils faisaient donc, tous ces gens, cette petite foule payée par des employeurs privés pour être mise à la disposition du RPR ? Et ce, pendant des années !

Alain Juppé a été mis en examen. Sa réaction : « J'assume mes responsabilités. » On ne voit pas bien ce qu'il pourrait faire d'autre. Les constitutionnalistes glosent pour savoir si Chirac lui-même ne pourrait pas être inquiété... Qui pourrait le souhaiter ? Pas moi, en tout cas.

Tout cela est détestable.

Vendredi 28 août

Situation catastrophique en Russie. Le pays en état de banqueroute. Apparemment incapable de mettre en œuvre les réformes à défaut desquelles il ne recevra pas d'aide internationale. Les plus grosses entreprises ne paient pas d'impôts dans cet étrange pays. Elles ont manigancé cela avec les précédents gouvernements. Ruiner l'État pour s'enrichir, belle prouesse ! Le rouble est en chute libre. Les gens piétinent à la porte des banques pour retirer leur épargne. Les créanciers de la Russie savent qu'ils ne seront pas payés. En Occident, les Bourses du monde entier ont plongé.

Minikrach sans véritables raisons, mais parce que, partout, la débâcle russe inquiète. Alors on vend ses actions. Et voici que l'Amérique latine entre dans la danse.

On annonçait ce matin la démission imminente de Boris Eltsine, mais il semble que cet apprenti sorcier du capitalisme s'accroche au pouvoir dont il a si mal usé...

Étonnante prestation de Eltsine à la télévision russe. Il ne démissionnera pas, parce que ce n'est pas dans son caractère, dit-il. C'était le dernier espoir des Occidentaux. Mais il n'arrive pas à imposer le Premier ministre de son choix, récusé par la Douma. Les communistes lui tiennent la dragée haute, sans savoir d'ailleurs ce qu'ils veulent. La suite est imprévisible.

La croissance économique semble partout compromise, y compris aux États-Unis. Le feu, qui a pris en Asie, se propage à travers le monde. Il y a longtemps qu'on attendait une catastrophe de ce genre. Mais personne n'avait prévu quels en seraient les détonateurs.

SEPTEMBRE

Mardi 1ᵉʳ septembre

Mieux vaut se faire opérer à Chartres qu'à Noyon si on ne veut pas y laisser sa peau. Cela fait partie de ce flot de nouvelles sinistres qui se déversent tous les jours. Ici, il s'agit d'une enquête réalisée par le magazine *Science et avenir* qui fait grand bruit et à la diffusion de laquelle le ministère de la Santé ne serait pas étranger. En bref, 80 hôpitaux seulement sur 512 seraient sûrs pour s'y faire opérer. Ailleurs, on meurt énormément :

« Le risque de mourir d'une opération courante varie de un à vingt entre deux hôpitaux distants seulement de quelques kilomètres ; on maintient ouverts des services de chirurgie qui n'opèrent quasiment plus (parce que chaque petite ville veut "son" hôpital), on laisse opérer des chirurgiens sous-entraînés... »

L'enquête concerne pour l'essentiel l'orthopédie, l'urologie, la chirurgie digestive et la chirurgie cardiaque. Son sérieux n'est pas contesté.

Jeudi 3 septembre

Jean-Pierre Chevènement est dans le coma. La nouvelle fuse sur les radios du matin et laisse assommé. Avant d'être opéré de la vésicule biliaire au Val-de-

Grâce, il a subi une anesthésie classique dont l'un des composés, le curare, a provoqué un choc allergique. Comment une telle allergie n'est-elle pas détectable à temps, c'est incompréhensible pour le profane. Toujours est-il que son cœur se serait arrêté pendant une heure et que son cerveau s'est mis « en veille ». Tous les traitements possibles ont bien sûr été aussitôt appliqués. Mais il est trop tôt, ce matin, pour dire dans quel état il sortira de ce coma, s'il en sort.

Une grande émotion entoure ce drame si brusque, frappant un homme dont la stature originale est estimée. Que nous sommes donc précaires, les uns et les autres !

L'agitation continue dans le Landernau intellectuel, autour de Pierre Bourdieu. Une historienne, Jeanine Verdès-Leroux, fait un recensement au vitriol de son œuvre de sociologue en disant : « Il me fait rire... » Rire, elle est bien la seule, mais elle fait du bruit.

Bourdieu publie *La Domination masculine*, ouvrage ardu où l'on trouve en particulier un développement sur la jupe, instrument d'entrave, les mouvements qu'elle commande, etc. Ce n'est pas faux. Simplement, 75 % des femmes de tous âges et de toutes conditions portent le pantalon depuis qu'un libérateur inspiré, Yves Saint Laurent, l'a imposé dans leur vestiaire, et non pas « une jeune femme de temps en temps », comme l'écrit Bourdieu. Il doit être aveugle aux femmes. On avait déjà cru le remarquer.

Lundi 7 septembre

Un moment de découragement. Peut-être est-ce l'effet de la douleur qui me lancine, nerf sciatique coincé. Rien ne parvient à la suspendre ne fût-ce qu'une heure. Envie de rien, et surtout pas de regarder la télévision, ce que je devrais cependant faire pour l'*Obs*. Cette chronique, que je tiens avec plaisir depuis tant d'années et à laquelle je donne tous mes soins, me vaut quelquefois des lettres saugrenues de lecteurs de droite qui, curieusement, lisent ce journal. Il ne peut que les irriter, bien que son expression soit fort modérée... J'ai l'impression d'agir comme un acide sur certains épidermes. Bon, cela vaut mieux que de ne pas agir du tout. Mais que la misogynie affleure vite ! Car, bien sûr, si je « pense mal », c'est parce que je suis une femme...

Remis le manuscrit des *Françaises* à mon éditeur. Pas encore de réaction, et, tout à coup, je la redoute. Est-ce que ce gros travail d'enquête est cohérent, assez nourri pour n'être pas superficiel, judicieux dans ses conclusions ? J'aperçois soudain tout ce qui lui manque. Ce voyage à travers les Françaises d'hier et d'aujourd'hui m'a beaucoup appris, j'ai vérifié des intuitions, déposé des préjugés, anticipé l'avenir aussi. Mais je ne sais plus où j'en suis et s'il ne me faut pas tout reprendre de zéro, à part les chiffres qui sont têtus. Les ai-je bien interprétés ?

C'est toujours angoissant d'écrire un livre, de pétrifier quelque chose qui va vous échapper. Là, franchement, je ne suis pas bien.

Mardi 8 septembre

Biographie de Marguerite Duras par Laure Adler. C'est intelligent, sensible, pénétrant sur cette étrange folle toujours à la lisière du dérèglement de l'esprit, quand elle n'y sombre pas, insupportable et de bout en bout pathétique, menteuse, perverse, alcoolique, courant si longtemps derrière la reconnaissance de ce qu'elle appelait en toute simplicité « mon génie », ivre du corps des hommes. Laure Adler décrit ses enfers et ses paradis comme il convient, avec une lucide compassion.

Lu aussi un tout petit livre qui fait jaser : *Un amour d'autrefois*, publié sous pseudonyme. Récit, par une femme, d'une liaison avec François Mitterrand, encore une. C'est fin, mélancolique. L'éditeur me raconte qu'on me l'attribue ! Allons bon... On ne prête qu'aux riches, comme on dit !

Lu enfin un roman peu plaisant qui excite les critiques : *Les Particules élémentaires*, de Michel Houellebecq. Je n'en aime ni l'esprit, réactionnaire, ni le style, lâche, ni le propos, racoleur, mais il se peut qu'il récolte un prix.

Mercredi 9 septembre

Agitation indécente autour de Jean-Pierre Chevènement dans la presse. Cet homme se débat entre la vie et la mort, son cerveau est peut-être inexorablement lésé, et qu'inspire ce drame épouvantable ? Des récriminations sur le manque de « transparence » des informations concernant les conditions de la fatale anesthésie. Chacun se fait spécialiste, procureur, pérore, exige... Ne peut-on avoir un minimum de respect pour sa femme qui endure cette épreuve et désire formellement un minimum de commentaires ?

Les journalistes français sont en train de devenir pires que les Américains, à se poser en chevaliers de la vérité. Il y a des jours où l'on n'est pas fier d'appartenir à cette corporation qui, selon le mot de Jean Lacouture, « file un mauvais coton ».

Première réunion du Femina avec une nouvelle venue, Danièle Sallenave, dont la présence honore le jury. Il s'agit de choisir, au terme de débats qui dureront pendant trois séances, un roman français, un roman étranger et un essai. Peut-être un « premier roman ». Impression générale après d'abondantes lectures : pas de chef-d'œuvre en vue, ni de révélation. Une cuvée féminine qui n'est pas médiocre, enfin pas toujours, et qui a parfois un ton un peu neuf.

La passion n'a pas encore fait son entrée dans la discussion.

Vendredi 11 septembre

Je vais, à cloche-pied, de praticien en praticien, d'infiltration en acupuncteur, de radiologue en IRM, en quête d'un diagnostic et de remèdes qui m'arracheront à la douleur. Peut-on se suicider pour s'y soustraire ? Je le pourrais très bien si je disposais d'une pilule libératrice. Je ne me suis que trop éternisée en ce monde. Mais je n'en dispose pas.

Je ne sais pas bien ce qu'est la *techno*. Une nouvelle musique électronique, semble-t-il, sans instruments, où brille un Français. Elle enivre la jeunesse et fera l'objet d'une gigantesque parade dans les rues de Paris, un prochain dimanche... Si j'en avais le cœur, j'irais voir ça. Par curiosité.

C'est important, la musique... La seule chose qui fédère les jeunes gens. Une sorte d'espéranto.

Une petite chatte exquise, Ondine, entre dans ma vie, cadeau de trois amies affectueuses qui l'ont commandée pour moi à un éleveur d'abyssins, parce qu'elles trouvaient triste ma maison sans chat.

Une bête de luxe, en somme, gris-bleu, d'une grâce infinie. Il me reste à l'apprivoiser doucement... Allez-vous m'aimer, Ondine ?

Samedi 12 septembre

Voici le vaste monde d'Internet penché, en ce week-end, sur la braguette de Bill Clinton. À quoi jouait-il avec cette salope de Monica — salope parce qu'elle a tout raconté par le menu ? Jour après jour, la relation minutieuse de leurs échanges s'étale sur des dizaines de pages où on a l'impression que des greffiers libidineux se masturbent sur leur papier. On ne sait ce qu'il y a de plus odieux : le rapport, sa rédaction, sa diffusion, ou l'intérêt que tout le monde y a pris, moi y compris, dans un va-et-vient entre l'écœurement et la curiosité.

Drôle de lecture à faire en famille. Dis, maman, c'est quoi la fellation ?

La diffusion mondiale et instantanée de ce document sans précédent avait pour objet d'étaler les mœurs de ce président trop porté sur la chose pour s'en priver, fût-ce dans le bureau ovale de la Maison Blanche, et pour soulever l'indignation de l'opinion américaine... Ça n'a pas marché. Elle a comme une idée que ce qui se passe entre deux adultes consentants ne la regarde pas vraiment. La majorité continue pour l'heure à soutenir Clinton, qui va en gémissant : « J'ai péché... » Les évêques catholiques recommandent le pardon.

Serait-ce que, dans leur ensemble, les Américains sont moins bornés qu'on ne le croit, moins corsetés dans leur hypocrisie, moins affolés par le sexe ? En tout cas, l'épreuve qu'ils subissent est humiliante : voir leur président déculotté sur la scène du monde.

Lundi 14 septembre

Tourbillon des places boursières, turbulences partout ; il semble que nous soyons entrés dans la spirale de l'une de ces grandes crises mondiales qui ravagent les économies et sèment le malheur.

À Paris, événement sans précédent : un titre très coté, Alcatel, perd 40 % de sa valeur en une séance — 70 milliards s'en vont ainsi en fumée ! Là, ce sont des actionnaires américains qui se sont fâchés contre le PDG du groupe, accusé d'être un tricheur ou un incapable. Tricheur, car il aurait retardé l'annonce d'une baisse des bénéfices ; ou incapable, parce qu'il n'a pas su la prévoir. L'étonnant, c'est la brutalité de la réaction qui a entraîné toutes les Bourses. Elle témoigne de ce qu'on appelle la « nervosité » des marchés.

Les Bourses ne traduisent pas l'état des économies, mais la psychologie des investisseurs. C'est pourquoi les pronostics sont toujours hasardeux. Personne n'a un cerveau tel qu'il puisse anticiper le déroulement de processus qui mettent en jeu autant de paramètres. Les économistes professionnels se fourvoient régulièrement. Deux pontes, prix Nobel, viennent encore de prendre une claque à New York.

Mais peut-on se boucher les oreilles quand le président du FMI annonce le déclin de la croissance dans le monde ? On le peut. En 1997, alors que débutait la crise asiatique, le même déclarait que le prochain pays à risque serait... la Turquie !

Tout de même... Au moment où nous sortions la tête de l'eau, où nous commencions à renouer avec la confiance, allons-nous être tirés vers le bas par le Japon et demain le Brésil ?

On enrage. Et on tremble.

Jeudi 17 septembre

Le PACS, ce projet de loi qui donnerait une légitimité aux couples non mariés, qu'ils soient hétéro- ou homosexuels, soulève des réactions passionnelles. Coup de poignard donné à la famille, au mariage ? Plutôt reconnaissance de l'état de la société : 4,2 millions de femmes et d'hommes vivent en union libre, 15 % des enfants nés en 1995 avaient des parents non mariés. Mais on dira que, s'ils ont envie d'être « légitimés », rien ne leur interdit de passer devant le maire. Les couples d'homosexuels, eux, n'ont pas été dénombrés, mais on sait qu'il y a chez eux beaucoup de souffrances, faute de statut. Il n'est pas question, pour eux, de « mariage », ni de leur permettre l'adoption d'un enfant.

Adversaires et supporters de la loi s'affrontent sur toutes les chaînes. L'Eglise s'en mêle... Il y a des arguments des deux côtés, mais, sous un discours rationnel, les plus hostiles montrent une résistance qui plonge manifestement ses racines dans le plus obscur de la conscience.

Vendredi 18 septembre

L'ACF publie aux PUF un livre dont nous sommes tous fiers, parce que toute l'équipe y a contribué : *Géo-*

politique de la faim, un rapport consistant, complet, clair, sur l'un des grands scandales du siècle : la persistance des famines. C'est qu'elles ont rarement des causes naturelles. La faim causée délibérément est devenue une arme politique dans les guerres civiles.

Je me souviens de l'ACF à ses débuts, il y a vingt ans : une poignée d'amateurs indignés qui voulaient « faire quelque chose »... Aujourd'hui, cette organisation rodée, rapide, efficace, de réputation internationale, est partout présente sur le terrain.

D'une entreprise, on dirait qu'elle a réussi. Mais ce n'est pas une entreprise. Pour beaucoup de ceux qui y participent, c'est un apostolat. Ils vous réconcilient avec l'espèce humaine, cette espèce capable de tout, mais de cela aussi.

Elle arrive, elle circule au marché noir : c'est la petite pilule bleue nommée Viagra qui met les pénis défaillants en état d'érection. Voici sa vente autorisée sur ordonnance. Elle suscite déjà une convoitise qui laisse perplexe par son ampleur. Cela va si mal que ça ?

Samedi 19 septembre

Tous les jours, la tour Eiffel affiche un chiffre, celui du nombre de jours qui nous séparent de l'an 2000. Initiative imbécile. Le temps fuit et chaque jour évanoui rapproche chacun de nous de l'heure de sa mort. Faut-il vraiment le seriner aux populations ?

Une authentique catastrophe peut accompagner le tournant du siècle pendant que les gens le célébreront au champagne. Tous les ordinateurs du monde risquent d'être bloqués parce que le millésime 2000 ne leur a pas été intégré. Pour eux, après le 31 décembre 1999, viendra le 1er janvier 1900. Personne n'y a pensé. Et que ne commandent pas aujourd'hui des ordinateurs ?

Depuis que quelqu'un s'en est aperçu, des armées de techniciens frénétiques fouillent leurs entrailles pour les mettre à jour, mais beaucoup de petites entreprises n'en sont pas encore là. Personne, aucun auteur de science-fiction n'a jamais imaginé cette chose inimaginable : l'immense foule des ordinateurs se croisant les bras et narguant les hommes.

Mardi 22 septembre

CNN diffuse depuis deux heures l'audition de Clinton par la commission d'enquête ; j'y jette un coup d'œil de temps en temps. C'est la curée. Il est là comme un animal blessé perdant son sang. L'Amérique souillée... Le spectacle donnerait la nausée, même si c'était un monstre. Et ce n'est qu'un homme dans toute sa faiblesse... On a envie de le sermonner, de lui tirer les oreilles : dans quel pétrin s'est-il fourré ? Mais le procureur Starr veut le tuer. Lui couper la tête. Celle du président des États-Unis. C'est un procès politique auquel on assiste. Le sexe n'est qu'un prétexte dont un homme au pouvoir exorbitant a su se saisir, déshonorant ainsi son pays. Ce que l'on entend est insupportable. On a honte pour l'Amérique, pour sa presse drapée dans la vertu (!) qui enfonce déjà les clous du cercueil. Quand on pense qu'en d'autres temps on a admiré la presse américaine. Des chiens qui ont perdu le respect d'eux-mêmes ! Je médite sur cette décadence, largement provoquée par la concurrence d'Internet qui diffuse n'importe quoi, lorsque tombe la nouvelle : non seulement ces heures d'agonie n'ont pas assassiné Clinton, mais les sondages confirment que, dans sa grande majorité, le peuple américain veut le garder.

Je m'en moque, de Clinton ; ce n'est pas mon président. Mais cela me fait énormément plaisir.

Bonnes nouvelles de Jean-Pierre Chevènement. Il entend, il lit, il communique. On ne sait pas encore si ce long coma a laissé des séquelles.

Jeudi 24 septembre

Martine Aubry planche à la Fondation Saint-Simon. Elle est parfaite. Une sourde campagne se dessine contre elle pour dénoncer son « autoritarisme », son « mauvais caractère ». Elle n'est sûrement pas facile. Mais quoi ! C'est une femme d'État, pas une potiche dans le gouvernement.

Vendredi 25 septembre

Déjeuner avec Nicole Notat et trois de ses collaboratrices. Je souhaitais vérifier auprès d'elles, qui connaissent bien les femmes exerçant des « professions intermédiaires », comme on dit dans le jargon sociologique, mes informations et mes intuitions.

Une surprise : elles me disent que la moitié des syndiqués à la CFDT sont des femmes. Au cours de mon enquête pour *Les Françaises*, je n'avais enregistré qu'indifférence à la vie syndicale... Mais, là comme ailleurs, elles ont encore du mal à jouer un rôle de premier plan.

Deux heures avec la télévision canadienne qui prépare un ambitieux programme sur l'histoire de la création dans le millénaire. La moindre des choses. Je fais appel à toutes mes connaissances pour ne pas dire de bêtises. Cervantès est-il bien mort la même année que Shakespeare ? Mozart a-t-il bien laissé inachevée la *Grand-Messe en ut mineur* ? Un vrai casse-gueule, cette émission...

Samedi 26 septembre

Je croyais qu'elle avait renoncé à me torturer, mais, hier, j'ai dû marcher, et la voilà de retour. Damnée sciatique !

Lundi 28 septembre

L'Allemagne a changé de pied. La voici avec un chancelier social-démocrate, Gerhard Schröder. Le géant pacifique qui l'incarnait depuis seize ans, Helmut Kohl, a été renvoyé dans ses foyers. Il se peut qu'en France on ait à le regretter, ce loyal partenaire, mais, pour l'heure, personne ne sait qui est Gerhard Schröder ni ce qu'il a dans la tête. Pendant sa campagne, il a dit tout et son contraire ; il a même inventé une posture politique inédite, le « nouveau centre », et on ne sait pas encore avec qui il gouvernera, les Verts ou la droite. L'homme est habile, assurément. Il est jeune — cinquante-quatre ans —, c'est un fils du peuple, sa mère l'a élevé en faisant des ménages. On le décrit toujours comme ambitieux. Il va de soi qu'on ne devient pas chancelier d'Allemagne sans être ambitieux. On ne devient rien, d'ailleurs. Je l'ai vu, le mois dernier, à Berlin. Il est assez beau, avec un regard bleu qui a tourneboulé les Allemandes, une présence forte. Il s'est marié quatre fois, ce qui n'est pas d'un homme timoré, et il a devant lui des problèmes énormes : le chômage, d'abord, qui régresse à peine ; la charge gigantesque que la réunification fait peser sur l'Allemagne de l'Ouest (500 milliards par an) ; et puis le casse-tête des retraites, qui est aussi criant qu'en France, avec une natalité sensiblement plus basse. On compte sur les travailleurs étrangers — qui sont sept millions — pour combler ce déficit-là. Enfin, l'Europe, au sujet de laquelle il assure n'avoir que de bonnes intentions, auxquelles on ne demande qu'à croire.

En tout cas, il faut lui faire crédit. C'est lui, le patron, maintenant.

Élections législatives à Toulon : la candidate socialiste l'a emporté sur la candidate lepéniste, confirmant son précédent succès qui avait été invalidé. La droite classique s'est effondrée.

Mardi 29 septembre

Ce n'est pas encore officiel, mais il semble que Schröder fera entrer les Verts dans son gouvernement, et pas à des postes mineurs. Pour le moment, il négocie.

Ils se sont beaucoup calmés, les Verts allemands, après un bon lot d'extravagances. Ils ont réfléchi. Ils ont travaillé. Leur ennemi numéro un : le nucléaire, qu'ils voudraient éradiquer complètement. Ce qui n'est pas une mince affaire.

Je n'arrive pas à m'intéresser aux élections sénatoriales. De toute façon, c'est une assemblée ancrée à droite de par la composition de son électorat. Elle l'a toujours été. C'est le Sénat qui a empêché pendant de si longues années que le droit de vote soit accordé aux Françaises, pour ne donner que cet exemple. Clemenceau voulait supprimer le Sénat. Il n'a pas été suivi... et il est devenu sur le tard sénateur ! De Gaulle a voulu sa refonte... et il a été battu.

Le Sénat est increvable.

Salman Rushdie est-il tiré d'affaire ? Pas encore tout à fait, mais le gouvernement iranien affirme aujourd'hui se désolidariser de la Fondation qui avait mis la tête de Rushdie à prix (2,5 millions de dollars pour qui l'assassinerait). C'est un grand pas. Nombreux sont ceux qui prétendent qu'une *fatwa* ne peut être abrogée que par celui qui l'a prononcée. Or celui-ci, le doux Khomeyni, est mort. Même sans dollars à la clé, il peut toujours y avoir un fanatique, en Grande-Bretagne, par exemple, où ils ne manquent pas, pour se jeter sur Rushdie, surtout si la surveillance dont l'entoure Scotland Yard vient à se relâcher. La vie de cet homme, depuis dix ans, est un enfer qu'il a supporté avec une dignité et un courage remarquables, escorté dans tous ses gestes, dans le moindre de ses déplacements, par une escouade de policiers, séparé de son fils qu'il adore.

« Il y a deux puissances dans le monde, disait Napoléon à Fontanes : le sabre et l'esprit. À la fin, c'est toujours l'esprit qui gagne. » Puisse-t-il cette fois encore avoir gagné !

Mercredi 30 septembre

Florence Rey, la frêle jeune fille qui avait participé au meurtre de deux policiers et d'un chauffeur dans une folle équipée, a écopé de vingt ans de prison. Aucun tribunal ne pouvait l'acquitter, cette pauvre petite tueuse d'occasion. Mais il est clair que son crime est d'avoir été amoureuse d'un garçon à l'esprit déréglé. Pour l'éblouir — elle serait aussi bien entrée au couvent —, elle a tué.

OCTOBRE

Dimanche 4 octobre

Obligée de suspendre ces notes. De cortisone en anti-inflammatoires variés, je ne tiens plus debout, ni d'ailleurs assise. Douleur insupportable qui cède un peu quand je suis allongée. Un peu...

Me suis forcée, vendredi, pour aller entendre *Don Carlos* à l'Opéra. J'ai déjà raté la rétrospective d'Alechinsky, mon cher Alechinsky, au Jeu de paume, et l'exposition Gustave Moreau ; vais-je m'abrutir complètement ? *Don Carlos* est un peu répétitif ; là il se copie, Verdi ; mais beau, funèbre, bien chanté. À la fin, pourtant, j'ai craqué : vite, mon lit, un cachet, dormir...

Lundi 12 octobre

Cette fois, je suis inquiète. Vais-je être condamnée à l'invalidité ? Le spécialiste venu me voir évoque la perspective d'une opération. Je ne veux pas d'opération. À mon âge, cela n'a aucun sens. J'ai fait mon temps. Abréger mes jours, s'ils ne doivent être que souffrance et humiliation de mon corps, c'est tout ce que je demande.

Pas la force d'aller plus loin aujourd'hui.

En prenant connaissance des informations — crise financière, menace d'intervention au Kosovo, couac du PACS à l'Assemblée, grève des lycéens —, je pense à la phrase d'Henri Michaux : « Celui qui a une aiguille dans l'œil se moque de l'avenir de la marine britannique. »

C'est à peu près ma situation.

Le courrier s'entasse. Je renonce à y répondre.

Mercredi 14 octobre

Les jours coulent et se ressemblent, tissés de douleur. Au prix d'un effort intense et de quelques calmants, j'écris un article promis au *Monde* sur le livre de Laurent Greilsamer, *Le Prince foudroyé*, histoire de Nicolas de Staël. Rien de plus difficile que d'évoquer un peintre et son œuvre sans tomber dans le cliché et le jargon. Greilsamer s'en acquitte avec délicatesse, d'une plume légère.

D'où ça vient, l'art d'un grand peintre, de quelle région obscure de sa mémoire, de quelles émotions enfouies, de quelle lutte physique avec la matière, la couleur, l'ombre, la lumière ? Mystère de la création que Greilsamer tente d'élucider dans son excellente fresque sur le Paris des arts dans les années 1940-1950...

C'est un bon livre. Mais l'effort d'écrire me laisse anéantie, avec des coups de poignard dans le dos. Cassée, je suis. Bonne à jeter aux chiens.

Mercredi 21 octobre

J'émerge, délivrée du gros de la souffrance après un traitement de choc, l'esprit embrumé par les drogues.

Étrange semaine de méditation sur le sens de la vie, le sens de la mort, le Bien et le Mal. De quoi ai-je été punie ? Les animaux ne commettent pas de péchés, et ils souffrent. Toute cette histoire de péché, *out !*

Eu le temps de lire, beaucoup, de vrais livres. Nous sommes à la fin d'un âge de l'Histoire, au seuil d'un nouvel âge, c'est ce qui ressort de toute réflexion. Les dieux se retirent. Peut-être reviendront-ils. L'Histoire n'a pas un cours linéaire, progressif, caractérisé par le passage d'une civilisation à une autre. La prochaine sera celle de l'énergie cosmique libérée par la technique moderne...

Mais qu'est-ce que je raconte ? De la bouillie de Spengler assaisonnée de Junger. Je m'égare dans la cortisone.

Dans un ouvrage d'Henri de Lumley, directeur du musée de l'Homme, l'auteur rappelle qu'il y a quatre-vingt ou cent mille ans les neandertaliens ont inventé la sépulture. Pour la première fois, des hommes ont enterré leurs morts au milieu d'offrandes déposées dans la fosse, qui témoignaient sans doute d'une croyance en la vie future, d'un sentiment religieux. « C'est avec l'homme de Neandertal que naît l'angoisse métaphysique du néant qui conduit à nier la mort et à imaginer un autre monde où les êtres poursuivent leur chemin », écrit Lumley.

Vendredi 23 octobre

À demi ressuscitée, mais toujours allongée, je m'échauffe l'esprit sur Casanova. Philippe Sollers consacre à ses mémoires un petit livre brillant, comme tout ce qu'il fait, dont il parle sur toutes les ondes et qui me donne de l'urticaire. Cela s'intitule *Casanova l'admirable*. Sollers n'est que le dernier des commentateurs du libertin à avoir lu ses mémoires en aveugle. Mais quelle est donc cette fascination que le séducteur exerce sur l'imagination des hommes ? et depuis si longtemps ? et tout autour de la Terre ? Comme s'il condensait un rêve : être le champion du monde des amants. Performances fabuleuses ? Même pas. Avoir possédé cent ou peut-être cent vingt femmes entre quatorze et soixante-dix ans, cela relève d'un bon tempérament, mais ne fait même pas une femme par semaine. Des Casanovas de banlieue font mieux. Non, ce qui captive, s'agissant de Casanova, c'est son « insolente liberté », selon l'expression de Félicien Marceau. Sa désinvolture, son bonheur de vivre, son absence totale de culpabilité. Il prend, il jouit, il laisse, persuadé qu'il n'a fait que des heureuses, vierges déflorées ou matrones expertes qui vivront désormais en le bénissant. C'est ce que, devenu vieux, frustré et se mourant d'ennui, il raconte en quatre mille pages piquantes, devenues la bible de Philippe Sollers, son porte-drapeau.

Quand donc lira-t-on ces mémoires en essayant de voir leur avers ? Heureuses, ces religieuses sodomisées, ces adolescentes engrossées, ces vieilles femmes grugées, ces matrones délaissées, ces catins rétribuées, ces amoureuses d'un soir refilées à qui voudra bien les prendre, ces ouvrières tringlées à la chaîne — le jour, elles tissaient dans ses usines ? Attendait-il seulement leur plaisir ? Rien ne le dit. Peut-être n'était-il pas manchot, mais il ne serait pas le premier à avoir pris quelques trémoussements pour de l'extase. Pourquoi lui cédaient-elles sans barguigner ? C'était la mode du siècle. On baisait. Sans doute troublait-il leur chair. Il était grand avec une belle gueule, il avait un bagout d'enfer, il était câlin, il avait de la conversation. Elles n'étaient pas accoutumées à ce qu'on leur parle en les caressant. Lui parlait énormément. Il aimait la compagnie des femmes, et nul doute qu'à un moment ou à un autre elles ont aimé la sienne, ce cas qu'il paraissait faire d'elles jusqu'à ce qu'il passât à la suivante, laissant parfois la vérole en cadeau d'adieu. Et alors, que font les délaissées ? Elles pleurent ? Nous ne le saurons jamais. Pas une lettre, pas un cri, pas un murmure n'en demeurent. Des pierres au fond d'un lac.

Les mémoires de Casanova n'ont qu'une face, la sienne. Il se regarde dans la glace, se trouve bel et bon de dispenser ainsi sa semence dans des lieux si charmants et déclare, enchanté de lui et d'alentour : « J'ai fait leur bonheur... » Et allez donc !

Je pourrais en écrire dix pages. D'ailleurs, je vais le faire, pour l'*Obs*. Quand les forces me seront revenues. Un farceur, ce Sollers...

Mercredi 28 octobre

La presse ne bruit que de Pinochet qui attend, piégé dans une clinique de Londres, de savoir ce que le gouvernement anglais va faire de lui. L'extrader, comme plusieurs pays le demandent : l'Espagne, la Suisse, qui voudraient le voir rendre compte de ses crimes devant un tribunal ? Ou le relâcher purement et simplement sous prétexte d'immunité diplomatique ? Libérer un Pinochet quand on l'a entre les mains, cela paraît inconcevable. Mais c'est un cadeau empoisonné dont Tony Blair a hérité là !

Au Chili, on se déchire sur le sujet.

Samedi 31 octobre

La Grande Bibliothèque est hors d'état de fonctionner. Pagaille grandiose dans le système informatique, fonctionnaires révoltés par les couloirs interminables qu'ils doivent arpenter, tout a pété.

Voilà beaucoup de millions dilapidés et une courte honte vis-à-vis des visiteurs étrangers, ceux qui se pressaient autrefois à la bonne vieille Bibliothèque nationale, dont il faut reconnaître qu'elle éclatait dans ses murs.

Alors on a vu grand. Grand et beau, du moins à l'intérieur. Mais grand et bête, c'est-à-dire non fonctionnel. Les livres sont à des kilomètres des utilisateurs. Les vices de conception du bâtiment et de ses tours ont été vivement dénoncés en cours de construction, mais sans effet. L'informatique, qui devrait permettre de désigner les ouvrages demandés, n'a pas été rodée, en sorte qu'elle est pratiquement inutilisable en l'état. De ce côté-là, ça s'arrangera. Un jour. Pour l'instant, on est en face d'un formidable flop.

Bons chiffres sur le chômage. Bons sondages sur l'état d'esprit des Français. La crise financière n'atteint pas l'optimisme des ménages, dont la consommation croît. Seuls les industriels sont réticents. Les carnets de commandes en provenance de l'extérieur fléchissent.

NOVEMBRE

Mardi 3 novembre

Le débat sur le PACS a commencé. Le gouvernement a mal joué. L'objet de ce pacte devait être avant tout de reconnaître un statut aux couples homosexuels de sorte qu'ils ne se trouvent pas dans des situations tragiques que le sida a révélées : chassés de leur appartement si le titulaire de l'engagement de location vient à décéder, pratiquement interdits d'héritage, etc. L'intention était juste et bonne. Là-dessus, par crainte des électeurs qui sont encore, en France, largement homophobes, on a étendu le texte de loi à tous les couples vivant en union libre, c'est-à-dire à plus de 4 millions de personnes, et élargi aux frères et sœurs qui cohabitent ! Façon de noyer le poisson. Mais ledit poisson est resté bien vivant, il a été complètement dénaturé par les commentaires véhéments qui ont dénoncé, dans le projet de loi, une atteinte à la famille et au mariage, fondement de la société, et une porte ouverte à l'autorisation d'adoption par les couples homosexuels.

On en est là. Alors qu'il eût été simple de disposer que le concubinage ne suppose pas que les intéressés soient de même sexe, et d'énoncer quelques règles pratiques concernant tous les couples vivant en union libre.

À problème mal posé, il est probable que l'Assemblée donnera une solution boiteuse.

Mercredi 4 novembre

Élections aux États-Unis : Bill Clinton, fortement aidé par sa femme, fait une remontée spectaculaire. Les électeurs ne lui ont pas tenu rigueur de ses écarts ; le parti démocrate, qui aurait dû, en bonne logique, perdre des sièges, en a gagné cinq. Jamais le divorce entre Washington, sa presse, son *establishment*, et le pays dans son ensemble, n'est apparu plus profond. Mais les républicains ne lâcheront pas Clinton.

Dans la série des catastrophes, l'Amérique centrale a été touchée par un cyclone qui a fait plus de 24 000 morts et plus de deux millions de réfugiés sans toit. Une véritable tragédie.

Jeudi 5 novembre

D'une phrase au cours d'un discours, Lionel Jospin a réintégré les mutins de 1917, fusillés, dans la communauté nationale. D'une phrase, Jacques Chirac s'en est offusqué. Il semble que, sur le sujet, le premier ait été plus en phase avec le pays.

Pour les gens de ma génération — il n'en reste plus des masses —, rien n'est oublié de la guerre de 14-18, « celle que je préfère », chantait Brassens, parce que leur enfance en a été bercée. Il y avait les morts de la famille, il y avait les rescapés qui racontaient Verdun ou le Chemin des Dames — « Les Allemands étaient là, nous on était là, le capitaine a dit », etc. —, il y avait l'oncle dont les poumons avaient été brûlés par l'ypérite.

Alors on est bêtement surpris que les jeunes gens ne sachent pas ce que la France célèbre le 11 novembre.

Peut-être est-ce mieux ainsi. Rien ne sert de ressasser un passé si lourd d'horreurs. Mais, quand j'entends les nationalistes d'aujourd'hui vitupérer les Américains, rien ne peut m'empêcher de me rappeler que, par deux fois au cours de ma vie, ils nous ont sauvés.

Dimanche 8 novembre

Prié par LCI, l'ambassadeur des États-Unis à Paris, Felix Rohatyn, est interrogé sur l'hostilité supposée de son pays envers la construction européenne. Il conteste et ajoute : « Dans vingt ans, l'Amérique et l'Europe représenteront ensemble 10 % de la population mondiale. Et vous voudriez que nous ne soyons pas solidaires ? »

Bonne réponse.

Lundi 9 novembre

Tous les « experts » se sont trompés sur l'évolution de l'économie mondiale avant ce qu'on appelle la « crise ». Mais la bonne tenue de l'économie américaine et des places financières sème à nouveau l'optimisme. Faut-il y croire ? Un ami banquier, bon analyste, me dit : « Si le Brésil ne craque pas, si le Japon remet à flot son système bancaire, si Moscou ne provoque pas une nouvelle panique sur les marchés, si, en Europe, les consommateurs continuent à consommer, s'il n'y a pas de contraction du crédit aux États-Unis, on pourra respirer. »

Cela fait beaucoup de « si ».

Les noms d'oiseaux volent, les injures tombent, parfois grossières : le spectacle qu'offre l'Assemblée dans ce débat sur le PACS est affligeant. Christine Boutin, qui se prend manifestement pour Jeanne d'Arc boutant les homosexuels hors de la conscience nationale, a tenu, non sans courage, la tribune pendant cinq heures. Cinq minutes ont été accordées à Roselyne Bachelot, pourtant députée RPR, pour défendre le projet de loi — non sans courage, elle aussi.

La « droite catho » a défilé hier dans Paris. « Nous étions cent trente mille », ont déclaré les organisateurs, extasiés par ce rassemblement. La préfecture en a décompté la moitié.

Foule pour assister au départ de la Route du rhum, hier. Les billets d'embarquement sur les vedettes autorisées à suivre la course se monnayaient jusqu'à mille francs au marché noir. Le fascinant, dans cette fascination, ce n'est pas que l'on se passionne pour les compétitions nautiques, c'est qu'il n'y a rien à voir, ni sur place ni à la télévision, qui en fait pourtant grand cas. N'importe ! On imagine.

Mercredi 11 novembre

Jean Marais est mort, paisiblement, à quatre-vingt-quatre ans. Celui qui fut un si beau jeune homme, dont rêvèrent les jeunes filles, avant de devenir un si beau vieillard, avait aussi la beauté du cœur. Elle était dans son regard d'enfant. Qui l'a connu l'a aimé, parce qu'il était impossible de faire autrement. Homosexuel, il a eu l'élégance de ne jamais s'en cacher, même si cela risquait d'être pénalisant pour un jeune premier. Long amour pour Jean Cocteau : il n'a jamais cessé de lui rendre grâces. Ce fut une belle histoire qui mérite respect.

Samedi 14 novembre

Le torchon brûle avec l'Irak pour des raisons qui me sont incompréhensibles. Et pas à moi seulement. L'attitude de Saddam Hussein, qui prend le risque d'une frappe aérienne s'il persiste à refuser l'inspection de ses stocks d'armes après y avoir souscrit il y a quelques mois, déconcerte les nations occidentales, alors que l'embargo fait tellement souffrir son pays. Et les nations arabes ne le suivent pas dans ses gesticulations. Explication d'un diplomate qui l'a pratiqué : « Saddam Hussein est bête. »

Il se peut.

Dimanche 15 novembre

Il semble que, devant la détermination américaine, Saddam ait mis les pouces. Le plus gros de la crise est passé.

Vendredi 20 novembre

Déclaration tonitruante de Michel Rocard dans *La Revue du droit public* : « Mitterrand n'était pas un honnête homme... » Suivent quelques autres gracieusetés sur « les attitudes politiques et financières non seulement du président, mais de son entourage proche », qui lui valent une volée de bois vert des socialistes.

Qu'est-ce qui lui a pris, à Michel Rocard, lui qui jubilait quand Mitterrand l'a fait Premier ministre ?

Faut-il qu'il ait accumulé de la rancœur, ensuite, et des humiliations... Triste, pour un homme si capable et si intelligent...

Deux livres sortent simultanément sur Jean Moulin. L'un est une biographie très élaborée de Pierre Péan. L'autre prétend donner la clé de la fameuse arrestation de Caluire et révéler que, juste avant d'être arrêté, Jean Moulin, apprenant que Roosevelt allait lâcher de Gaulle qui l'exaspérait, se préparait à donner au président américain la main sur la Résistance intérieure. Accessoirement : ce n'est pas René Hardy qui aurait livré Moulin à la Gestapo, mais un agent allemand qui l'avait filé...

On avait dénoncé un Jean Moulin sous-marin communiste, un Jean Moulin agent secret du KGB ; le voici traître à de Gaulle ! Quels drôles d'historiens que ces historiens-là... Acharnés à détruire la figure sublime d'un des rares véritables héros de notre temps. Il faudra un jour que quelqu'un dise pourquoi. En attendant, la thèse de Jean Moulin agent américain, invraisemblable, est vigoureusement démentie par Pierre Péan, documents à l'appui. Et il a fait ses preuves.

Mardi 24 novembre

À cinquante ans, Daniel Cohn-Bendit réussit une rentrée tonitruante sur la scène politique, où il sera la tête de liste des Verts pour les élections européennes. La presse est en extase devant ses prestations télévisées qui se multiplient. Même ceux qui, en Mai 68, avaient la tête sous leur couette s'émerveillent : quelle fraîcheur ! quelle jeunesse ! enfin un langage contemporain qui démode tous les autres !

Le fait est que le flamboyant rouquin a du talent. Mais il n'a pas attendu huit jours pour mettre la pagaille dans la gauche plurielle, pour pousser Dominique Voynet à la faute, pour indisposer Lionel Jospin qui a assez de problèmes comme ça sur les bras. Il ne lui manquait qu'un agitateur qui se déclare, sans rire, dans son camp !

Jeudi 26 novembre

On ne saurait prendre la Chambre des lords pour une officine révolutionnaire. Elle vient cependant de déclarer que la Grande-Bretagne, où le général Arturo Pinochet, 83 ans, est hospitalisé, doit lui refuser, vu ses crimes, l'immunité que ses avocats réclament. C'est maintenant au ministre de l'Intérieur d'en disposer. Mais le Chili semble au bord de l'explosion tant l'armée et une partie de la population — celle qui n'a pas souffert de lui — tiennent à leur Pinochet et se sentent offensées par son sort, tandis que l'autre partie — celle dont les fils, les frères, les maris sont morts torturés, sans sépulture — pleure de joie. Une affaire difficile à maîtriser pour les Anglais. C'est tout le principe d'un droit international habilité à incriminer des dictateurs aux mains sanglantes qui est en cause, en même temps que la paix civile au Chili.

Dimanche 29 novembre

Caroline, ma fille, pédopsychiatre, reçoit ses amis pour fêter sa Légion d'honneur. Son mari a la rosette. J'ai reçu l'an dernier la cravate. Elle a un mot assez drôle, dans son petit discours de remerciement à Bernard Kouchner qui l'a décorée : « Quand j'ai été proposée, étonnée, je me suis demandé si c'était héréditaire ou contagieux. »

Lundi 30 novembre

Mon amie Alix de Saint-André, experte en anges, auxquels elle vient de consacrer un livre à la fois humoristique et érudit, vient me chercher pour aller dîner. À l'instant où elle sonne, mon imprimante me lâche. Je lui demande de m'accorder quelques minutes pour voir si c'est grave. J'ai un article à faxer, urgent. Je m'affaire, elle aussi... Miracle, l'imprimante réagit. Sauvée !

« J'en étais sûre, me dit Alix, vous avez la bénédiction apostolique du pape.

— Qu'est-ce que vous racontez ?

— C'est très sérieux. J'ai vu le pape mercredi, parmi d'autres délégations. Il a donné à toutes sa bénédiction apostolique en précisant qu'elle concernait chacun des fidèles, mais aussi leur famille et leurs amis. »

Alix rit un peu, mais pas vraiment. En tout cas, mon imprimante marche.

DÉCEMBRE

Mercredi 2 décembre

« Marginale sur ces questions, outrancière dans ses propos. » Le Premier ministre a taillé un costume pour l'hiver à Christine Boutin, bouillante égérie de la droite dure. Elle a éclaté en sanglots et en imprécations. Ce fut pénible à voir, et un peu humiliant. Les femmes émotives devraient prendre un calmant avant d'aller jouer dans la cour des hommes.

La population mondiale augmentera moins vite qu'il n'était prévu, pour une bonne raison et une mauvaise. La bonne : les femmes des pays non développés ont moins d'enfants. La mauvaise : le sida fait des ravages en Afrique et en Asie — 30 millions de personnes seraient déjà atteintes en Afrique, beaucoup d'enfants qui mourront jeunes. Et l'épidémie ne peut que croître... L'Inde aussi est gravement touchée.

Ma nouvelle chatte, ravissante, me mène la vie dure. Elle se cache derrière mes livres. Comme il y en a dix mille chez moi, la retrouver devient un exploit. Du bout de sa patte, elle éparpille mes papiers, elle m'interdit de lire *Le Monde* en se couchant dessus, elle me réveille à six heures du matin en me léchant le nez... Pourquoi me suis-je remise en esclavage ?

Jeudi 3 décembre

Il fait froid, humide, venteux. Un temps à rester chez soi. Mais je dois aller à l'une des nombreuses manifestations qui commémorent la Déclaration des droits de l'homme. J'ai déjà donné en enregistrant le texte de l'un des articles de la Déclaration dans une série de trente émissions diffusées chaque soir sur la 2. Une bonne idée, bien réalisée. Mais cela ne me dispense pas d'autre chose. Partagée entre le devoir et le froid, je choisis le devoir. Une vieille habitude dont je ne guéris pas.

Vendredi 4 décembre

Aigreurs et sarcasmes pleuvent sur Lionel Jospin parce que la discussion sur le projet de loi concernant l'audiovisuel est remise *sine die*. C'est un sujet ultra-délicat, avec de gros enjeux, que la ministre en charge n'a pas bien maîtrisé et qu'il a donc fait remettre sur le métier.

Heurt aussi avec le président de la République, qui s'impatiente devant le retard pris par la réforme de la justice.

Il est vrai que Jospin donne le sentiment de patiner. Il faut dire que l'opposition l'y aide en menant à l'Assemblée une course de lenteur...

Plus largement, mesure-t-on ce que signifie « réformer » en France ? Quelqu'un a dit un jour : « Nous ne considérons pas que l'emploi d'un homme par un autre doive être la base définitive de la société française. »

C'est de Gaulle, et il a tôt conçu ce qu'on a appelé la participation. Il n'a jamais pu l'imposer, il n'a jamais pu réduire les résistances. De Gaulle ! Il en rêvait encore en 1969...

Quoi que l'on pense de la participation, c'est une autre question ; mais l'exemple donne à réfléchir...

Scandale dans la magistrature. Un magistrat de haut rang, Alain Terrail, appartenant à un syndicat minoritaire regroupant la droite de la droite judiciaire, a publié un article s'achevant sur ces mots : « Tant va Lévy au four qu'à la fin il se brûle. » Le Lévy qu'il visait est lui-même magistrat.

Les collègues d'Alain Terrail ont été horrifiés par ce brillant mot d'esprit. La ministre de la Justice a saisi l'organe disciplinaire. M. Terrail se dit tout étonné : Quoi ! On ne peut plus rire ?

Le ralentissement de la croissance économique est patent, le monde entier souffre. Les crises diverses produisent leur effet. Dominique Strauss-Kahn constate que « l'économie française traverse actuellement un trou d'air ». Les Allemands sont atteints dans leurs exportations. Mais DSK, dopé par une consommation intérieure soutenue, reste confiant.

La presse est féroce avec Catherine Trautmann, la ministre de la Culture, jugée responsable du cafouillage gouvernemental sur l'audiovisuel. L'ancien maire de Strasbourg est une femme capable et courageuse. Mais c'est une « erreur de casting » que de lui avoir confié cette réforme-là. Les milieux qui gravitent autour de la télévision, les intérêts énormes qui s'y concentrent et s'y opposent, la menace de voir les groupes français tomber entre les mains d'actionnaires étrangers, et bien d'autres choses encore, tout cela exige, pour en traiter, une vraie vision.

Se souvient-on comment, en 1974, Giscard a mis les chaînes publiques — il n'y en avait pas d'autres — sous la tutelle du gouvernement ? Avec quelle légèreté, plus tard, François Léotard, alors ministre de la Culture, a privatisé la première chaîne, TF1 ? Après quoi, il a baissé la redevance ! Se souvient-on avec quelle insouciance François Mitterrand a accordé de précieux privilèges à Canal + ? Et comment il a introduit Berlusconi dans la bergerie à travers une cinquième chaîne, malgré les réserves de Jack Lang ? Flop magistral, d'ailleurs.

Cela n'exonère pas Catherine Trautmann. Mais elle est en train de revoir sa copie. Faisons-lui crédit.

Dimanche 6 décembre

Mon amie Albina est offensée. *Match* a publié une photo de Caroline de Monaco à côté de son galant, le prince de je ne sais quoi. Or, il y avait quelqu'un entre eux deux : Albina, précisément. Mais la photo originale a été trafiquée de façon à la faire disparaître et à rapprocher les deux amoureux, qui ont ainsi l'air de se regarder... Voilà ce que c'est de fréquenter les Monaco, lui dis-je. Mais elle a une excuse : Caroline est sa cousine.

Lundi 7 décembre

Le petit — et grand — César s'est éteint. Il y a des années qu'il allait, avec courage et mélancolie, de cancer en cancer. Ce grand artiste, honoré aujourd'hui, est un cas. Il a toujours suscité l'hostilité des milieux artistiques où on lui reprochait vertement d'être « mondain » : injure suprême ! Il venait d'un quartier populaire de Marseille ; enfant, il remplissait des bouteilles de vin et les livrait ; il n'a jamais lu un livre. Son père était un pauvre Italien immigré. Il disait : « Je viens du bout du monde... » Pendant les treize années passées aux Beaux-Arts à patauger, il a vécu de rapines et de ruses. Il avait déjà trente-cinq ans lorsque la reconnaissance de sa virtuosité et de son originalité lui est venue par les riches collectionneurs qui ont été les premiers à célébrer son talent... et à le prier chez eux. Lui qui n'était rien est alors devenu ce qu'il n'avait jamais osé rêver devenir. Ébloui, il a commencé à aller partout où on l'invitait, à se montrer partout, personnage de la scène parisienne et internationale. L'ostracisme de ses critiques ne l'a pas empêché de gravir tous les échelons de la gloire et de la fortune : le Japon lui a accordé sa plus haute récompense, il a eu son pavillon à Venise. La France, elle, tardait à le reconnaître. Beaubourg ne l'a jamais exposé. Il disait : « Quoi que je fasse, on m'engueule ! »

Ce petit homme au regard triste et aux mains d'or, à l'air traqué de fils d'immigré, un peu pitre parfois, qui eut toujours peur de « manquer », est l'un des premiers à avoir saisi la prégnance de la technique sur son époque et à l'incorporer dans son œuvre. Une œuvre puissante, qui restera. Les sots passeront.

Mardi 8 décembre

Rififi au Front national. La bande à Le Pen contre la bande à Mégret. On a tiré les couteaux. Lequel de ces deux hommes est le pire ? C'est moins évident qu'on ne semble le croire. Sur le fond, ils se valent. C'est leur stratégie qui diffère. Un lieutenant de Le Pen a expliqué sérieusement, sur LCI, que le traître Mégret était instrumentalisé par la CIA au sein d'un immense complot auquel participent tous les médias pour nuire à Le Pen. Et, en plus, ils sont paranos ! Reste à voir à qui tout cela profitera. Il me semble que, ici et là, on se réjouit prématurément.

Jeudi 10 décembre

Dîner chez l'ambassadeur d'Israël en l'honneur de Leah Rabin, toujours belle avec ses yeux clairs dans son visage tragique. Assistance nombreuse, hétéroclite, qui parle essentiellement anglais. Je m'aperçois qu'à ne jamais en user, j'ai perdu mon vocabulaire. Agaçant. L'ambassadeur parle bien français, mais il n'aime pas la France et peine à le dissimuler sous des sourires. En Israël, c'est un dur, à la droite de la droite. Bizarre de l'avoir nommé à Paris... Une députée israélienne, socialiste, est là ; c'est l'ancien ministre de la Culture et de l'Éducation qui fit scandale il y a quelques années en affirmant que David était homosexuel ! Une forte femme, assurément.

« Je suis seul à mesurer mon usure au-delà de ce que j'essaie d'en laisser seulement paraître... » Une phrase de Georges Canguilhem que j'ai trouvée dans un petit livre en forme d'hommage à ce philosophe... Je la fais mienne.

Lundi 14 décembre

L'opposition voit la vie en rose. Chirac a pris la tête des troupes et entamé quasiment une campagne présidentielle ; Philippe Séguin a été brillamment élu président du RPR où seul Charles Pasqua joue les trouble-fête ; le FN se déchire et c'est bien le diable si une poignée de ses électeurs ne rallient pas la liste RPR aux européennes. Il y a toujours l'ex-UDF qui renâcle à faire liste commune, mais elle cédera peut-être aux sirènes de Séguin... Le petit Sarkozy se démène.

Y a-t-il un notable, une institution, un sport qui ne soient pas gangrenés par la corruption ? L'histoire du Comité international olympique, qui vient d'éclater, surgit comme le bouquet d'un feu d'artifice.

Une dizaine de membres du Comité exécutif du CIO auraient été achetés en contrepartie de sommes pharamineuses, de voitures de grand luxe, de cadeaux somptueux par les municipalités souhaitant accueillir les jeux Olympiques d'hiver ou d'été. Ainsi Salt Lake City, qui abritera les Jeux en 2002. Ainsi, probablement, Atlanta. D'autres encore. Le responsable de Sydney a révélé qu'il avait refusé des propositions dans ce sens, préférant que la ville soit éventuellement écartée.

Le lièvre a été soulevé par un membre à vie du Comité exécutif, Mark Holder, citoyen suisse. Le président du CIO est aux cent coups. L'enquête ne fait que commencer.

Mardi 15 décembre

Jean-Pierre Chevènement est ressuscité, intact. C'est épatant, et impressionnant. Il va, maintenant, avec l'auréole de Lazare...

Mercredi 16 décembre

La radio annonce qu'une attaque aérienne sur l'Irak est imminente. On a l'impression de revoir un vieux film.

Clinton, dont la situation se détériore de jour en jour, avait le choix : ou attaquer Bagdad et retarder ainsi le vote sur son *impeachment*, que l'on prévoit défavorable ; ou ne pas répondre aux provocations de Saddam Hussein et achever de se déconsidérer aux yeux de son peuple. Il a choisi d'attaquer. Sans consulter l'ONU. Grande-Bretagne mise à part, l'Amérique est seule dans cette expédition punitive dont on ne voit pas le sens.

Réception de fin d'année chez Claude Allègre. Il est drôle, disert, un peu las. Cela n'intéresse pas vraiment ce grand scientifique, d'être ministre. Ce qu'il veut, c'est « faire », bousculer la forteresse sur laquelle il se casse les dents. Raymond Barre, du temps qu'il était Premier ministre, disait : « La France est un échiquier de forteresses. »

Un détail : Claude Allègre nous raconte que les concours des grandes écoles coûtent un milliard et demi. Il voudrait les réorganiser. Cris d'orfraies. Or, non seulement le prix de ces concours est exorbitant, mais ils sont tous entachés d'irrégularités. Un seul jury ne suffit pas pour examiner tous les candidats ; il y en a donc plusieurs. Dès lors, l'égalité entre les candidats n'existe pas. Il suffirait que l'un d'eux, évincé, dépose un jour un recours devant le Conseil d'État pour que la faille du système apparaisse. N'importe ! On n'y touche pas.

Mme Allègre, charmante dans sa robe rouge, aide son mari à recevoir. Je lui demande en riant : « Vous le supportez facilement ? » Elle me répond : « Il y a trente et un ans que ça dure. On s'y fait ! »

Rencontré là Jean-Marie Cavada, heureux d'avoir emporté la direction de Radio France, cette grosse maison. Il me fait un compliment : « Vous êtes la seule personne que je connaisse qui soit entrée dans un gouvernement et qui en soit sortie en restant identique. » Cela me touche.

Jeudi 17 décembre

L'Assemblée a voté à l'unanimité moins une voix la parité, qui ne s'appelle plus parité. Jacques Chirac a récusé le terme. L'article nouveau introduit dans la Constitution stipulera que « la loi détermine les conditions dans lesquelles est organisé l'égal accès des femmes et des hommes aux mandats électoraux et fonctions électives ».

Reste à obtenir l'accord du Sénat. Ce ne sera pas le plus simple !

Vendredi 18 décembre

Pinochet : coup de théâtre ! La Chambre d'appel des lords annule le jugement des cinq lords qui avaient contesté au dictateur le droit à l'immunité diplomatique. Motif : l'un des cinq exerce des fonctions à Amnesty International, il est donc suspect de partialité. Et tout va recommencer. Avec un autre juge.

Les avocats de Pinochet exultent.

Lundi 21 décembre

Le bombardement de l'Irak a pris fin. On ne sait toujours pas à quoi au juste il a servi. La République impériale a pris mauvaise figure. À Washington, l'*impeachment* a été voté par la Chambre. L'affaire se transporte au Sénat.

Ils ont assassiné Lincoln. Ils ont assassiné Kennedy. Ils veulent la peau de Clinton. *Ils* : la part haineuse, cagote, fanatique des États-Unis, qui n'a jamais supporté un président libéral au sens anglais du terme. Elle a haï Roosevelt en son temps. L'inconduite de Clinton n'est qu'un prétexte. Il ne fallait pas le fournir ? D'accord. Aussi n'est-ce pas sur Clinton qu'on pleurera, mais sur la déroute intellectuelle dont ce pays témoigne.

Israël : Netanyahou a échoué à réunir le Parlement derrière lui. Son propre camp et les travaillistes l'ont récusé pour des raisons diamétralement opposées. Il paie pour ses mensonges, ses fausses habiletés, sa mauvaise gestion du fameux processus de paix. Il a réussi ce que, du point de vue de ses troupes, il n'aurait jamais fallu provoquer : la reconnaissance d'un État palestinien par les États-Unis. Et il a raté ce qu'il visait : faire d'Arafat un Pétain palestinien.

Élections anticipées en mai avec une multitude de candidats et de partis. En perspective, un pays ingouvernable...

André Dewavrin — le colonel Passy — s'est éteint. Une ancienne et forte amitié nous liait. C'était l'incarnation même du courage et du sens de l'honneur, qui l'avaient précipité, jeune officier d'active, chez de

Gaulle dès juin 1940. L'un de ses amis a écrit de lui qu'il avait « le visage naïf d'un grand bébé blond ». Naïf. Euh... Je ne dirais pas cela de celui qui fut le chef des services secrets de la France libre. Mais il est vrai qu'il avait un regard bleu d'enfant. Il mena son affaire, capitale, d'une main de fer, au milieu d'intrigues et de rivalités inexpiables. Après la guerre, ses services, rebaptisés, formaient l'embryon de ce qui allait devenir le SDECE, puis, plus tard, la DGSE, lorsqu'une campagne de calomnies fut montée contre lui à propos d'une histoire de fonds secrets. Arrêté, il fut très probablement victime d'une tentative d'empoisonnement. Quand il fut libéré et blanchi, trois mois après, il avait perdu quinze kilos et paraissait à l'agonie. On dut l'emmener sur une civière.

Il a démissionné en 1946 quand de Gaulle est parti. Sa grande époque était terminée. Malgré l'affection que lui portait le Général, il n'est jamais revenu aux Affaires et portait la mélancolie du guerrier dépouillé de ses armes.

Je l'aimais beaucoup et j'ai du chagrin de l'avoir perdu. La vie passe et, autour de moi, elle déboise...

Jeudi 24 décembre

Achats de dernière minute à mettre sous l'arbre. Je me ruine pour mes petits-enfants qui ne sont plus petits du tout, mais toujours très attachés à cette fête de Noël.

Dans le magasin où je cherche quelque chose pour leur père, une véritable haie de Japonais m'empêche d'approcher des cravates. Allons, les affaires ne vont pas mal pour tout le monde, au Japon !

Mon médecin, solidaire de ses confrères, mais préoccupé par le déficit de la Sécurité sociale, me cite un chiffre. Il s'agit du diabète. Les diabétiques doivent faire régulièrement un examen de glycémie, deux fois par an. Savez-vous combien de glycémies sont prescrites chaque année ? 25 millions ! Il y a quelque chose qui ne va pas, quelque part !

Vendredi 25 décembre

Front national : les carottes sont cuites, la scission acquise. Il y aura désormais deux « Front national », sans que l'on sache encore lesquels, des lepénistes ou des dissidents, emporteront le sigle. Ce qui paraît certain : il y aura deux listes différentes aux prochaines élections européennes. Chaque camp va pouvoir se compter.

Que ce soit un événement majeur, cela ne fait aucun doute. Mais les séquelles sont imprévisibles. Le plus effrayant, dans cette histoire : la violence et la haine qui se sont exprimées. Celles, éternelles, de l'extrême droite.

Tony Blair a des ennuis sérieux. Son ministre préféré, ami de toujours, conseiller écouté, a été obligé de démissionner pour une histoire de prêt avec lequel il s'est acheté un appartement dans un beau quartier. Snob, le ministre. Un autre membre du gouvernement a dû suivre. Cela fait désordre pour Blair, qui a été élu sur une campagne moralisatrice... C'est la presse, impitoyablement investigatrice, qui a eu la peau du ministre fautif.

En Belgique, Serge Dassault a été condamné à trois ans de prison avec sursis et à une forte amende pour corruption active et autres pots-de-vin versés par son entreprise pour obtenir l'achat de son matériel par le gouvernement. Les corrompus ont eux aussi largement écopé. Inattendu.

Lundi 28 décembre

Poliment accueillis à Phnom Penh, au Cambodge, les deux principaux lieutenants de Pol Pot — le bourreau qui a fait deux millions de morts, soit le cinquième de la population du pays — ont exprimé leurs regrets. Ils sont « très désolés ».

Mardi 29 décembre

L'année s'achève sur une note encourageante. Certes, le chômage va perdurer, même s'il décroît ; certes, la crise financière dont on a pu craindre qu'elle emporte l'économie mondiale n'est pas jugulée, mais, à l'exception notable du Japon, certains pays asiatiques relèvent la tête, et les Européens ont soutenu le choc, comme beaucoup l'avaient prédit. Pas d'attaques spéculatives, pas d'affolement sur les changes, pas de panique. Selon l'OCDE, avec sa monnaie unique l'Europe sera, en 1999, la région la plus dynamique, devant les États-Unis, en phase d'atterrissage après huit années flamboyantes, et devant le Japon.

Perspectives relativement favorables, donc.

Mercredi 30 décembre

Je devais finir l'année avec les Rocard, chez les Decaux, au château de Chantilly, propriété de l'Académie française dont Alain a été nommé... je ne sais pas comment ça s'appelle. Bref, il en a la charge. Lieu magnifique, lourd d'histoire, qui lui va très bien. Mais, ce matin, Alain, atteint d'une bronchite, est au fond de son lit à Paris. Je me faisais un plaisir de cette petite réunion...

Jeudi 31 décembre

À Noël, on a célébré la naissance du Christ. Ce soir, on va arroser la naissance de l'euro. Le monde est ce qu'il est : un monde où les valeurs se nomment taux de croissance, taux d'intérêt, monnaie stable...

Tout cela est important, très important, mais un peu court, non, pour nourrir le cœur et l'esprit ?

Cependant, l'avènement de l'euro, qui va mobiliser pendant le week-end tous les établissements financiers de la planète pour réaliser des milliers d'opérations informatiques, est authentiquement un événement historique énorme. Fruit de la volonté de quelques hommes résolus, inspirés par Jean Monnet. La politique, c'est cela : avoir une vision et agir pour qu'elle se réalise. La France y a eu grandement sa part.

Saluons donc l'euro avec optimisme, et attendons, confiants, que les Européens aient aussi, en 1999, de quoi rêver.

Minuit. Dans un an, à cette heure-ci, il se peut que les trains déraillent, que les avions s'écrasent, que les lumières s'éteignent, que le bug annoncé chaque jour, mais insuffisamment traqué, bloque tous les ordinateurs qui forment désormais le système sanguin de nos sociétés. Je regarde le mien avec tendresse en lui disant : « S'il te plaît, pas de bug, ne me fais pas ça ! »

Mais ce serait le moindre dommage...

CHRONOLOGIE

Janvier 1997

16 *L'Express* publie des documents soviétiques entérinant la thèse selon laquelle Charles Hernu aurait coopéré aux services de renseignements de l'Est.
23-24 Massacres réguliers en Algérie.
25 Vingtième anniversaire du Centre Georges Pompidou à Paris.
28 Mort du journaliste et écrivain Louis Pauwels.

Février 1997

3 Bernard Tapie en prison.
9 Vitrolles tombe dans le giron du Front national. Catherine Mégret est élue avec 52,4 % des voix au second tour des élections municipales.
11 Appel à la désobéissance civile par des cinéastes et des écrivains suite au projet de loi Debré sur l'immigration qui entrera en vigueur le 24 avril 1997.
19 Mort de Deng Xiaoping.
24 Premier clonage d'un mammifère adulte (la brebis Dolly) effectué par des chercheurs britanniques.

Mars 1997

Scandale boursier en Albanie. Etat d'insurrection.
Fuite de l'armée régulière zaïroise devant les rebelles de Laurent-Désiré Kabila.

7 Eurogrève des ouvriers des usines Renault suite à l'annonce de la fermeture du site de production de Vilvorde en Belgique.

9 Mort de Jean-Dominique Bauby, atteint du lock-in syndrom, quelques jours après la publication de son ouvrage *Le Scaphandre et le papillon*.

13 Luc Alphand vainqueur de la Coupe du monde de ski alpin au super-G.

15 Victoire de la France contre l'Ecosse au Rugby, qui remporte du même coup le grand chelem.

19 Mort du peintre américain Willem de Kooning.

22 Suicide collectif à Saint-Casimir au Québec sous le signe de l'Ordre du Temple solaire. Cinq personnes sont retrouvées mortes.
Au Zaïre, Mobutu cherche la négociation, en vain.

24 *Le Patient anglais*, film du réalisateur Anthony Minghella, reçoit onze oscars, dont un pour Juliette Binoche.

29 Rassemblement à Strasbourg contre le Front national qui tient son X^e congrès dans la ville.

Avril 1997

Révélation des « écoutes de l'Elysée », demandées et utilisées par François Mitterrand en personne.
Pourparlers entre la France et l'Allemagne sur la prochaine réforme des institutions européennes.
Benjamin Netanyahou refuse toujours l'arrêt des travaux de construction dans la partie arabe de Jérusalem.

16	Crise en Israël. Benjamin Netanyahou accusé par la police de fraude et de prévarication.
21	Dissolution de l'Assemblée nationale annoncée par Jacques Chirac
22	Libération des 72 otages détenus au Pérou depuis 126 jours par le mouvement révolutionnaire Tupac Amaru.
22-23	Massacre en Algérie. Un groupe armé massacre dans la nuit des villageois de la localité d'Omaria, près de Médéa.

Mai 1997

1er	Tony Blair remporte les élections en Grande-Bretagne. Défaite historique des conservateurs. Le gouvernement de Tony Blair se déclare décidé à jouer dans la partie européenne.
6	Kabila est accusé par le commissaire européen chargé de l'action humanitaire, Emma Bonino, de transformer l'est du pays en un « véritable abattoir ».
11	Le joueur d'échecs Garry Kasparov est battu par l'ordinateur « Deeper blue ».
15	Déplacement de Jacques Chirac en Chine en vue d'établir un « partenariat global » avec Pékin.
17	Laurent-Désiré Kabila rebaptise la République du Zaïre *République démocratique du Congo*. Il s'autoproclame chef de cet Etat le 24 mai. « Médecins sans frontières » parle d'une véritable extermination des réfugiés hutus (190 000 hutus seraient portés disparus).
19	Le navigateur Olivier de Kersauson bat le record du tour du monde à la voile en solitaire.

25	La majorité est battue en nombre de voix au premier tour des élections législatives françaises.
	Démission du Premier ministre Alain Juppé.

Juin 1997

4 000 soldats chinois feront leur entrée à Hong Kong dès la levée de la tutelle britannique le 1er juillet 1997.
Découverte d'un réseau international de pédophiles. 700 personnes sont placées en garde à vue.

1er	Victoire de la gauche aux élections législatives françaises. La droite est désemparée.
2	Lionel Jospin est nommé Premier ministre. Formation du nouveau gouvernement le 4 juin.
16-17	Sommet d'Amsterdam. Accord sur le pacte de stabilité. Création d'un « gouvernement économique » européen faisant de l'emploi sa priorité.
25	Mort du commandant Cousteau.

Juillet 1997

Trois astronautes, deux Russes et un Américain, prisonniers de la station orbitale Mir endommagée.
Arrivée sur Mars de la sonde *Pathfinder* qui dépose le robot *Sojourner*.
L'instruction du dossier concernant les époux Tibéri est annulée pour vice de procédure.

2	Début de la crise financière en Asie.
	Mort de l'acteur américain James Stewart.
10	Agitation en France suite à la publication du rapport Truche sur la réforme de la justice, initiée par Elisabeth Guigou.

13-14	Emoi en Espagne après l'assassinat d'un conseiller municipal par l'organisation séparatiste basque (ETA). Manifestations massives en Espagne le 14 contre la violence de l'ETA.
15	Libération en Algérie du numéro un du FIS, Abassi Madani, incarcéré depuis six ans. Assassinat du couturier italien Gianni Versace.
18	Mort du financier anglais Jimmy Goldsmith.
30	Tragédie dans un marché juif de Jérusalem. 17 morts et des centaines de blessés dans un attentat commis par les brigades Izz al-Din al-Qassam, le bras armé du Hamas.

Août 1997

2	Mort de l'écrivain américain William Burroughs.
18-24	Journées mondiales de la jeunesse à Paris.
29	Massacre à Sidi Moussa au sud d'Alger qui fait trois cents victimes.

Septembre 1997

En France, débat à l'Assemblée sur le projet de loi Aubry.

Elections régionales en Allemagne. Les sociaux-démocrates perdent un nombre considérable de voix.

France Télécom entre en Bourse.

1er	Mort dans un accident de voiture de Lady Diana. Funérailles à Londres le 6.
5	Mort de mère Teresa. Démission du PDG d'Air France, Christian Blanc.
6	Mort du chef d'orchestre britannique d'origine hongroise Georg Solti.

7	Mort de l'ancien président zaïrois Mobutu Sese Seko, resté au pouvoir de 1965 à 1977 et renversé en avril 1997 par Laurent-Désiré Kabila.
25	La photo d'une Algérienne ayant perdu ses huit enfants lors du massacre de Bentalha (dans la nuit du 22 au 23) fait la une des journaux du monde entier.
29	Bataille du budget à l'Assemblée. Election d'un membre du Front national au Conseil général de Mulhouse.

Octobre 1997

Flammarion retire de la vente l'ouvrage de deux journalistes accusant à tort François Léotard dans l'assassinat de la députée Yann Piat.

Repentance de l'Eglise de France à l'égard de la communauté juive. Le Vatican publiera le 16 mars 1998 le texte *Souvenons-nous : une réflexion sur la Shoah*.

6	Scandale en Israël. Le Premier ministre Benjamin Netanyahou tente de faire assassiner en Jordanie, par le Mossad, le chef du Bureau politique du Hamas, Khaled Machaal.
8	Ouverture du procès de Maurice Papon.
10	Démission du Premier ministre italien Romano Prodi. Il reprendra finalement ses fonctions le 14 octobre.
12	Lionel Jospin propose les 35 heures à la négociation lors de la Conférence sur l'emploi.
23	Krach financier asiatique. La Bourse de Hong Kong s'effondre. Ouragan sur toutes les Bourses. Wall Street perd 554 points le 27.
30	Mort du journaliste Jacques Derogy.

Novembre 1997

Les membres du jury Goncourt ont couronné Patrick Rambaud pour *La Bataille*.
Le prix Femina est décerné à Dominique Noguez pour *Amour noir*.
Publication du *Livre noir du communisme*. L'ouvrage évalue à 80 ou 85 millions les victimes du communisme. La polémique fait rage.
Débat soulevé par l'exhumation d'Yves Montand pour expertise génétique prévue par la cour d'appel de Paris (ordre du 6 novembre 1997) suite aux réclamations d'Anne et Aurore Drossart.

2-23 Congrès du Parti socialiste français à Brest. François Hollande devient premier secrétaire du parti.
3-8 Grève des routiers français.
16 Mort de Georges Marchais.
17 Carnage à Louqsor. 70 touristes sont massacrés lors d'un attentat revendiqué par l'organisation islamiste la Djamaa Islamiya.
22 Sommet social pour l'emploi à Luxembourg qui réunit les 15 Européens.

Décembre 1997

Débats passionnés en France sur les 35 heures.
Mobilisation des associations de chômeurs qui réclament une prime de fin d'année et une hausse des minima sociaux.

1er-12 Deuxième conférence internationale à Kyoto sur le réchauffement de la planète qui réunit 159 pays. Trente huit pays industriels s'engagent à réduire d'ici 2012 les émissions de gaz à effet de serre de 5,2 % en moyenne.

16	Henri Emmanuelli condamné à deux ans d'inéligibilité.
24	Le terroriste vénézuélien Carlos condamné à la réclusion à perpétuité pour le triple meurtre du 27 juin 1975.
25	Mort du metteur en scène italien Giorgio Strehler.

Janvier 1998

	L'Académie française oppose des réticences à la féminisation de certains mots qu'ont proposée Jacques Chirac et Lionel Jospin le 17 décembre 1997.
28	Présentation au Conseil des ministres du projet de loi sur l'audiovisuel.

Février 1998

23	Un accord concernant l'inspection par l'UNSCOM des sites dits « présidentiels » en Irak est annoncé suite à la rencontre entre le secrétaire général des Nations unies, Kofi Annan, et Saddam Hussein.

Mars 1998

2	Mort du journaliste et écrivain Lucien Bodard. Le Conseil de sécurité de l'ONU menace l'Irak des « plus graves conséquences » en cas de violation de l'accord conclu le 23 février.
5	Elections régionales françaises. La droite est en difficulté ; le FN propose des alliances.

15	Elections aux présidences des régions. Etat de choc. Cinq régions, dont la région Rhône-Alpes, acquises à la droite grâce à un accord avec le FN.
24	Tony Blair s'adresse aux députés français à l'Assemblée pour leur proposer une nouvelle « entente cordiale ».
27	Aux Etats-Unis, mise sur le marché du Viagra.

Avril 1998

Différend entre Jacques Toubon et Jean Tibéri autour de la Mairie de Paris.

2	Condamnation de Maurice Papon à dix ans de réclusion par la Cour d'Assises de Versailles. Laissé en liberté, il se pourvoit en cassation.
15	Mort de l'ancien leader des Khmers rouges Pol Pot.
20	Elections en Allemagne dans la Saxe. Le parti de Helmut Kohl est en perte de vitesse ; 15 % des suffrages pour un parti néo-nazi.
23	Crise en Belgique suite à l'évasion — qui a duré quelques heures — de l'assassin pédophile Marc Dutroux.
29	Mise en examen du président du Conseil constitutionnel, Roland Dumas, pour « recel et complicité d'abus de biens sociaux ».
30	Célébration du cinquantième anniversaire d'Israël.

Mai 1998

Trentième anniversaire de Mai 68.
Poursuite des investigations sur les époux Tibéri. Révélation dans le quotidien *Le Parisien* : la Mairie de Paris aurait créé 300 emplois fictifs pour des anciens du RPR.

1ᵉʳ-3	Conseil européen extraordinaire de Bruxelles. Coup d'envoi officiel de l'euro donné par onze pays. Le passage à la monnaie unique s'effectuera à compter du 1ᵉʳ janvier 1999.
11	Benjamin Netanyahou refuse de se rendre au sommet américano-israélo-palestinien que voulait organiser Bill Clinton. Il rejette le plan américain prévoyant la restitution de 13 % supplémentaires de la Cisjordanie à l'entité palestinienne.
11-13	L'Inde procède à cinq essais nucléaires dans le désert du Rajasthan.
14	Manifestations en Indonésie. Affrontements sanglants avec l'armée. Démission de Suharto le 21 mai après trente-deux ans de règne sans partage ; il désigne comme successeur Jussuf Habibie. Annonce de la création en France d'une nouvelle formation, l'*Alliance,* réunissant le RPR et l'UDF.
28-30	Le Pakistan procède à six essais nucléaires dans le désert du Baloutchistan. Les grandes puissances s'alarment. Le Conseil de sécurité de l'ONU condamnera les essais indiens et pakistanais le 6 juin.

Juin 1998

Le Kosovo réclame son indépendance. Répression policière et militaire, fuite des civils par milliers. Slobodan Milosevic sourd à l'avertissement de l'OTAN du 11 juin 1998.

5	Démission d'Albert Du Roy, directeur de la rédaction de France 2.
15	L'OTAN procède à des exercices aériens au-dessus de l'Albanie et de la Macédoine pour faire pression sur Slobodan Milosevic.

19	Intronisation de Jean-François Revel à l'Académie.
25	Assassinat du chanteur berbère militant Matoub Lounès qui déclenche une vague de protestation et de violence en Kabylie.
30	La Banque centrale européenne (BCE) est officiellement inaugurée à Francfort.

Juillet 1998

Guerre au Kosovo entre l'armée de libération des Kosovars albanais (UCK) et l'armée gouvernementale serbe.
Les ONG sont expulsées de Kaboul en Afghanistan.

12	L'équipe de France de football est championne du monde.
15	Scandale au Tour de France autour du dopage. L'équipe Festina est exclue.
17	Charles Pasqua déclare qu'il faut régulariser tous les sans-papiers.
20	Affaire du sang contaminé. Laurent Fabius, Georgina Dufoix et Edmond Hervé, accusés d'homicide involontaire, comparaîtront devant la Haute-Cour de justice.
27	Le chef du gouvernement britannique Tony Blair remanie son équipe gouvernementale.

Août 1998

En Afghanistan, conquête de la quasi-totalité des grandes villes par les Taliban.
Au Kosovo, les séparatistes échouent.
La Russie est déclarée en faillite. Le rouble est en chute libre le 28.
Inondations catastrophiques en Chine.
Un accord signé à New York met fin au recel des biens des victimes de la Shoah par les banques suisses.

7	Attentat meurtrier au Kenya contre l'ambassade américaine à Nairobi. 249 morts et plus de 4 000 blessés.
15	Attentat meurtrier à Omagh en Irlande reconnu par un groupe républicain dissident, l'IRA-véritable. 28 morts et plus de 200 blessés.
17	Le président des États-Unis Bill Clinton reconnaît avoir eu des « relations peu convenables » avec Monica Lewinsky.

Septembre 1998

Turbulences en Bourse.
Débats autour du projet de loi du Pacte civil de solidarité.
Vente du Viagra autorisée en France sur ordonnance.

1	Publication d'une enquête alarmante sur les hôpitaux français dans le magazine *Science et avenir*.
2	Jean-Pierre Chevènement est dans le coma suite à un accident opératoire. Il sortira de l'hôpital du Val-de-grâce le 23 octobre 1998.
27	Gerhard Schröder, social-démocrate, est élu chancelier allemand.
29	Le gouvernement iranien se désolidarise de la fondation qui avait mis à prix la tête de Salman Rushdie.

Octobre 1998

28	L'ex-dictateur chilien Pinochet, visé par plusieurs procédures judiciaires venues d'Espagne, de Suisse, de Suède et de France, est piégé dans une clinique de Londres. Extradition ou immunité diplomatique ?

Novembre 1998

Extension du texte de loi du PACS à tous les couples vivant en union libre, et élargi aux frères et sœurs qui cohabitent.
Election aux Etats-Unis. Bill Clinton fait une remontée spectaculaire.
Cyclone dévastateur en Amérique centrale (au Nicaragua et au Honduras). Plus de 24 000 morts et 2 millions de sans-abri.
Saddam Hussein toujours réticent à l'inspection de ses stocks d'armes.

3   La députée UDF-FD Christine Boutin tient la tribune pendant cinq heures contre le PACS.
8   Mort de l'acteur Jean Marais.
14-15   Congrès des Verts réuni à Noisy-le-Grand en Seine-Saint-Denis. Rentrée sur la scène politique de Daniel Cohn-Bendit qui sera tête de liste aux élections européennes de juin 1999.
25   La Grande-Bretagne refuse l'immunité au général Pinochet.

Décembre 1998

Le débat sur le projet de loi concernant l'audiovisuel est remis *sine die*.
Attaque aérienne sur l'Irak sans consultation de l'ONU.
Annulation du refus de l'immunité diplomatique au général Pinochet.
En Israël, Benjamin Netanyahou échoue à réunir le parlement derrière lui.

6   Mort du sculpteur César.
12-13   Philippe Séguin élu président du RPR.

17 Le Sénat adopte le projet de loi de révision constitutionnelle prélable au traité d'Amsterdam concernant la parité entre hommes et femmes, qui est votée à l'unanimité moins une voix.

19 La procédure d'*impeachment* est votée à l'encontre de Bill Clinton par la Chambre. L'affaire se transporte au Sénat.

20 Mort de l'ancien chef des services spéciaux de la France libre, André Dewavrin, *alias* colonel Passy.

23 Scission au Front national. Bruno Mégret est exclu du Front national
En Belgique, Serge Dassault condamné pour corruption active et pots de vin.

Table

1997

Janvier	7
Février	18
Mars	34
Avril	48
Mai	59
Juin	79
Juillet	94
Août	107
Septembre	120
Octobre	131
Novembre	142
Décembre	154

1998

Janvier-Février	165
Mars	170
Avril	178
Mai	188
Juin	197
Juillet	206
Août	215
Septembre	225
Octobre	240
Novembre	246
Décembre	254

Chronologie 269

Du même auteur :

LE TOUT-PARIS, Gallimard, 1952.
NOUVEAUX PORTRAITS, Gallimard, 1954.
LA NOUVELLE VAGUE, Gallimard, 1958.
SI JE MENS..., Stock, 1972 ; LGF/Le Livre de Poche, 1973.
UNE POIGNÉE D'EAU, Robert Laffont, 1973.
LA COMÉDIE DU POUVOIR, Fayard ; LGF/Le Livre de Poche, 1979.
CE QUE JE CROIS, Grasset, 1978 ; LGF/Le Livre de Poche, 1979.
UNE FEMME HONORABLE, Fayard, 1981 ; LGF/Le Livre de Poche, 1982.
LE BON PLAISIR, Mazarine, 1983 ; LGF/Le Livre de Poche, 1984.
CHRISTIAN DIOR, Éditions du Regard, 1987.
ALMA MAHLER OU L'ART D'ÊTRE AIMÉE, Robert Laffont, 1988 ; Presses-Pocket, 1989.
ÉCOUTEZ-MOI (avec Günter Grass), Maren Sell, 1988 ; Presses-Pocket, 1990.
LEÇONS PARTICULIÈRES, Fayard, 1990 ; LGF/Le Livre de Poche, 1992.
JENNY MARX OU LA FEMME DU DIABLE, Robert Laffont, 1992 ; Feryane, 1992 ; Presses-Pocket, 1993.
LES HOMMES ET LES FEMMES (avec Bernard-Henri Lévy), Orban, 1993 ; LGF/Le Livre de Poche, 1994.
LE JOURNAL D'UNE PARISIENNE, Seuil, 1994 ; coll. « Points », 1995.
MON TRÈS CHER AMOUR..., Grasset, 1994 ; LGF/Le Livre de Poche, 1996.
COSIMA LA SUBLIME, Fayard/Plon, 1996.
CHIENNE D'ANNÉE : 1995, *Journal d'une Parisienne* (vol. 2), Seuil, 1996.
CŒUR DE TIGRE, Fayard, 1995 ; Pocket, 1997.
GAIS-Z-ET-CONTENTS : 1996, *Journal d'une Parisienne* (vol. 3), Seuil, 1997.
ARTHUR OU LE BONHEUR DE VIVRE, Fayard, 1997.
DEUX ET DEUX FONT TROIS, Grasset, 1998.
LES FRANÇAISES, Fayard, 1999.

Composition réalisée par P.P.C.

Achevé d'imprimer en Europe (Allemagne)
par Elsnerdruck à Berlin
Dépôt légal Édit. : 4702-09/2000
LIBRAIRIE GÉNÉRALE FRANÇAISE - 43, quai de Grenelle - 75015 Paris.
ISBN 2-253-14923-3

31/4923/4